有爱的青春陪伴者

同学，年级第一是我的

完结篇

图样先森／著

廣東旅游出版社
GUANGDONG TRAVEL & TOURISM PRESS
中国·广州

图书在版编目（CIP）数据

同学，年级第一是我的 ：完结篇 / 图样先森著. —
广州 ：广东旅游出版社，2021.7
ISBN 978-7-5570-2447-5

Ⅰ. ①同… Ⅱ. ①图… Ⅲ. ①长篇小说－中国－当代
Ⅳ. ①I247.5

中国版本图书馆CIP数据核字(2021)第076284号

同学，年级第一是我的：完结篇

Tongxue,Nianji Diyi Shi Wo De : Wanjiepian

图样先森 / 著

◎出版人：刘志松　◎总策划：苏瑶　◎责任编辑：何方
◎策划：魏归期　伍奕兴　◎设计：刘艳　孙欣瑞　◎封面绘制：踏月锦

出版发行：广东旅游出版社
地址：广州市荔湾区沙面北街71号
邮编：510130
电话：020-87347732
印刷：长沙鸿发印务实业有限公司
地址：长沙黄花工业园三号
邮编：410137
开本：880毫米×1230毫米　1/32
印张：9.5
字数：302千字
版次：2021年7月第1版
印次：2021年7月第1次
定价：42.80元

目录

目录

第一章

/ 我们的约定 /

安慰好了掉眼泪的小仙女，司逸最后嘱咐道："好了，待会儿记得要给我带水啊。"

顾逸迩点头，又问他："怡宝还是农夫山泉还是百岁山？"

"你买的水都行。"在他看来这三个牌子的水没有任何区别，"进教室吧。"

目送着她进了教室，司逸终于松了口气。他取下眼镜揉了揉眼，这才转身打算回自己的教室。

一座人山挡在教室门口。

司逸瞥了人山一眼："走开。"

"逸哥，很上道哦。"二更笑得猥琐，"自从上次我开导你以后，你的进步简直就是突飞猛进啊。"

司逸轻飘飘地看了他一眼，语气不屑："你有空跟我在这里耍宝还不如好好养足了精神，跟我在球场上一决高下。"司逸捶了下他的肩，"不是说要跟我比三分吗？"

二更收起了欠揍的表情，一本正经道："我也想啊，可最近真的，一专心做什么事儿就头晕，老觉得浑身都没力气，我也没熬夜打游戏啊。"

司逸皱眉："赶紧去医院看看啊。"

"这么点小事也值得去医院？我又不是林黛玉。"二更冲他比了个猛男显摆肌肉的姿势，“看我这一身小肌肉，健康着呢。”

“你还是拿给你的小学妹看吧。”

“那多不好意思啊。”二更收敛了姿势，嬉皮笑脸地搭上了司逸的肩，“逸哥，你看我这一年也结实了不少，等高三的时候，我打算报军校，你觉得怎么样？”

司逸皱眉：“你要当兵？”

“我们家老爷子说，他身体那么硬朗就是当兵那些年锻炼出来的，他特别希望尔家还能再出一个军人。”二更拍了拍胸脯，“这个重担就交到我手里了。”

司逸没意见：“挺好的。”

二更又问：“那逸哥你将来想做什么？”

“搞数学。”

二更眨了眨眼，竖起了大拇指：“好崇高的理想，不愧是回回满分的司学霸。”

司逸踢了他一下：“滚你的。”

“我原本还以为能和逸哥你永远在一起呢。”二更忽然伤感地叹了一声，“结果咱俩理想完全不同嘛。”

“傻子。”司逸口中数落他，“不同就不能一起了吗？”

二更不依不饶：“那你保证，我永远是你心里的第一位。”

“对不起，你一直不是。”

“太扎心了，我那么在乎你，结果你却这么伤害我！”

“尔更绿，你要再恶心我，我现在就把你扔下楼去。”

二更给嘴巴上了拉链，没过几秒又破功了：“哎，话说你们刚刚到底在聊什么啊？我都看到逸姐揉眼睛了。”

司逸随口敷衍道：“她家出了点事。”

二更又问道：“这样啊，那你没跟她抱怨吗？”

“我有什么好抱怨的？”

二更自知说漏了嘴，没接话。

“我自己能处理的，她不必知道。”司逸又说道。

操场上，友谊赛正如火如荼地展开着。

身穿篮球服的少年们正在篮球场上激烈比拼，顾逸迩和林尾月并排坐着。

她们的目光都在同一个人身上。

付清徐。

付清徐穿着无袖篮球服，宽松的短裤，露出了胳膊和小腿，竟然和那白色球服差不了多少颜色，白得发光。

和司逸健康的白皙不同，付清徐简直就像是从来没晒过太阳的吸血鬼，站在一群成天日晒风吹的男生中间，格外显眼。

大家原本以为他早就忘了怎么打篮球了，却没想到他上了场后，运球灵活，投球精准，一点都不像是长年不打篮球的样子。

司逸发现自己投了个三分，某人的眼睛还是盯着付清徐，一时间有些闹心。

司逸擦了擦下巴上的汗，喘着气调侃付清徐："付清徐，你别是为了出风头骗我们不打篮球的吧？"

付清徐挡在他身前，做出拦截的姿势："在家自己玩过。"

"那多没意思啊，在室外打爽多了，以后打篮球我叫你。"司逸说完这句话，表情就立刻变得严肃起来，朝着篮筐冲刺。

虽然付清徐的防守把他拦得很死，但胜在他弹跳力强，个子也比付清徐高，一个跳跃加抬手，两分到手。

付清徐这队的也没怪他，都上前去称赞他真人不露相。

"付清徐，你要是高一那会儿和我们一起参加班赛，这篮球王子的称号就不一定是司逸独占了啊。"有人笑着打趣道。

四中的女生们虽然都听过司逸的大名，但真正敢到教室门口偷看他的却不多。高一的篮球赛司逸作为一班主力上场，吸引了不少迷妹。当时人满为患，很多女生一饱眼福，再加上他篮球打得好，还给他起了个特别偶像剧的外号，篮球王子。

这个外号司逸自己听了都起鸡皮疙瘩。

午休已经快结束了，大家擦着汗约了下次，准备回教室上下午的课了。

司逸叫住了他们："先喝点水再回教室吧。"

"我们没带水啊。"

"耳朵买了。"司逸指了指顾逸迩那边，"每个人的都买了。"

让她给自己带水，她倒好，每个人的水都买了，显得他一点都不特殊。

“太体贴了。”

“校花给我送水，我能吹一辈子。”

顾逸迩和林尾月一人拿着一袋水站在那儿给人分发。

林尾月拿出一瓶水，递给了付清徐。

付清徐接过，淡淡地说了句谢谢。

林尾月犹豫好久，才小声夸道：“你篮球打得真好。”

“谢谢。”

“你打得这么好，为什么平时不打呀？”

原只是随口一问，却没想到付清徐因此沉默了。

她以为自己多嘴了，急忙向他道歉。

付清徐只是淡淡地看着她，轻声问她：“你觉得好吗？”

林尾月点头：“好啊。”

少年眼睛看向远处，嘴咬着瓶口，发出的声音钻进了瓶子，显得有些空灵：“那我就打吧。”

他原本只是因为剧烈运动，脸颊两侧有些发红，半瓶水喝下去了，红晕不但没褪，反倒有向耳朵和脖子扩散的趋势。

白皙的肌肤染上晚霞的颜色，林尾月不禁有些看呆。

其他人都在大声交谈着，没有发现他们这边微妙的气氛。

直到一声怒吼将所有人的注意力重新放在付清徐身上。

几米远处，那个扎着双马尾、身形娇小的女孩子正一脸愤恨地看着这边。

“哥哥！”女孩子走了过来，眼睛一直死死地盯着付清徐，语气甚至有些责怪，“我不是说让你永远都不要打篮球了吗！？”

在场的人全都愣住，原来付清徐不打篮球的原因是他妹妹。

“你无权干涉我的决定。”付清徐微微皱眉。

付清莱冷笑一声：“你是想打给谁看？”

付清徐已然有些动怒：“付清莱！”

付清莱没理会他，侧头看向林尾月，声音尖厉：“是你吧？”

林尾月没有搞懂眼前的状况，一脸不解地看着她。

“不要脸！”付清莱啐了一口，抢过付清徐手中的水瓶，抬手就从林尾月的头上浇过去。

顾逸迩眼疾手快，迅速拉着林尾月往后躲，水只堪堪淋到了林尾月的裤子。

付清徐拉住付清莱的胳膊，大声呵斥道："你干什么！"

付清莱被拉住一只胳膊，抬起另一只手就要朝林尾月打过去。

无奈手被桎梏住，根本碰不到林尾月，付清莱眉头一皱，狠狠地瞪了她一眼，将手中还剩下一点水的瓶子朝她扔了过去。

"砰"的一声，水瓶掉落，瓶子里的水洒在了地上。

付清徐的胸前，白色的球服被打湿。

付清莱还想动手，却被他强行拉着离开。

娇小的女生挣不脱，只得被动地离开了操场。

众人都没有缓过劲来，对刚刚发生的状况满脸疑问。

司逸看着付清徐离开的方向，若有所思地抿了抿唇，随即三言两语将众人打发回教室了。

"兄妹吵架呢，没什么好看的，走吧走吧，回教室准备上课了。"

操场很快就只剩下三个人。

司逸望向林尾月，问她："你没事吧？"

林尾月惊恐地摇了摇头。

"刚刚到底什么情况？"顾逸迩问道。

司逸也摇头："我也不知道，不过我觉得付清徐和他妹妹很不对劲。"

"他们不是亲兄妹吗？"

"不是亲的还好，是亲的就太可怕了。"司逸神色复杂，"我们回教室？"

一直没出声的林尾月忽然开口："我想去看看。"

"那一起去看看吧，要是付清徐他妹妹有什么过激行为，咱们就把老师叫过来。"

操场不远处就是一座小山，绿叶茂盛，只有一条石头搭成的不规则阶梯。小山顶上有几座石凳石桌，常有过生日的学生爱到这里来扔蛋糕玩儿。

光影透过树叶洒下斑驳的印记，付清徐俯瞰着脚下的教学楼和水泥路，背对着付清莱，一直沉默着没有开口。

付清莱站在他背后，咽了咽口水，轻轻踱步走到他身边，拉住了他的衣袖："哥哥。"

“别叫我哥哥。”他的声音轻得就像是要被风吹散，“我不是你哥哥。”

付清莱有些心急地抓住他的手放在自己胸前：“你是我哥哥啊。”

付清徐没有抽回手，只淡淡说道：“我没有家人。”

“哥哥，哥哥。”付清莱一遍又一遍地重复着这个称谓，“爸爸妈妈就是你真正的爸爸妈妈，我也是你唯一的妹妹。”

“小莱。”

付清莱身形一颤，她已经不记得哥哥有多久没有这么叫过自己了。

“哥哥……”

“我喜欢打篮球。”他眼神涣散，看着远处的风景，一点一点说出自己的想法，“我喜欢交朋友，我喜欢热闹。”

付清莱轻轻一笑：“哥哥，如果你太招人喜欢的话，你一定会忘了我，你有爸爸妈妈和我的喜欢就够了。”

付清徐侧头看着她，眼神冰冷：“这么多年，我一直照着你的意思活着，你为什么还要去伤害别人？”

“你是我一个人的哥哥啊，别人怎么可以随意接近你？”付清莱指了指自己，“只有我，是真心在乎你的。而那些女生，她们只是喜欢你的长相，你现在变得稍稍冷漠一些，她们就都觉得你不好接近，这怎么配说在乎你呢？”

“所以你去伤害她们？”

凡是和他关系稍近的异性，通通遭受过她口头上的威胁，因为她是付家得来不易的小公主，所以无论怎样犯错，父母都会无条件地偏袒她，哪怕她的行为给他带来了困扰。

“那都是她们自找的！谁让她们要跟我抢哥哥！”付清莱声音尖厉，目眦欲裂。

她发泄完后，胸口急剧地上下起伏着。付清徐就那样平静地看着她，像是置身事外。

他不知道自己的人生到底哪里出了错。

在她刚出生时，他高兴得一个晚上没睡，第二天连学都没上，就跑去医院看刚出生的妹妹，并和妈妈保证，会永远保护好妹妹。

她牙牙学语时，他抱着她坐在庭院的摇椅上，带她认识开得尚好的月季花。

她刚上学时，他肩负起了天天送她上下学的责任。

直到他发现妹妹在警告和他关系稍近的同班女同学，并大声地说只有她才是哥哥最亲近的人，其他人都不配。

他本能地感到无所适从，甚至在看着她时，都觉得恐惧和厌恶。

当年父母一直不育，领养了几个月大的付清徐，将他当成亲生儿子一样照顾，谁知没过几年，母亲却怀了孕，有了付清莱。

随着她渐渐长大，对哥哥的感情却慢慢变得偏执，充满了令人生畏的控制欲。

没有人在意他的感受，他只是付家抱来的养子。他的人生轨迹从那一刻全然被打乱，而他也变成了付清莱的傀儡。

那个阳光积极的付清徐悄悄死去，取而代之的是一个阴冷孤僻的怪人。

"小莱，你为什么总想控制我呢？"他轻声问道。

"哥哥！"付清莱咬牙，"你以前从来不会违抗我的，为什么现在你反应这么强烈？是不是因为那个女生？"

付清徐皱紧了眉，语气沉沉，像是在极力压抑着什么："不是。"

"最好不是。哥哥只能对我一个人好，如果做不到，我可是会不开心的。"

一直到付清莱离开，在一旁将所有对话尽收耳底的三个人久久不能回过神来。

顾逸迩心中压抑。当爱变成控制，竟然这么令人恐惧，偏偏又逃离不开。

司逸忽然小声喊道："他往山边去了！"

山顶处没有围栏，虽然高度不高，但人要是摔下去也足够在医院里躺上好久了。

还未等司逸和顾逸迩冲上前去，就见一个瘦弱的身影闪过，往付清徐那边跑去。

"付清徐！"林尾月一个箭步冲了过去，从背后将他牢牢抱住，"你干什么啊！"

司逸目瞪口呆："小学生不是50米冲刺跑从来没及格过吗？"

"本能反应。"顾逸迩戳了戳他的胳膊，"怎么办？我们也要过去吗？"

"这种事，知道的人越少越好，小学生对付清徐来说很特殊，咱们就别过去了。"司逸靠在树干上，"就在这儿看着吧，万一付清徐非要跳，

就小学生那个小身板肯定拦不住。”

背后忽然传来的温热让他心头一晃，付清徐猛地回头，就看见林尾月正湿着一双小鹿般的眼睛看着他。

“生命这么宝贵，没什么困难是过不去的，不要做傻事啊付清徐。”林尾月仰头望着他，苦口婆心地劝道。

付清徐来不及思考她为什么在这里，只知道她越哭越凶，好像自己已经遭遇不幸了似的。

“我只是来吹吹风。”付清徐轻叹一声。

林尾月啊了一声，呆愣愣地说：“哦，那是我误会了。”

“刚刚你都听到了吗？”付清徐声音很轻，好像没生气。

林尾月自知偷听不道德，心虚地点了点头。

“很糟糕吧。”他自嘲。

“没有，这不是你的错。”林尾月安慰他。

“可有些人确实是因为我而遭受到了伤害，而我却连跟她们道歉的机会都没有。”他用力闭了闭眼，蹲在了地上，像是一只受伤的小猫，弱小而无助。

“所以你才不愿意交朋友，对吗？”她也跟着他蹲在了原地，抱着膝盖侧头看他。

他仰着头，侧脸轮廓精致而柔和，声音微弱：“我会给人带来不幸。”

“谁说的！”林尾月立刻反驳他，“要不是你，我现在还有好多物理题目搞不懂呢，还有化学，还有生物，还有数学！小考那天，有个类似的题目你提前教过我，让我注意一下，结果那次我终于拿了满分，你不记得了吗？”

付清徐撑着下巴，闷闷地问道：“只是这个吗？”

“说不清楚啊，交朋友又不是因为双方可以互相帮助才交的，而是因为和对方聊得来，和对方在一起相处的时候觉得轻松愉快，才会做朋友啊。”林尾月挪了几步，挪到他眼前，“我不是为了问你题目才和你交朋友的。”

她胡说。

明明一开始时，他寡言冷淡，她说三句他才会回一句，哪会让她觉得轻松愉快。

也就她这个天然呆，才会这么认为。

“谢谢你，但你还是不要和我做朋友了。”付清徐站起身来想要离开，“我会给你带来麻烦。”

“等等，我还没说完！”林尾月叫住他，“虽然我们一开始交朋友的目的很单纯，但既然咱们已经是朋友了，就可以互相帮助了啊。”

“可我的目的不单纯。”他望着她，语气认真。

林尾月一时间愣住，不懂他的意思：“什么？”

“你这样，会让我越来越贪心。”付清徐一字一句地说给她听，“到时候，就算付清莱把刀架在你脖子上，我也不会离开你半步，你会后悔的。”

林尾月以为他说的是自己会后悔和他交朋友。

她有些气恼，觉得自己刚刚那番话全都打了水漂：“看来是我自作多情了。”

说完这句话，平日里软软的小姑娘，也给他甩了个脸子，朝着他重重撇了一下头，就要先他一步离开。

她走了没两步，胳膊就被人强硬地拉住了。

身后的人在微微颤抖。

付清徐低声说道：“我没你想象的那么好。”

“你像太阳。”他这样形容她，“谢谢你。”

曾在他打算孤独地度过高中三年时送来了一个笑容，曾在他每次趴在桌上不知如何和其他人交流时戳戳他的胳膊，用一道难题缓解了他的尴尬。

他那时最喜欢做的一件事，就是当阳光透过窗洒进教室里时，悄悄描绘出她的马尾辫在他课桌上扫过的痕迹。

听到她那句“付清徐，这道题你会不会做呀”，已经弥足珍贵了。

“付清徐？”她看不见他的表情，试探着喊了一声。

“你和司逸他们一样，都是从天而降的意外惊喜。”付清徐渐渐松开了她，“这就够了。”

她急忙转身看着他，却见他的神色已经恢复如常。

“什么够了？”

面对她的疑惑，付清徐只冲她笑了笑：“你先回教室去吧，我想一个人待一会儿。”

"你……"

"回去吧。"

再三确认了付清徐不会有事后，林尾月决定离开，不打扰他。

她失魂落魄地离开山顶，却发现司逸和顾逸迩一直在那里等着她。

"你们怎么没回教室啊？"

顾逸迩有些欲言又止："刚刚狮子老师来过了。"

林尾月睁大眼睛，不可置信地看着她。

"他让你下了晚自习后去找他。"

顾逸迩永远都忘不了慕老师低沉的声音在她和司逸背后响起的那一瞬间。

"看什么呢？"

她吓得魂差点没飞出来，整个人用力一颤，肩膀剧烈地抖动了两下，被司逸一把捂住嘴才咽下了尖叫声。

到底是年纪小，没见过大世面，被老师吓住的两个学生就像是两只被大黑狗活活追了二里地的小鸡崽子似的瞪着眼压惊，就是不敢看老师。

慕子狮保持着笑容："上课时间不好好在教室里上课，跑来这儿玩捉迷藏？"

司逸费力地挤出一个尴尬的笑："老师，你怎么知道我们在这儿啊？"

"我去教室后面看你们上课情况，理科前三名居然都不在，又好奇去了二班，正好，文科第一名也没来上课，我就猜到你们几个人凑在一堆。问了个学生，说上课前看到你们往小山上跑了，果然在这儿。"慕子狮不紧不慢地问罪，"你们挺好的，作为全年级的榜样，带头违反校规，是仗着成绩好不把老师放在眼里了吗？"

慕老师声音不大，但震慑力十足。他们这帮学生不怕脾气差的老师发飙，就怕慕老师这种脾气好的，连发飙都发得如沐春风，但就是能让人不寒而栗。

"你们偷偷躲着看什么呢？"慕老师顺着他们的目光往那处看去。

他微微眯眼，薄唇微抿，看不出情绪。

隔得太远，那两个人说话声太小了，根本听不见他们说了什么。

忽然，付清徐从身后拉住了林尾月。

“……”

本以为慕老师会直接过去询问，结果慕老师只是和他们一样站在那里看了许久，最后只留下一句：“让林尾月待会儿来办公室找我。”

顾逸迩和司逸看着慕老师，他就像是什么事情都没发生过一样，转身走了。

二人默默感叹，还好是被慕老师抓到。

顾逸迩拍了拍林尾月的肩膀：“没事，认个错就行了，狮子老师不是那么不讲理的人。”

林尾月有苦难言，只能敷衍地点点头。

三个人准备先回教室受罚，现在这个点第一节课已经下课了，他们想着逃课这事儿说不定也就这么算了。结果还没进教室，就被身后一个气势磅礴的男高音给唬住了。

“你们还晓得回来啊！”

整层楼的人都被吓住了。

拿着茶杯的王老师黑着脸望着眼前做贼心虚的三个人，从鼻子里发出一声闷哼：“林尾月，你班主任找你，你先去找他，待会儿再到我这边来！”

林尾月长松一口气，在心里头给慕老师磕了个头。

司逸和顾逸迩同时咽了咽口水，希望也有个老师这时候临时叫他们去搬个作业拿个试卷啥的。

奇迹没有发生。

“你们两个小兔崽子给我靠墙站好了！”

两人乖乖站着。

“嗯？付清徐那个小崽子呢？没跟你们一起回来？”

顾逸迩和司逸又为付清徐默默点起了一根蜡。

暂时脱离王老师视线的林尾月转眼间又进入了另一个老师的视线。

慕老师冲她温柔一笑：“来，过来。”

林尾月忽然就开始想念王老师那严肃的面孔。

亦趋亦步地走过去，林尾月在心里头想着怎么解释，结果一直走到他身边了，也没想出说辞来。

两节课的间隙也就十分钟，此时上课铃响，刚刚还在办公室围着喝茶聊天的几个老师都拿着教案准备去上课了。有老师稍稍往慕子狮这边看了

看，替林尾月求情：“小姑娘脸皮薄，慕老师别太凶人家了。”

慕子狮温雅地笑了笑：“我哪里舍得？”

林尾月怕得打了个哆嗦。

办公室里头没人了，慕子狮盯着林尾月，林尾月盯着自己的鞋，两个人谁也没说话，就这么互相沉默着。

直到林尾月听到了钢笔划过粗糙的纸面发出的沙沙声。

她悄悄抬起头来，慕子狮没理她，正埋头批改作业。

她又朝桌上看去，好死不死，刚好改到她的那一份作业。

这世上还有什么是比老师当面批改自己作业更尴尬的呢？

“老师。”她怯生生地叫了他一声。

“嗯。”慕子狮冷淡地回了一声。

林尾月夙了，不敢再说话了。

“小尾巴。”他却忽然叫她，“我问你，球体的体积怎么算？”

“啊？”她一时间反应不过来。

“你自己过来看看你写的。”

她凑上前，在他画圈的那个地方看到了自己的答案。

“$V=3/4\pi R^3$。”

林尾月更心虚了。

慕子狮叹了一声：“我说过，我可以理解你们题目不会做，但是这种低级错误真的不该发生。数学是一门逻辑性和严谨性特别严格的学科，一个小数点就能让答案完全偏离，竞赛马上就要开始了，你现在犯这种公式上的错误，让我真的很担心。”

慕老师好像很生气。

她低着头，认真地听着他的教导，大气都不敢喘。

“你是不是因为别的事，分了心？”可能是意识到了自己的严厉，这一句他问得格外轻。

她抬起头看他，茫然地摇了摇头。

慕子狮抿唇笑了笑：“你这个年纪的女孩子，心里的事儿不比大人的少，我也曾经历过你这个时期，但是你这个阶段，学习才是最重要的，你明白吗？”

“老师，我没分心。”林尾月为自己辩解，“是我自己做题太粗心了。”

“那你和付清徐在山上说了些什么？”

突如其来的转折，打了林尾月一个猝不及防。

不是在说学习吗？

“没说什么……他遇到点问题，我就想安慰安慰他。”

慕子狮顿了顿，说：“好，老师相信你。但是，如果你遇到什么难以解决的问题，老师可以帮你，知道吗？”

他就像是一个温和可亲的长辈，言语中都是对她的关切，林尾月毫无防备，心里突然就被感动得一塌糊涂。

林尾月抬头，蒙蒙地看着他。

“小尾巴，下次数学考试，要是让我发现你再犯这种低级错误，我可就要罚你了，知道吗？”慕子狮说。

她用鼻音“嗯”了一声。

他笑笑：“好了，去王老师那儿受罚吧。”

“啊？”

“快去吧。”

林尾月一脸生无可恋地走了。

慕老师望着她落寞的背影，轻笑出声。

被罚的四个乖学生排排站，引来一群人围观。

这四个人霸占着年级大榜和每次大考的单科成绩最高纪录，不和他们同班的人永远都能在学校的各个光荣榜上看到他们的名字，好不容易回家了，还要被爸爸妈妈念叨你怎么不学那个谁谁谁，可谓是无所不在，让人对学习丧失热情。

如今天道好轮回，看谁饶过谁。

要不是老师就在这里，估计好多人都想拿手机拍下这历史性的一幕。

王老师在四个人面前来回踱步，一边走一边教育。

他一手背在身后，一手恨铁不成钢地指着这四个人：“你们胆子够大的啊，这刚分科就飘了，是不是觉得你们这届没捞着高考改革只用学六门挺得意啊？”

四个人低头看脚尖，不敢说话。

训话的时候，要是敢回答老师的气话，那就是找死，他们几个很少被骂，

但这点基本常识还是有的。

“顾逸迩，你最嚣张！你是不是觉得你语文成绩很好不用听语文课了？”

顾逸迩瑟缩了一下。

“给我气死了，你们这帮子学习成绩好的最近简直是不像话！从来没哪个好学生像你们这么荒唐的！

“顾逸迩，你交上去比赛的作文我让你改的地方你改完了吗？还有你们仨，马上就要学科竞赛了，不待在教室里老老实实多做几道题成天在外面野什么？啊？

“你们是不是觉得自己肯定能考上清华北大啊？特有自信啊？”

司逸弱弱说了句：“应该可以……”

王老师怒瞪：“嗯？挺有自信啊？再说一遍。”

司逸连连摇头：“没有没有。”

王老师又问其他三个人：“你们仨呢？说话！”

三人齐声：“没有自信。”

“那你们是不是没把老师放在眼里！”

四个人又一同道：“下次不敢了，放在眼里了。”

“你们还敢跟我犟嘴了！”

算了，说什么都错，还不如不说。

“你们四个就好好给我站在这儿反省！站到晚自习！晚饭不许吃了！”

长达二十分钟的说教终于结束，王老师喝了口茶回办公室了。

同学们纷纷表示大快人心，看着尖子生受训，真是出了一口恶气，等回家就跟爸妈说他们年级前几被罚站走廊，以后再犯错就能少扣些零花钱了。

大家心满意足地散开了，只留下四个弱小无助的学霸站在走廊上。

“真要站到晚自习？”司逸最先开口。

“真的不能吃晚饭吗？”林尾月担心的是这个。

王老师的严格是全年级出了名的，一般他定下的惩罚，没哪个学生敢违抗。

前不久有个学生被罚抄一百遍《岳阳楼记》，后来国庆节放假该学生全家去岳阳楼玩，在岳阳楼门口，该学生当即一字不落地背完了《岳阳楼记》，免了门票不说，更是引得周围游客一阵掌声，再后来那个学生的父母特意到学校来道谢。

从此，王老师的惩罚再没人不服。

转眼第三节课也下课了，四个人照样乖乖站在走廊上。

下课去吃饭的学生们跟看猴一样看着这四个人，还有人拿手机出来拍。

二更喊得最大声："谁敢拍我逸哥！我让他尝尝什么是人间疾苦！"

结果被路过的王老师听到，于是他也"光荣"地加入罚站小分队，并加长罚站时间至晚自习第一节课下课。

二更同志站在四个人中间，"C 位"罚站。

二更缩了缩脖子："你们别瞪我了行吗？下了晚自习我请你们吃夜宵。"

"我还在长身体呢，少了顿晚饭少长一厘米。"林尾月不满地嘟囔。

二更摆手："到时候穿高跟鞋，让你瞬间长高十厘米。"

司逸冷笑一声："那我呢？"

"逸哥，你都一米八多了，给我们这些人留点活路不好吗？"二更撇撇嘴。

"我还差一厘米一米八，怎么赔我？"付清徐忽然说道。

"我还差一厘米一米六，怎么赔我？"顾逸迩忽然说道。

四个人一起质问他，二更认输："你们说，怎么着吧？我给各位大哥大姐跪下来请罪？"

顾逸迩笑眯眯地说："不用，照我说的做就行。"

十分钟后。

"快让开！尔更绿他晕倒了！快让开让开！"

司逸和付清徐一人扛头，一人扛腿，顾逸迩和林尾月担任左右护法，人形救护车般边喊边往医务室冲。

围观的学生啧啧称奇。

"心脏病犯了？"

"听说是罚站站晕了。"

"啧啧啧，这么大个，罚个站就晕了，身体素质也太差了。"

"可不是嘛。"

二更闭眼装死，内心波澜壮阔。

他的一世英名。

最后实在是憋不住了，他小声冲司逸说："逸哥，你轻点捧我头，我的头又不是篮球。"

"闭嘴，晕倒的人不准说话，要再说话我就让你知道什么叫真正的运球。"

最后，二更被强迫躺在医务室的床上，接受校医检查。

校医检查不出毛病，其他四个人就说是身体素质太差晕倒了。校医了然一笑，丢下几个人去看自己的电视去了。

"你好好躺着，待会儿我们给你带晚饭。"

那四个人说完就走了。

二更同学这一等，就是两个半小时。

"同学，你还不走啊？我要下班了。"

二更走出医务室，给司逸打了个电话。

"哦，不好意思，把你忘了，我们四个在学校后门吃烧烤呢，来吗？"

二更怒摔手机，摔完以后又给捡起来放兜里了。

他蹲在医务室门口悲伤地哭泣。

再也不跟学习好的人玩了。

都是骗子，感情的骗子。

时间过得很快。

最近四中的横幅拉了不少。

"祝贺我校高三（一）班 ×× 同学在全国高中数学联赛中荣获一等奖！"

"祝贺我校高三（一）班 ×× 同学在全国中学生生物竞赛中荣获一等奖！

……

"祝贺我校高二(一)班司逸同学在全国高中数学联赛中荣获一等奖！"

"祝贺我校高二（二）班顾逸迩同学在全省青少年乐器大赛中荣获高中组一等奖！"

"祝贺我校高二（二）班顾逸迩同学在全省 ×× 杯作文比赛中荣获高中组一等奖！"

"祝贺我校高二（二）班岳泽茗同学在全省青少年乐器大赛中荣获高

中组一等奖！”

今年各大竞赛中，四中拉出去比赛的学生们都很争气，一等奖的就有不少人，学校挂横幅不能挂得太嚣张，因此直接省略了一等奖之后的名额，改为红榜公告栏展示。

这其中最受瞩目的就是在五大学科竞赛中获得数学联赛和信息学联赛一等奖的学生，这份荣誉意味着，他们将代表本省参加今年的全国中学生奥林匹克冬令营，在全国数百位的尖子生中再挑选出30位进入国家集训队，参加国际奥林匹克竞赛，为国争光。

司逸是为数不多的，在高二就拿到冬令营名额的学生之一。

向来严肃的教导主任也不禁笑眯了眼，用力拍了拍慕老师的肩："慕老师，你教出来的好学生啊！当初让司逸退了其他几门专心攻数学，这个决定真是再英明不过了！”

司逸的理科成绩门门拔尖，慕老师看得出来，司逸其他几门理科之所以拔尖的原因是他的数学功底非常强，逻辑性和思维性早在他还没有上高中前就已经形成了，有了底子，学这类学科都不难了。

这是与生俱来的数学天赋，加上后期的培养锻炼，缺一不可所造就的。

慕老师说服其他老师同意司逸退了其他三门学科的比赛，专心攻克数学。

历届以来还没有人能在几门学科中同时获奖，不必为了一时的荣誉丢了西瓜捡了芝麻。

果然，司逸没有辜负所有老师的厚望，在所有派出去参赛的高二学生中，只有他一个人拿到了如此惊艳的成绩。

"要是这次能进入国家集训队拿到好成绩，你将是四中有史以来第一个高二拿到保送资格的学生。”教导主任赞赏地看着坐在会议桌最末尾的司逸，大声说道，"全国前二十的顶尖大学，随你挑。”

比起自主招生、高考加分这些项目，保送，才是对于一个尖子生最高的肯定。

"谢谢老师。”司逸谦虚地坐在椅子上，不敢嚣张。

他作为这次会议的主角，为什么会坐在最末尾?

那是因为坐在最前排的，是他爸妈，其次是校长和副校长，再次就是年级教导主任和他的班主任，他自然只有坐最后面的命。

"司总，您看这冬令营，咱们就让司逸去了？"

司爸爸沉吟片刻，问司逸："你自己的想法呢？"

司逸点头："去啊，就算选不上，也能见见世面。"

"司逸才高二，这次选不上，大可明年再参加。"司妈妈表示赞成。

司爸爸看了她一眼，用手指轻轻敲打着桌面，淡淡一笑："司逸也不是非要读国内的大学，他初中毕业的时候我就想让他出国念，是他自己说要留在国内读高中。"

司妈妈没理他，直接问司逸："你想读国内大学还是国外的？"

司逸抿唇："国外有什么好啊，国内挺好的。"

"那你就去参加吧。"司爸爸双手交叠，"如果能够保送，我希望学校能把自主权交给我们做家长的。"

校长点头："这是自然。"

在场的人除了司逸，都点头了。

"我自己选不行吗？"司逸皱眉。

"也可以，但是你未来的路我已经帮你规划好了，如果你选择得太偏离，只会让你自己更加辛苦。"司爸爸并不介意。

众人心中了然，司总这是摆明了要让他儿子走自己规划的路了。

司逸最烦的就是这个。

他说了很多遍，他不想走这条路，可是每次只要一和父亲说起这个事儿，父亲就会变得格外专制，在这方面根本不给他反驳的可能性。

"犬子的事情，还麻烦各位老师多多操心了。他年纪小，调皮，做事比较冲动，如果有冒犯各位老师的地方，只管责骂。"

司爸爸说完最后一句话，就起身准备离开了。

众人也跟着起身送他，只有司妈妈还无动于衷。

司爸爸有些疑惑："怎么了？"

"你先走吧，我有话跟司逸说。"

司爸爸看着她，稍稍抿嘴，思索了一会儿又和其他人说："能不能让我们一家人聊聊？"

"请便。"

校长撺掇着其他人跟着离开了。

慕老师是最后离开的，他什么话也没说，只用力捏了捏司逸的肩膀。

转眼间，会议室只剩下他们一家三口。

“你怎么不走？”司妈妈皱眉看着眼前的男人。

司爸爸苦笑一声：“为什么总要将我摘出去？”

“不是将你摘出去，是你自己出去的。”司妈妈抱胸看着他，语气讥讽，“你现在这个位置，总算是坐稳当了，恭喜啊。”

“小芙，我们就不能好好说话吗？”

“我没法跟你好好说。”司妈妈厌弃地撇过了头，“等你的事忙完了，咱们就把离婚协议书签了。”

“小芙，你不是不知道，爬得越高就越怕摔下来，有多少双眼睛盯着我们，等着抓我的把柄，我连想都不敢想。”

司妈妈冷笑一声：“司青扬，你还要困我多久？”

在外人眼前，他们还是一对相敬如宾的夫妇，可只有他们自己知道，二人分居已久，这一年里，见面的次数一个手就能数出来。

司逸烦躁地看着眼前这对貌合神离的夫妇，终于出声打断了他们的争执：“你们非要在亲生儿子面前吵架吗？”

夫妻二人的对话戛然而止，同时看向了司逸，眼神里充满了复杂的意味。

“反正这一年，我一个人住家里头也住惯了，你们要离就离，别见面就吵吵吵的。”

司逸站起身来用力踢了一脚旁边的椅子，“哐当”一声，椅子与大理石地板碰撞，发出一声脆响，为这本就紧张的密闭空间又添了一丝高压的气氛。

“司逸。”司爸爸叫住他，“你真的不考虑出国吗？”

“我不出。”司逸转过头，语气很不耐烦，“别想强迫我，不然我就是爬也会爬回来。”

“如果你是舍不得你那几个朋友，我大可帮你去说。”司爸爸试图劝说他，“我知道你们感情好，他们可以和你一起……”

司逸捂住耳朵，厉声打断了司爸爸的话：“爸！和他们没有关系，是我，我自己，不愿意出国。”

“爸，你是不是高高在上惯了，就觉得所有人的人生你都能一并安排了？”司逸走到司爸爸身前，身高已和他无异，眼神凌厉，“顾逸迩也好，尔更绿也好，他们有自己的人生，凭什么他们就得为了我跟着一起出国？

你自己用感情捆住我妈，就觉得我跟你是一种人吗？”

“司逸，你不懂就不要乱说。”司爸爸皱眉，语气沉沉。

司逸苦笑一声：“我不懂，你懂吗？如果你懂，为什么这个家会变成现在这样？你和我妈青梅竹马，水到渠成，没有家庭的阻碍，没有第三者的破坏，解除误会后，这一年里你们有无数次的机会修补这个家的裂痕，可是为什么这个家还是碎的？你没想过吗？”

他说完最后一个问句时，口齿已经有些不清晰。

司妈妈上前扶住司逸的肩，戚戚叫了一声：“司逸……”

“爸，一年前你在天台和我说的那些话，你还记得吗？”

司爸爸哑口无言。

“你记得，你也知道你们的问题出在哪里，可是之后你就忙着你的事情去了。你觉得你和我妈之间还有感情，所以不急、不慌，对不对？”司逸又转向司妈妈，“妈，这一年里你拼命赚钱，赚到你想要的数字了吗？开心吗？”

见司妈妈也回答不出，司逸又笑了：“你们都是自私鬼。”

“我绝不要做你们这样的人。”司逸深深吸了一口气，将眼眶里的水也挤了回去，“我是舍不得顾逸迩和尔更绿，我和他们之间的感情，我会好好珍惜，而不是用感情去捆住他们的人生，他们不是为我而活的。”

司逸走了。

司妈妈瘫坐在椅子上，无奈一笑：“司青扬，咱俩快五十的人了，还没自个儿子活得明白。他说得对，咱俩都自私，活该被儿子骂。”

会议室门外，司逸蹲在原地，抱着膝盖发呆。

从小到大，他按照父母的嘱咐，乖乖地成长着。

他的血肉来自父母，他丰富的物质条件来源于父母的辛苦工作，他拥有很多普通人无法拥有的优越条件，这些都是父母给的。

他永远也割舍不下父母。

可他实在恨，恨他们的自私，恨他们不回家，恨他们人前风光无限，忘了他。

他小时候一个人在家，就抱着史努比睡觉，也不觉得害怕，因为知道，爸妈纵使再晚也一定会回家。

但是现在他能一个人关灯睡觉了，不再需要史努比，爸妈却不会回家了。

司逸一边骂自己天真，一边又期盼父母不要打破他的天真。

他曾见过父母爱到极致，温馨甜蜜的模样，也被迫接受了他们相看两厌，无法共屋檐的结局。

他仰头，用力睁大眼，没忍住。

蹲了许久后，司逸站起身来，擦了擦眼角，用力拍了拍自己的脸颊，准备回教室了。

因为整个年级只有司逸一个人拿到了冬令营的名额，因此除了他，所有人又恢复了日常的学习生活。

顾逸迩已经被指定将代表学校参加明年的全国杯作文比赛，但由于准备时间还比较充分，所以没有司逸那么忙。

临近十一月，司逸动身去首都的日子越来越近。

下课后，二更叼着笔问司逸："逸哥，咱们几个给你办个送别会吧？"

"我又不是不回来了。"司逸兴趣恹恹。

"可是你这一走，要是进了国家队，就得明年才能回来了啊。"二更一一给司逸分析着，"要是保送了，你高三就不用读了，不就相当于送别了吗？"

司逸有些无语："全国数学好的又不是只有我一个，我才高二，你以为国家队那么容易进吗？"

"逸哥，我们这都相信你能进，怎么你自己不相信你自己啊？"

"我不是不相信，我是有自知之明。"司逸叹了一声，"人外有人，天外有天，你没听过吗？"

"不行，我一想到这几个月都见不到你，就浑身不舒服。"二更转着眼珠子，若有所思的样子，"你走之前，咱们得好好吃个饭，不然我心里没有准备，要是忽然哪天，你就一个人拖着行李箱去首都了，一声招呼都不打，太难受了。"

司逸嫌弃地看了他一眼："尔更绿，我发现你说话真是越来越恶心了啊。"

"你难道不觉得我说话越来越浪漫了吗？"二更皱眉，"我这些天可是看了不少韩剧，说给小学妹听的时候，都把她说哭了。"

小学妹真是多愁善感得很啊。

“逸哥，你就说你答不答应吧？”二更下了最后通牒。

司逸勉强点头：“行吧。”

二更当即就行动起来了，戳了戳付清徐，又戳了戳林尾月，又叫了陆嘉。这几个人都很爽快地答应了。

“我找逸姐去。”二更说完就要走。

“哎。”司逸拦住他，“我自己叫她。”

二更眨了眨眼睛，坏笑：“逸哥你好主动哦，亲力亲为呀？”

司逸一讪：“你屁股痒了是不是？”

“不是，您去，您去。”二更讪笑。

司逸见他老实了，又把注意力放在数学题上了。

结果，二更招魂一样的声音又在他背后响了起来：“逸哥，逸哥。”

“尔更绿，你给我把屁股伸出来！”

“逸哥你冷静，我想到一个事儿。”

司逸横了他一眼：“什么事儿？”

“我最近看韩剧，发现现在已经不流行大叔，不流行总裁，不流行鲜肉了。”

“所以呢？”

“所以现在对女生来说，最没有抵抗力的是小奶狗啊！”

司逸一下子被带偏了注意力：“狗？”

“不是汪汪汪的狗，就是很奶、很黏人的那种男生。”

司逸五官都拧在了一起：“那不是娘吗？”

“啧，不是，就是那种……撒娇，懂吗？”

司逸皱了皱眉，嘟囔道：“我比耳朵大，她跟我撒娇还差不多，我跟她撒娇？”

“这你就不懂了吧。”二更凑到他耳边，“撒娇男人最好命！”

短暂的沉默后，司逸问他：“怎么撒娇？”

两个人鬼鬼祟祟地讨论了半节课，最后引起了正在攻克物理题的付清徐的强烈不适。

“你们口不干吗？”

二更咳了咳：“说韩剧呢！”

司逸：“我觉得他说得挺有道理的，你要不要听听？”

司逸走的前一天，他们这个小团体都请了晚自习的假给他开送别会。

慕老师也知道这帮学生感情好，于是和王老师求了个情，准了顾逸迩和王思淼的假。

几个人也没去什么大饭店，就在学校后门的烧烤摊那里吃。

进入高中后，他们几个人从不熟悉到熟悉，从熟悉再到要好，这一年多的时光，竟过得如此快。

未成年人不能喝酒，所以大家就买了两大瓶可乐，以可乐代酒。

可乐不醉人，人自醉。

醉得最厉害的，就是二更。

“逸哥，咱俩从幼儿园开始就是一个班的，穿一条开裆裤长大，寒暑假也一起学钢琴学古筝练书法下围棋，除了晚上各回各家，几乎天天在一起，后来高中不是一个班了，给我难受得，那一个月拼了老命地学习啊，终于又和你一个班了，本来以为咱俩能一直这么在一起……”二更话锋一转，顿时变得无比惆怅，“结果，你这一走就是好几个月，我实在是，心里头难受啊。”

在座所有人都笑了。

司逸也挺不好意思的，大晚上的一个大男生在这儿跟他诉衷肠，实在是别扭得很。

“别说了，我又不是不回来了，说得我好像就这么一走了之了似的。”司逸用杯子挡住嘴，试图遮住自己的羞赧情绪。

陆嘉嘲笑道：“我都不知道，你这么喜欢逸哥啊。”

“你懂什么！”二更瞪了他一眼，“在半年之前，逸哥就是我人生No.1！”

小学妹俞子袖今天也来了，羞怯怯地坐在顾逸迩身边，全程没吃几根串串。

“哦——”陆嘉拖长了声音，转头又去打趣小学妹，“学妹，你的头号敌人居然是逸哥，惊不惊喜？”

俞子袖声音小小的：“尔学长和司学长是好朋友，不是我的敌人呢。”

在座的人顿时觉得心一颤，内心的父爱母爱全都洋溢了出来，尤其是陆嘉，他觉得自己刚刚调侃这么一个萌妹子，太不是人了。

“两情若是长久时，又岂在朝朝暮暮。”二更开始吟诗了。

除了小学妹，所有人都对二更这副忽然的文绉绉感到不习惯。

而小学妹却仰慕道：“学长念诗真好听。”

学妹长得可爱，性格也好，就是眼睛近视有点严重。

司逸笑着拍了拍二更的肩膀：“哎，最近你老往琴房跑，是去找学妹吗？”

“是啊，我在教学妹弹钢琴。”二更神秘一笑。

“哟，你这半吊子连十级都没考过还教人了啊。”司逸看向学妹，“学妹，他教你什么了啊？”

“一首英国民歌，叫《绿袖子》。”

顾逸迩想了想，笑了：“这不就是你和二更的名字合写吗？”

所有人细细品味了一番，发现还真是。

缘分果真是妙不可言。

“相传这首歌是亨利八世所作，为了纪念他爱的一个民间女子，因为那个女子爱穿一身绿衣裳，他就命宫里所有的人都穿上了那件绿衣裳，以慰相思，但是无论他怎么思念，都再也等不来心中的绿袖子。”司逸给大家科普。

陆嘉有些惊讶：“逸哥，你居然知道这么浪漫的故事？”

“钢琴考级。”司逸淡淡说出了缘由。

二更微微一笑：“这曲子好听，不过这意思不适合我和学妹。”

“怎么不适合？”陆嘉打趣地问。

二更说得一本正经：“一个人终其一生，都没有再等到另一个人，我和学妹一是身体健康，二是约定好了要考一个地方的大学，都不会分开，哪儿来的分开？”

大家都啧啧打趣，但心里都是认同二更的说法的。

生离死别，哪那么容易呢。

“不过，你们俩是打算考到一起吗？”二更话锋一转，看向了司逸和顾逸迩。

司逸一愣：“什么？”

“逸哥，你这次要是保送成功了，你会去哪里念大学？”二更指了指顾逸迩，“逸姐，你也开始准备自主招生了吧？打算去哪里？”

陆嘉挥手："他俩肯定不是清华就是北大了呗，还有别的可能吗？"

"我还想考清华北大呢，可惜考不上啊。"二更咬着杯子，说话声有些含糊，"最近这帮人太努力了，我都被挤出全校前一百了。"

四中历年向全国 Top2 大学稳定输送生源，尤其是奥赛班的学生，前几年的一届，理科奥赛班全员考上清华北大，还上了新闻。因此到了高二，奥赛班的竞争极大，在那样高压的学习环境下，二更哪怕还能保住稳住"985"高校的高考目标，也落后了别人一大截。

"你可长点心吧，我的二更同志哎。"陆嘉语重心长。

二更哼了一声："我的目标已经改成军校了，等高三体检一过，稳稳地上。"

顾逸迩倒是很惊讶："那你考哪个啊？"

"你们都在首都，我当然考国防喽。"二更耸肩。

"那大家，首都见？"陆嘉提议道。

"同意。"二更最先举手，之后又数了数其他几个人，"付清徐，林尾月，王思淼，你们可是稳定前五十名啊，我不许你们考不上清华北大，还有小学妹，学长在首都等你过来哦。"

俞子袖用力点头："嗯！"

"那我们，为一年后的高考干杯！为首都干杯！ Cheers！"

"干杯！"

"干杯！"

少年意气风发，就这样互相约定了誓言。

首都见啊。

聚餐结束，陆嘉和俞子袖扶着二更回教室。

"哈哈，我没醉！我还能喝！再喝！"

陆嘉怒吼："尔更绿，你差不多得了啊！喝可乐呢醉你个头！"

"嘉嘉你好凶……"

"啪"的一声，二更摔在了地上。

"你自己回教室！老子不伺候你了！"

王思淼同情地看了一眼倒在地上的二更，怕是这张脸得破相。

"班长，咱走，别理他。"

俞子袖蹲在地上，用手指戳了戳二更："学长，你真的醉了吗？"

地上的人就跟死了似的，没反应。

走在后面的司逸几个人走上前观察。

司逸踢了踢二更："哎，别装了。"

没动。

顾逸迩嗤笑一声："二更这不是想考国防大学，是想考中央戏剧学院吧。"

"谁知道呢。"司逸又踢了踢二更，"我告诉你，你要是再装，被老师看见了，你跳进黄河都洗不清。"

这句话起作用了，二更爬起来了。

"我恨我是未成年。"二更得出这么一个结论。

神经病。

俞子袖看着二更："学长，你喝可乐也会醉啊，太可怜了。"

二更忍住："嗯，我好可怜。"

"心疼学长。"摸摸头。

在场的两个男同学若有所思。

但两个女同学就跟看精神病人一样看着地上的两个人。

演得太逼真，最纯真的林尾月都快信了："你真醉了吗？"

"醉了！我醉了！"

"谁醉了！谁醉了！小王八羔子敢喝酒！"

浑厚的男高音，不是未成年的声音。

巡逻老师已经冲了过来，眼神凌厉地看着这一群人："你们喝酒了？"

几个人异口同声："我们没喝，他喝了。"

同时指向地上的二更。

二更此时已经迅速爬了起来，以一个华丽的军姿面对老师。

巡逻老师一声冷笑，伸手就揪起二更的耳朵："可以啊，你个小王八羔子，顶风作案！还这么明目张胆，当我死的是不是？起来，跟我去办公室录口供！"

二更瞬间"醒酒"，义正词严："老师，我跟他们开玩笑的，我没醉，我特别清醒，不信我给您背九九乘法表？"

"背你个头！醉了的人都说自己没醉！"老师才不管他这一套，"跟我来！”

“啊！我冤枉啊！我没喝酒！学妹，你告诉老师，我没喝酒！”

俞子袖一脸痛苦：“学长，你没喝酒，可是你醉了啊。”

二更被老师拖走了，俞子袖因为过于担心，跟了上去。

站在原地的其他人心情复杂。

要说二更可怜，确实也是二更自找的，要说他值得同情吧，好像，也不值得。

二货不值得同情。

司逸说：“回教室吧。”

其他几人默默点头。

本来几人是并排走的，结果走着走着，司逸就落单了。顾逸迩担心他，就也落后了几步，然后被司逸一把拉住胳膊，往旁边蹿了过去。

林尾月转头，见两个人都不见了，很疑惑：“那两个人呢？”

“可能醉了吧。”付清徐淡淡道。

“哦。”林尾月没想明白，这可乐怎么就会醉呢。

没度数啊。

“林尾月。”付清徐忽然叫她的名字。

林尾月应了一声：“嗯？怎么啦？”

“你想不想考首都的大学？”

清华北大谁不想考啊，她爸爸那么辛苦，就是为了供她上个好大学，林尾月当然点头。

付清徐缓缓说道：“等考了大学，她就再也管不了我了。”

林尾月一下子就猜到他说的是付清莱。

林尾月和他面对面站着，就这样看着他微微勾起嘴角，笑得好看极了。

他五官清俊，又戴着眼镜，因为性格冷淡，平常总给人斯文冷峻的印象，因此很少有人敢主动跟他搭话。

可其实他笑起来的时候，很好看。

他的眸子黑亮，哪怕是隔着一层镜片，也能看见那双眸子里的光芒。

像是装着一整条银河，璀璨闪耀。

林尾月愣怔地看着他，说了句：“你笑起来，还蛮好看的……”

他稍稍一愣，随即脸颊两侧悄悄染上浅浅的红。

初中的时候，他爱打篮球，因此不论输赢，总是乐呵呵的，一场比赛结束后，会笑着给对手一个拥抱，笑着对那些送水的女生说，谢谢你们啦，但是我自己带了水来。

他以前，很爱笑。

如今，他都快忘了怎么笑。

只是，最近好像又学会了。

“你喜欢，我就笑给你看。”他轻轻说道。

他一反往常，竟然真的笑了好久。

林尾月被美色诱惑，呆呆地问道：“付清徐，你也喝醉了吗？”

他点头。

今天太高兴，因为有她，有一大群好朋友，让人开心的事物又重新回到了他的生命里。

所以他好想笑。

顾逸迩被司逸拉到了一棵大树后面。

“你干什么？”

司逸嘟嘴：“你最近好像很忙啊？都不来找我了。”

顾逸迩仰头望天，最近她确实很忙，忙着比赛，忙完了省级的又要忙全国的。

“嗯，忙。”

司逸哼了一声：“学习在你心里的地位已经比我重要了吗？”

顾逸迩不为所动：“学习能让我考上清华北大，你能吗？”

好有道理，无言以对。

“耳朵，我明天就要上飞机了，你就不能对我好点吗？”

顾逸迩皱眉：“好吧，你要什么好处啊？”

司逸咬唇，喉结动了动：“为了显得隆重而不失亲近，咱们来个友好的温暖拥抱吧！”

顾逸迩觉得自己的脸有点烫：“不要。”

司逸好像没听到她的拒绝似的，上前一步抱住了她，把头靠在了她的肩膀上，闭着眼喃喃说道：“耳朵，我好像醉了。”

“今天喝的是可乐。”

“但是我脑子迷迷糊糊的。”司逸奶声奶气地说道，“肯定是你身上有酒。”

“胡说八道。”

司逸心下得意，给自己加油打气。

加油！司逸！你是全世界最可爱的小奶狗！

“耳朵，我走了以后，你要记得每天都想我呀。”呕，好恶心。

“你没事吧？”顾逸迩碰了碰他的额头。

“你先答应我啊。”

顾逸迩傲娇：“不答应。”

“不嘛，我就要你答应我。”他这么说，还用头在她颈窝那里蹭了蹭。

顾逸迩拉上他的手就要走：“走。”

“去哪儿啊？”

“医务室。”

第二章

/ 聊聊 /

首都下雪了。

和南方不同，并不是那种像雨滴一样的米粒，而是会随风飘动，真的拥有精细的纹路和六角形状的雪花。

司逸穿着黑色的羽绒大衣，站在空地前，雪花落满了他的衣服，他的黑发也被染上一层白，就连睫毛上，都沾着晶莹的雪白。

生在南方的司逸，头一次见到这样壮观的雪景。

漫天的飞雪，染白了整片空地，压弯了枯枝，他墨黑的瞳孔中，也尽是一片雪亮。

参加这次冬令营的有不少是南方来的学生，他们就像是看见了最新奇的玩具一样，在难得的休息时间里，不顾寒冷地跑了出来，只为亲眼一睹这被雪染白的纯白世界。

“来打雪仗啊！”

“来啊来啊！”

“堆个雪人堆个雪人！”

“谁会滚雪球啊！”

和司逸一起来首都参加冬令营的还有四中的两个高三的学长，因为司逸年纪小，所以对他格外照顾。

其中一个学长拍了拍司逸的肩膀：“想不想试试整个人埋在雪里的感

受？”

司逸用力点头：“想！”

“走！那边还没被破坏呢！”

几个男生踏着雪，跑到了空地的最中央。

“一二三！倒！”

司逸整个人扑进了雪里。

居然一点也不觉得冷，反倒觉得雪花软绵绵的，就像是埋在棉花糖里。

司逸抬起头，畅快地仰起脖子。忽然间，一团雪球打在了他的脸上。

他扒开雪，大喊：“学长欺负学弟了！”

其他两个学长哈哈大笑：“打雪仗岂有学长学弟之分！是男人就别㞞！”

司逸站起身来，抓起两团雪就冲那两个幸灾乐祸的学长打了过去。

南方的同学们都在玩雪，一群北方的大佬笑看这群南方人，其中一人说：“没见过世面，一场雪乐成这样。”

然后，那个说话的人就被好几个人围攻了。

“南北大战！来不来！”

“嘿，爷还怕你们几个南方人？看招！”

一时间，所有人都玩了起来。

哪有什么南北之分，不过都是一群爱玩雪的孩子罢了。

“看我的煎饼果子！”

“看我的臭豆腐！”

“看我的狗不理包子！”

“看我的蟹黄灌汤包！”

“看我的塌糊子！”

“看我的口味小龙虾！”

雪仗越打越激烈，司逸和两个学长好不容易逮着机会逃了出来，跑到一边去抖雪了。

“太狠了，居然往我脖子里灌！”

司逸自己抖完雪，又帮两个学长抖，三个人坐在雪地上，又开始发呆。

这种莹白的雪景，很容易让人失焦，陷入一阵冥想。

司逸想着想着，就把自己的手机掏了出来。

“嘿，你怎么有手机啊？”一个学长喊道。

司逸得意地扬了扬：“我求老师求来的，待会儿就要还回去的。”

因为打雪仗的缘故，少年白皙的脸颊染上一层微微的红色，一双眼睛就像是会发光的黑曜石，嘴角微扬，明眸善睐。

他站在雪里，就像是这漫天白色中的一抹墨点，也是这幅画中最惹人注目的美景。

两个学长吃味地对视了一眼，之前听说那个老师是“颜控”，果然是这样。

他们天天跟在老师屁股后面，就差没跪下来求老师了，结果司逸这小子就凭一张好看的脸把手机给要来了。

校草的魅力不管在哪儿都管用啊。

还有那些女生，个个彪得跟扈三娘似的，偏偏打人的时候就默契地一致避开司逸，生怕把这块宝玉给打坏了。

下辈子一定要当个美男，两个学长心中暗自腹诽。

司逸伸出胳膊，用衣服接住了几片雪花。

黑色羽绒服能够将雪花衬得更清晰，他将手机镜头对准雪花，拍了一张。

他找到那个熟悉的微信头像，发送了过去。

【耳朵，给你看雪】

那边的人回得很快。

【好好看！】

司逸满足地笑了，给她发了条语音：“我小时候一直以为六角形的雪花都是漫画里才有的，没想到是真的。”

那边也回了语音，是他熟悉的甜味：“我也以为，大自然真神奇。”

两个南方的小朋友把雪花一顿赞美，可惜雪花不知道。

司逸听着她的声音，忽然就想见她了。

“耳朵，能开视频吗？”

不一会儿，那边发起了视频通话。

他迫不及待地接听，接着屏幕里出现了一双眼睛，眨巴眨巴的。

“你怎么只给我看眼睛啊？你在干吗？”

“烤火。”

“怎么不开空调？”

“家里的中央空调坏了，师傅正在修。”

司逸哦了一声："那你好歹也让我看清楚你整张脸吧。"

少女应了一声，将镜头拉远。

一张小巧精致的漂亮脸蛋出现在屏幕里，他神情恍惚了一下，却将目光放在了她披散着的长发和脑袋顶上的两只巨大的兔耳朵上。

她很少散发，最常见的发型就是马尾辫，虽然俏皮可爱，可是司逸在梦里曾见到过，她将长发尽数散下，温婉妩媚的模样。

司逸不自然地咳了一声。

她和他想象中的差不了多少，一张巴掌大的小脸被黑发衬得像一颗饱满的珍珠。

司逸愣了一会儿，才问道："你……你那兔耳朵是什么啊？"

"啊？"顾逸迩摸了摸耳朵，"是睡衣上的耳朵。"

"你睡衣上还有耳朵？"

"兔八哥睡衣，你说有没有耳朵？"

司逸觉得自己不能浪费时间在这么无聊的话题上，于是就将镜头转向后置，给她看雪："耳朵，首都下了这么大的雪，看到了吗？"

"哇，好白啊。"

"等你来了首都，咱们冬天可以一起看雪了。"司逸笑眯眯的。

"雪很冷吧，我刚看你头发上沾着雪。"

司逸给她解释："不冷，软的，你来了就知道了。"

顾逸迩笑了："我知道了，你别老站在外面，首都已经零下了吧，你受得了吗？"

"这么大的雪，我哪能因为怕冷就窝在室内呢？而且……"他顿了顿，看了眼这雪白的童话世界，"这么漂亮的景色，我想让你也看看。"

他的声音里带着点羞赧，可惜顾逸迩看不见他的表情。

顾逸迩烤着火，看着雪，心里暖洋洋的。

忽然，手机里传来了其他人打趣的声音：

"哟，我们学弟跟哪位红颜知己说话呢？脸红成这样，给学长瞧瞧！"

接着，对接视频忽然剧烈一抖，随着司逸惊慌的声音，镜头又转向了前置，两张好奇的脸盯着屏幕。

"我去！"异口同声的惊呼。

顾逸迩一脸茫然。

那边已然炸锅。

其中一个学长指着司逸："你……你跟顾逸迩通电话？"

司逸无语："你不都看见了吗……"

司逸抢过手机，对顾逸迩解释："是那两个高三的学长。"

"哦。"顾逸迩了然地点头，朝着镜头一笑，"学长们好，我是顾逸迩。"

学长们皮笑肉不笑："学妹好，我们认识你。"说完就瞪了一眼司逸，随后又落寞地叹了口气。

看来以后寝室夜谈再也不能随意幻想自己和校花学妹的初遇情节了。

年纪比司逸大也就算了，长得也不如司逸好看，还不如司逸聪明被老师们夸数学天才，真是人比人丧死人。

"天道不公啊。"学长感叹道。

司逸拿着手机又跑到了一处空地，两个学长在后面跟着。

司逸若有所思了一会儿，把镜头后置，递给了学长："学长，帮我拿着，拍我。"

"哦，好。"

个子高挑的少年完整地出现在镜头里，顾逸迩问学长："他要干吗？"

学长也茫然："不知道啊。"

接着，他们就看见司逸在雪地上踩来踩去的。

两条长腿互相配合，司逸专注地看着地面，渐渐地踩出了一颗心。

"看到没？"

两个学长突然觉得被虐得心肝疼。

手机里，顾逸迩没有说话，只是用双手捂着脸，垂眸，一副安静的样子。

其实司逸这次去参加冬令营，大家想的都是让他见个世面，至于到底能不能参选上国家队，没人抱太大希望。

毕竟他才高二，就算再聪明也不可能比得过来自全国各地那么多的高三尖子生，更何况他还有一年的高三要读，有的是时间继续准备。

直到三月份的时候，首都那边来了消息，司逸在 CMO 中成绩优异，通过层层选拔，和其余的几十名学生一同被选入国家集训队，再由国家队继续培训选拔，将有机会进入中国国家代表队，参加今年的 IMO。

写着司逸名字的横幅被挂在学校的正大门口，每天接受同学们的顶礼膜拜。

司逸是四中建校以来，第一个在高二年级就拿到名校保送资格的学生。

目前具体选择哪所学校并没有定论，清华、北大的招生办已经打来了电话，老师们笑得合不拢嘴，忙着商量到底是选清华还是选北大。

无数学生小时候做过的梦，将来念大学究竟是去清华还是北大，就这样被司逸实现了。

而且还是免考。

已经先回清河市的两个高三生分别被保送至复旦和南开，回校的时候也是锣鼓齐天，鞭炮齐鸣，红旗招展，人山人海。

由此可见，司逸回校的时候将会是怎样的光景。

司逸在四中的形象已经被神化。

一个长相和智商成正比的男生，自然能博得女孩子们的青睐，司逸走之前的最后一次月考的高二年级大榜上，印着司逸照片的理科第一的位置，已经多出了很多手掌印。

照片上的司逸是初三时的模样，脸上还带着稚嫩，眉目清俊，朝着镜头浅浅地笑。

如果不是有层玻璃挡着，估计这照片早就被劫走了。

贴吧首页十几个帖子，几乎一半和司逸有关，其中最火的一个帖子回帖已经盖了好几页了。

【怎样才能成为司逸？】

【做梦。】

【买个好点的枕头。】

【醒醒，起来做“五三”了。】

【话说司逸要是再加一个富二代人设的话，妥妥言情小说男主角！】

【司逸每次打篮球，脚上的 AJ 都没重过样，他家条件肯定差不到哪里去。】

【绝对富二代，他那个书包是联名限量款，价格已经炒到普通款式的十几倍，一个高中生能拿来当通勤包用，只能说家里有矿。】

【高一的时候家庭情况调查表上，只看到他妈妈是一个什么建筑公司的老总，他爸爸那一栏空白，绝对不只是富二代那么简单。】

【他爸爸是谁还重要吗？光他妈妈的职业就够有钱的了吧！】

【啊啊啊啊啊，各位我先去学习了，争取考到首都去偶遇司逸！】

【歪个楼，问 218 楼，家庭情况调查表你除了看到司逸的还看到了谁的？有没有人知道顾逸迩？说实话我很好奇她的家庭哎。】

【回 325 楼，年级里比较有名的那几个我都特意看了，顾逸迩她妈妈不知道，不过她爸爸是企业家，所以你懂的。】

【谢回，果然人和人之间是有差距的……】

【这两个人真的绝了，我还是好好学习吧。】

食堂里叽叽喳喳的，食堂阿姨的声音穿透了整个大厅，叫那个刚刚没收碗就直接离开的学生老老实实把碗送到洗碗机那边。

二更拿着手机，专心致志地刷着贴吧。

今天陆嘉请假，他厚着脸皮找付清徐一起吃饭，结果半路上碰到顾逸迩和林尾月，四个人搭了一桌一起吃。

“逸姐，他们都在夸你和司逸是神仙。”

顾逸迩正在和一块糖醋排骨做最后的挣扎，闻言舔了舔唇，抬起头看他：“什么？”

二更看了眼她，心想这是一个喜欢吃糖醋排骨的神仙。

“逸姐，你妈妈是干啥的啊？”

顾逸迩微微皱眉：“问这个做什么？”

二更把手机递给她：“贴吧里在问。”

顾逸迩沉默了半晌，二更以为她不会回答了，便也不再追问，刚夹起一块肉，就听见她缓缓说道：“家庭妇女。”

意料之外，又意料之中。

毕竟这样的家庭配置实在是很常见。

二更他妈妈也是家庭妇女，现在基本上就天天在医院守着他姐，他姐早些年病还没那么严重的时候，他妈妈的生活几乎就是麻将逛街加美容觉，日子过得别提多舒坦了。

他顺势应了一声：“我妈也是家庭妇女，日子过得很舒坦啊。”

顾逸迩摇头：“她好像不是很喜欢，打算重新工作。”

“嗯？那她以前是？”

“老师。”

企业家配老师，也不知道是怎么认识的，二更不便多问，嘻嘻哈哈又去问林尾月去了。

“林尾月，你妈妈是干吗的？哎哟！”

顾逸迩这一脚踩晚了，二更的问题抢在了痛呼前面，林尾月原原本本地听到了。

手中的筷子忽然一顿，林尾月微微一笑，语气轻快：“她去世很多年了。”

二更嘴角的弧度滞在了一个尴尬的位置上。

心里知道自己说错了话，他深吸一口气，敛去笑容，和林尾月道歉：“对不起，是我多问了。”

“没关系，反正我还有爸爸，日子过得也挺开心的。”林尾月并不在意，冲他摆了摆手。

平日里二更总是充当活跃气氛的那个人，来劲儿的时候说话有些直，会不小心戳到人家的痛点。不过好在他性格好，一旦惹人不快就会立马道歉，无心之言引发的不快很快就会消散。

这顿饭伴随着闲聊声就这么吃完了。

二更和顾逸迩并排走着：“逸姐，等逸哥回来了咱们怎么给他开个洗尘宴啊？”

“教室包夜。”

“啊？”

“那去你家包夜？”

“啥？”

前面两个人的对话奇奇怪怪的，另外两个人在后面跟着，插不上嘴，索性就不说了。

林尾月想到刚刚他们谈论的话题，心中免不了一阵酸楚。

牙牙学语时期就脱口而出的一个简单词语，她已经不记得有多少年没有叫出口。

虽然并不是日夜思念，但每当记忆的匣子被打开，她就控制不住对妈妈的思念。

“你还记得你妈妈长什么样子吗？”走在她身边的付清徐忽然问道。

林尾月茫然地抬起了头，下意识地回答：“记得。”

“我不记得了。”他语气轻缓，“我甚至不知道，我的亲生母亲是什么时候将我遗弃的。”

他是养子，亲生父母早已不知所终。

林尾月张了张嘴，喉咙有些干哑，不知道怎么开口安慰他。

付清徐垂眸望着她：“你已经很幸福了。”

他是在安慰她吗？

林尾月仿佛透过此刻这个将温柔掩藏在眼中的男生看到从前，他口中曾经提到过的那个付清徐。

那个乐观的，总把笑容挂在嘴边的男生。

一个人无论怎样改变，他的内核是永远无法改变的。

善良和温柔，是他无论外表看上去多么冷漠，都藏不住的。

“谢谢你。”

这时，二更忽然转过身来：“等逸哥回来，咱们一起去欢乐谷玩吧？”

顾逸迩笑嘻嘻地补充：“今年暑假，咱们去坐云霄飞车，也叫上陆嘉和王思淼。”

林尾月咬了咬唇，有些小心地问：“我想问问，那个费用……”

她问得很卑微，可又不得不问。

明知道这样很破坏气氛，可几个月前，他们在后门吃的那一顿夜宵，逸迩帮她付了她的那一份，并且无论如何都不让她还。

她知道逸迩的好意，可是她实在没脸。

和这些家庭条件优越的人不同，她没有挥霍的资本。

二更嘿嘿一笑：“你是不是七月末生日？”

林尾月点头。

“就你生日那天去，门票钱咱们几个当生日礼物送你，一人平摊下来也就几十块，不许拒绝啊。”

林尾月惊讶地看向顾逸迩，后者只把头转了过去：“除了拒绝的话，我都听。”

没法，她只能又看向付清徐。

付清徐也只是点头：“我同意。”

糟糕，好想哭。

她咬了咬唇：“谢谢你们。”

在他们面前不能哭，可是背着他们，林尾月还是忍不住悄悄抹了眼泪。

午休期间，林尾月一个人离开了教室，跑到了教学楼下的空地上，就着柔软的绿草席地而坐，看着天发呆。

她听逸迩说过，司逸总喜欢在课间的时候趴在栏杆上看天空。

理由很简单，在室内看东西看多了，为了放松眼睛，望着天空是最简单的放松方法。

其次，无论下雨还是晴天，天空总是一望无垠，让人忘记了忧愁。

“你不在教室里午休，坐在这儿干什么？”

一个温和的声音响起，她转过头去，是慕老师。

她赶忙要站起来，就听见他轻声的制止，接着，他坐在了她的身边。

“不怕被查勤的记缺到？”

林尾月抿嘴：“我请过假的。”

“上课的时候哭什么？”

“啊？”她转头看他。

慕老师轻轻一笑：“我在讲台上，台下做什么都看得一清二楚的，包括你红了眼睛。”

她下意识地揉了揉眼睛：“没有啊。”

慕老师只是叹了一声：“小尾巴，没人告诉你，你很不擅长撒谎吗？”

她知道瞒不住，就把红眼的理由给说了出来。

慕老师舒了口气：“还以为你受委屈了。”

她也不知道怎么解释，就觉得自己很矫情。

“朋友间这样真挚美好的感情，在长大以后，就很难遇上了。”慕老师侧头看她，“好好珍惜，日后会成为一辈子都难以忘记的美好回忆。”

她低头：“我一定会的。”

“那就高兴一点，别让顾逸迩他们担心。”

她扯出一个笑容，一双杏眼里泛着水光。

这个敏感而又脆弱的女孩儿，用尽全力地乐观着，不让亲人担心，不让朋友担心，也不让老师担心。

越是这样乖巧，就越是让人心疼。

“我回办公室了。”他起身，揉揉她的头，“你也快点回去午休，不然下午该打瞌睡了。”

慕老师嘱咐完这句话，就走了。

她望着他的背影，直到彻底消失。

一个普通的晚自习，下课后，学生三三两两结伴回家。

银色的弯月稳稳地挂在天边。

那次在食堂吃饭，二更问顾逸迩，她妈妈是做什么的。

她下意识地，就想到了高阿姨。

心里放着母亲的地方，不知何时，高阿姨渐渐替代了那个位置。

自从那次爸爸和高阿姨大吵一架后，高阿姨毅然决然搬出了这个家。

她不记得有多久没见过高阿姨了。

她也不记得有多久没见过爸爸了。

在玄关处换了鞋子，顾逸迩摔下书包下意识地想要打开客厅的灯，却发现客厅的灯是亮着的。

是高阿姨回来了吗？

她激动地跑到沙发那边，却看见爸爸坐在沙发上喝酒。

她失望地垂了垂眼，语气冷淡："你怎么回来了？"

"回来看看你。"顾爸爸轻轻一笑，放下酒杯，冲她招了招手，"最近学习情况还好吗？你们老师打电话来，说你马上就要动身去首都参加作文比赛了，需要爸爸多给些生活费吗？"

顾逸迩就站在原地，没有挪脚，有些讽刺地笑了："你给得够多了，不需要了。"

顾爸爸尴尬地放下了手，苦笑："都不愿意坐在这儿和爸爸好好聊聊吗？"

"有什么可聊的？"顾逸迩指了指门口，"喝完酒就回你的公司吧，我一个人在家挺好的。"

"逸迩，别这么对爸爸好吗？"

顾逸迩不为所动："那我该怎么对你？"

顾爸爸也说不出话来，他心里知道，他没有资格要求女儿的体贴。

因为妻子忽视家庭，他也报复性选择忽视这个家，渐渐忘了，家里还有个小女儿需要他的陪伴。

后来离婚了，他才发现，女儿早在不知不觉中，长得那么大了。

之后娶了小蓉，他总算是回归家庭，但因为长久的疏远，再加上父女隔阂，根本就没办法靠近女儿，和她挽回那段早就缺失的父女温情。

现在小蓉又走了，他天天待在公司，再一次忽略了女儿。

他怪小蓉毅然离家，不顾逸迩感受，而他又何尝不是？

顾爸爸在这一刻，因为顾逸迩的冷漠，才意识到了自己的极致自私。

两段婚姻里，他都不是过错方，但他却用自己所受的委屈来折磨自己的女儿。

当初离婚时，逸迩毅然选择和他一起生活，让他错以为自己还是一个合格的父亲。

其实只不过是相对而言罢了，他依旧还是对不起她。

酒精侵蚀大脑，渐渐夺去了他的意识。

在公司，是酗酒，回到家，也还是在喝酒。

顾爸爸想要起身，却发现双腿根本没有力气，眼前的场景也越来越模糊，他下意识地想要撑着沙发，却只是堪堪擦过边，无力地倒了下去。

晕倒前，只听见顾逸迩的一声尖叫："爸爸！"

顾逸迩发现自己根本扶不动爸爸，她用力拍了拍爸爸的脸，没有得到任何应答。

她颤着手拿出手机，拨通了120，在说出了地点后，抱着爸爸坐在地上，不停地叫着他。

她从未觉得救护车的速度这么慢。

顾逸迩用力擦了擦眼睛，让自己能够看清手机屏幕，她来不及翻找通讯录，只下意识地拨出了那一串电话。

是多年养成的本能，根本改不掉，也忘不了。

那边很快被接起："逸迩？"

"哥哥！哥哥！爸爸出事了！"她大哭，"爸爸出事了！"

救护车的鸣笛声打破了寂静的夜晚，红蓝色的警示灯在黑夜中格外瘆人。

急救室外，顾逸迩双目失焦，宛若一只断线木偶，毫无生气地坐在椅子上。

高寺桉蹲在她面前，心疼地看着她："叔叔不会有事儿的。"

一阵急促的脚步声突兀地出现在悠长的走廊上。

好久未见的高阿姨总算出现了。

她气喘吁吁地看着兄妹二人，还来不及平复呼吸，就急忙问道：“他有没有事儿？”

“酗酒造成的急性休克。”顾逸迩淡淡说道。

高阿姨走到她身边，伸手想要安慰她，却还是没有放下手。

“逸迩，你还好吗？”

顾逸迩轻轻笑了，抬头看着高阿姨：“你觉得，我还好吗？”

顾逸迩脸色苍白，双眼已经哭肿，身上还穿着校服，头发散乱，怎么看都不像是好的样子。

高阿姨从未见过顾逸迩这副样子。

一时间，愧疚感如潮水般涌上心头，高阿姨垂眸，哑着嗓子：“都是阿姨的错。”

“你们为什么都是这样？”顾逸迩忽然问道。

她用发抖的手捂住眼睛，肩膀微微颤抖，双眼再一次模糊。

眼看着父亲倒在自己面前，刹那间的害怕几乎盖过了对他的怨恨，她怕他就这样倒下，怕自己失去他。

安静的医院里，她终于忍不住，大声号哭着。

顾逸迩就像是一个被遗弃的孩子，在黑夜里撕心裂肺地哭着。

高寺桉皱紧眉头，一把将她抱在怀里，摸着她的头柔声安慰着：“对不起，都是我们的错。”

“对我好，却又不要我。妈妈是这样，你们也是这样，我以为你们和妈妈不一样，我以为我们是一个新的家。”她抽抽噎噎地控诉着，像是用尽了浑身的力气，“你们骗我，不要我了，爸爸也不要我了，你们都不要我了，你们都是骗子，全都是骗子！”

断断续续的声音，断句明显，因为哭得太凶，根本就无法顺畅地说出一句话来。

高寺桉只是用力抱紧了她，没有说话。

“不要我，不管我，为什么要生我啊，你们怎么这么不负责啊！”顾逸迩用力捶打着高寺桉的胸膛，“你们感情不顺利，为什么要伤害我，你们假结婚，为什么要骗我，告诉我有新妈妈了，我有哥哥了，为什么只骗我啊！”

她恨不得把所有伤害她的人通通控诉一遍。

“对不起，对不起，对不起。”高寺桉只反反复复说着这三个字。

高阿姨捂着嘴，也已泣不成声。

“你们都是假的！”顾逸迩张着嘴大口呼吸着。

“我们不是假的。”高寺桉拍了拍她的背，“我是你哥哥，你是我妹妹，只要你愿意，我这辈子都是你哥哥。”

“逸迩，逸迩，是阿姨的错，阿姨不该因为自己的自私，就这样伤害你。”高阿姨蹲在她面前，用愧疚的语气对她说道，“我只顾自己的自卑，只顾自己的感受，却没想到会伤害到你，是我这个大人做得太失败了。”

就这样不知道哭了多久，顾逸迩的抽泣声才渐渐平复，埋在高寺桉怀里，双手紧拉着他的衣角，像是哭累了。

此时急救室的门终于打开，顾逸迩急忙从高寺桉怀中挣脱，冲向了门口的医生。

医生淡淡的一句“病人恢复了意识”，终于让她彻底舒了口气，悬在喉咙处的石头，终于落了地。

她瘫倒在地上，高寺桉正想要去扶她，却被她拒绝：“你们进去看看爸爸吧，我想在外面吹吹风。”

“你不去看看叔叔吗？”高寺桉询问道。

“他这时候应该很想见到你们。”顾逸迩撑着地板站了起来，“我去买瓶水，哭累了。”

“好。”

走出医院，此时已经是深夜，昏暗的路灯，寂静的晚风吹过茂密的灌木丛，沙沙作响。

顾逸迩的影子被路灯拉得好长好远。

有风吹过她的脸颊，泪痕已经风干在空气中。

她的脸有些紧绷刺痛，顾逸迩揉揉脸，掏出手机，拨通了一个电话。

他在首都，也不知道手机有没有被缴上去，接不接得到她的电话。

幸好，嘟嘟声没有响多久，手机那头传来司逸的声音。

“耳朵，我刚想给你打电话，你就给我打了。”

少年清洌的声音伴着电流，从未如此温暖。

“司逸。”她小声叫了他一声。

“耳朵？你怎么了？”司逸很快听出了她的不对劲。

“你是假的吗？”她问。

“什么？”

“你是假的吗？”她没有解释，只反复问了一遍。

司逸不懂她的意思，却还是认真回答了：“我不是假的，我是真的啊。”

“那你会离开我吗？”

司逸的声音变得有些低沉：“耳朵，你和我说，到底发生什么事了？”

顾逸迩拼命摇头：“你不要问，你先回答我。”

“我不会离开你。”他的声音坚定而又温柔，比风轻，却又比树还要坚韧。

十六岁时遇上的那个人，竟然成了这个寂寥的夜里，最温暖的依靠。

“谢谢你。”

她无比真诚，说出了这句话。

“那你就用一辈子来感激我吧。”司逸轻轻笑道。

“好。”她毫不犹豫地答应了。

“光说好可不行，你在室外吗？看得到月亮吗？”

她抬头望着月亮：“看得到。”

“我也看得到，你把手伸出来，咱们对着月亮拉钩，一百年不许变。”

他们相隔千里，望着同一个月亮，对着月亮轻轻说道：

“拉钩上吊，一百年不许变，谁变谁是小狗。”

司逸得到了保证，柔柔说道：“等我回来，把你的委屈通通发泄给我吧，我会一直听你说。”

她揪着衣袖：“那你不能嫌烦。”

“我高兴还来不及呢。”

“那等你回来。”顾逸迩擦了擦眼角。

挂了电话后，司逸靠着窗舒了口气。

柔和的月光洒在他精致的侧脸上，在地上落下一层柔和的阴影。

应该哄好她了吧，也不知道她遇到了什么事。

顾逸迩站在病房门口，没有进去。

只因病房里，爸爸正抱着高阿姨，不知道在说些什么。

忽然，病房门被打开，高寺桉猝不及防地出现在她面前。

“逸迩，怎么不进去？”

顾逸迩板着脸，指了指里面："他们和好了吗？"

"快了吧。"高寺桉关上房门，摸了摸她的头，"对不起，真的不是故意要瞒着你。"

"阿姨为什么要离婚？"顾逸迩认真地看着他，"如果你还瞒着我，那么你别想我原谅你。"

高寺桉叹了一声，解释道："外婆被人骗去投资，欠了不少钱，她让我妈去跟叔叔要钱，我妈不肯。"

"所以呢？"

"然后外婆对我妈说，叔叔是她的女婿，要钱理应去找叔叔要，我妈被她气得发昏，又不能拿她怎么样。"

顾逸迩皱眉："还有呢？我记得他们那天吵架，还提到了我妈。"

高寺桉犹豫了片刻，接着说道："你妈妈来找过我妈，具体说了什么我妈不肯告诉我。"

"所以阿姨就提出离婚了？"

"还有很多方面吧。"高寺桉苦笑，"其实你每年不愿意去我外婆家是对的，那帮亲戚，从来没真的看得起过我们母子俩，你就算去了，也是添堵罢了。"

人就是这样，离得远的羡慕，离得近的嫉妒；比自己强很多的羡慕，比自己强一点的嫉妒。

当年那一对被赌鬼父亲拖累、活得艰辛的母子忽然飞上枝头，踩在所有人的头上，让人眼红，却又不能不虚与委蛇地讨好亲近。

"所以，阿姨到底和我爸有没有感情？"

高寺桉笑笑："这对假夫妻，怕是早就日久生情了。逸迩，我妈这件事确实做得太任性了，没有顾及你的感受，她以为，你一直叫她阿姨，是还没有彻底接受她，所以就算她离开了，也没有什么关系。她一直活得很自卑，不相信自己会这么幸运遇到叔叔，我在这里再和你说一句对不起，是我们太自私了。"

人是感性动物，做不到绝对理性，当心中的天秤开始出现倾斜，自私的行为往往难以控制。

她不能说高阿姨没错，可她也不能说，自己刚刚的控诉就都是对的。

她们都是站在自己的角度上，去看待对方而已。

为人父母，对子女理应负责。

可父母也有子女们理解不了的痛苦。

顾逸迩没说话，直接推开了病房的门，里面正在拥抱着的两个人有些尴尬地分开。

高阿姨擦了擦眼泪，柔声与她说话："逸迩，你来了。"

顾逸迩走到病床前，深吸一口气，说出了自己一直想说的话："如果你们还喜欢彼此的话，那就不要离婚，婚姻是一件很神圣的事情，你们当初为了一己之私假结婚，原本就是亵渎了婚姻这两个字，现在你们有机会用下半生去弥补，就不要任性了。"

顾爸爸动了动身子："逸迩……"

"我知道你们有我根本无法理解的苦衷，对这个家，你们做父母的有责任，我这个做女儿的也有责任。家是需要维护的，感情也是需要包容和理解的。你们因为自己的感情受挫，就忽略我，忽略这个家，是你们的错，可我只顾自己感受，没有看见你们的不容易，是我的错。"顾逸迩顿了顿，用力捏紧了拳头，垂眸继续说道，"遇见一个喜欢的人，有一个温暖的家，是一件很不容易的事情，如果你们还想继续在一起的话，就答应我，从现在开始，一起分享幸福，分担痛苦，好好珍惜下半生，别再做自以为对对方好的蠢事了。"

大人们总以为自己见的世面多，比孩子懂得多，理应有资格用自己的人生经历去教育孩子。可是殊不知，孩子们正因为涉世未深，因此看待感情，总是纯净又美好的，没有利益，没有私欲，这才是感情最本真的模样。

因此孩子们有时候，未必就不如大人们看得透彻。

顾逸迩的话，顾爸爸和高阿姨可能这辈子，都很难直截了当地说出来。

很浅显的道理，可是有人活了几十年，都看不清。

"逸迩，爸爸因为之前对你的忽视，和你郑重地道歉。"顾爸爸拉过顾逸迩的手，语气真挚，"对不起，如果你还愿意给爸爸机会，爸爸会用尽一切努力，来争取你的原谅。"

顾逸迩没有抽回手，淡淡地点了点头："那你好好努力吧，生一次病扣十分。"

顾爸爸用力点头，语气哽咽："好，我会努力打满分的。"

高阿姨欣慰一笑，略带愧疚地看着她："逸迩，阿姨我……我也努力，争取打满分。”

“本来你已经快满分了，现在回到原点了。”顾逸迩勾了勾唇，“继续努力吧，阿姨。”

高寺桉就一直站在他们身后，不上前，也不离开。

这样的画面太美好了，他想再多看一会儿。

“逸迩，我还是你哥哥吗？”

为了不打扰那对和好的夫妻，高寺桉和顾逸迩这对做子女的乖乖离开了病房。

顾逸迩沉思了会儿，说道：“以后多陪我逛街，你给我买的衣服我挺喜欢的。”

“好，我能带上你褚姐姐吗？她眼光好，比我会挑。”

“你们不怕被狗仔拍的话我无所谓。”

“好。”

她又说：“买一个月的肯德基赔罪。”

“肯德基吃多了不好。”高寺桉有些无奈。

“那你回来住吧。”

“好。”

兄妹俩就这样你一句我一句的，一人负责提条件，一人负责点头答应。

血缘关系是假的那又如何，这些年来的陪伴是真的，他们的爱也是真的。

她愿意从现在开始，接受真正的妈妈和哥哥。

走到停车场，高寺桉正商量着要送顾逸迩回家，她明天还要上学，不能耽误了睡觉的时间。

忽然，一辆红色跑车风驰电掣地飞进了停车场，三下五除二一阵车灯乱打，停在了某个空余的停车位上，然后从上面走下来一个身材高挑，戴着墨镜的女人。

兄妹二人一怔。

褚蔚看到他们，摘下墨镜小跑到他们身边：“叔叔没事吧？啊？”

高寺桉轻轻一咳：“没事了，你怎么过来了？”

“我未来公公进医院了我能不来看吗？”褚蔚说得很理所当然，“妹妹你是不知道，正睡着呢，突然一个鲤鱼打挺就跳起来了，把我给吓得，后来才知道是叔叔出事儿了。”

“当着未成年人面说什么呢？”高寺桉脸微微一赧，“回去吧，要是被拍到你半夜来医院，你经纪人又该说你了。”

褚蔚哦了一声：“都快结婚了，我都打算公开了，被拍到就被拍到了呗。”

“你们要结婚了？”顾逸迩精准地掐住了重点。

褚蔚点头：“嗯啊，你哥跟我求婚了，特浪漫，我还拍了视频呢，你要看吗？”

顾逸迩拼命点头。

“你俩，上车，回家。”高寺桉沉声命令道。

“下次等我去你家，拿给你看。”褚蔚冲顾逸迩小声说道。

“嗯，我等你。”

第三章

/ 请收留我！ /

生活仿佛又回到了从前的轨迹。

夏天又快要到了。

四中的横幅又换上了一个新的内容。

“祝贺我校高二（二）班顾逸迩同学在全国 ×× 杯作文大赛中荣获高中组一等奖！”

一班的班主任已经请了半个多月的病假。

在季节交替时节，人总是容易生病，连老师也不例外。

医务室内，林尾月正在吊葡萄糖，顾逸迩坐在床边的单椅上，手上拿着一本书，约莫半分钟，就轻轻翻动一页，安静的空气里，只有她浅浅的呼吸声和书页接触时细微的摩擦声。

令人心安，又让人不自觉生困。

前不久，她去首都参加了作文大赛，原本想着能不能见见司逸，但想归想，两个人都是去首都参加比赛的，别说见面，连打电话的时间都被无限压缩了。

好在结果并不差。

司逸向所有人证明了他的数学天赋，在六十多个来自全国各地的尖子生中，拿到了 IMO 的比赛资格。

或许他真的能如他所愿，成为一个数学家。

顾逸迩已经拿到了清华、北大的自主招生名额，只等今年下半年升上高三后参加笔试面试。

她在看岩井俊二的《情书》。

【老师第一次在教室里点名，喊到“藤井树”时，我和他几乎同时答了“到”。接下来的瞬间，班里的视线和骚动就全部集中在我们身上，很让人害臊。】

……

【有时候，比如两人抱着上课要用的材料在楼道里走，或是放学后在教室里写班级日志，被人冷不防地在背后喊一声“藤井树”，两个人就会不由自主地同时回头。大家以此取乐，让人误以为班里一整天都在搞乱糟糟的促销活动。】

这是女藤井树，对她和男藤井树同名同姓的这种情况，单纯而又无奈的抱怨。

总觉得，自己的名字该是这世上独一无二。

可一旦产生某种奇妙的情愫，就会让人觉得，和他共享同一个字，是多么令人高兴的一件事情。

于是抱怨变成了欣喜，无奈变成了少女心事中，最令人羞赧的暧昧。

纵使《情书》中，总夹杂着淡淡的忧愁，可顾逸迩还是带着笑意，一字一句地细细品味着。

此时医务室的门忽然被推开，顾逸迩连嘘声都还没发出来，就听见一个男生大喊：“老师，尔更绿他晕过去了！”

接着，几个男生合力将尔更绿扛了进来。

“老师有事出去了，他这是怎么了？”顾逸迩问道。

那男生一看是顾逸迩，有些激动地和她解释：“刚刚在篮球场，他说要上场热热身，结果就晕了。”

有男生奇怪：“这还没到夏天，怎么就中暑了？”

顾逸迩看着二更苍白的脸，总觉得这不是中暑。

没过多久，老师就回来了，眼见着又有个学生晕过去了，扶着额感叹：“你们这些小孩就不能好好照顾自己吗？十几岁的年纪非要折腾自己，等上了年纪你们就知道错了。”

几个人七手八脚地把二更抬上床。

“先把他校服领子解开。”

和林尾月的血糖过低不同，二更只是短暂性的昏厥，没过一会儿他就自己醒了。

二更捂着头坐了起来：“我这是咋的了？”

顾逸迩给他倒了一杯水：“你昏过去了，最近是不是通宵打游戏了？”

“没啊，我最近都是写完作业就睡了。”

校医老师这时拿了几板药片过来，口中嘱咐道：“最好去医院检查一下，不是外因导致的昏倒。”

“老师，我这身体强壮着呢！就是最近太爱学习了，太累了，没事。”

二更轻描淡写地解释了一番，随即看向了隔壁床的林尾月，好奇地问：“她还没醒？”

“学得太累了，睡过去了。”

二更感叹：“怎么一个个的，学习都这么拼命呢！”

顾逸迩睨了他一眼：“不是你提议的首都见？”

“也是，毕竟首都也不是说去就去的。”二更感叹完，就又提到了司逸，“也不知道逸哥怎么样了，奥数这东西不是一般人能承受得住的。”

“加油吧，结果一定不会辜负我们的努力。”顾逸迩笑着说道。

二更用力点头：“那当然！”

顾逸迩拿起书准备离开医务室：“我先回教室了，你和尾月好好休息。”

“逸姐慢走啊。”

顾逸迩关上门，没有急着走，她的手还抓着门把手，似乎在想些什么。

生活本就不易，每个人都有自己不为人知的故事。

或许他们都有。

只愿他们都能克服万难，实现梦想。

“顾逸迩。”

忽然，有个清冷的声音在叫她。

她回过神来，是付清徐。

“林尾月怎么样了？”

她点头：“睡了，你是来看她的吗？”

付清徐微微点头：“她最近应该学习得挺辛苦的。”

“那你进去吧，我走了。”

一进门，二更的声音就充斥了他的大脑：“付清徐，你是来看我的吗？”

“不是。”付清徐径直走到林尾月床边，垂眸看着她。

二更吃味地说道：“你们都只关心林尾月，都不管我的。”

“我没管你？”付清徐挑眉，“司逸走了以后，你的数学作业是谁教你做的？”

“教数学作业就够了吗？”二更有些不满。

“你再嫌，就连这个都没有了。”

二更咬牙：“付清徐，我发现你可真坏啊，以前我还觉得你是个善良的小朋友呢。”说完就侧过头躺着不理他了。

付清徐搬了张凳子坐在林尾月床边。

他的目光顺着她的额头，一路滑过她的眼睛，她的鼻梁，她的嘴唇，直到她的下巴。

他一身枷锁，原是没有资格靠近她的，只是她这束光太温暖，让他凭着本能去接近。

人总是贪恋温暖的事物，若这世上的一切都能遂了她的愿望，纵使他再也照不见阳光，也无所谓。

她能快乐就好了。

今年的夏天来得比往年都要早。

时间俨然已经来到了七月，正是酷暑时分，燥热的空气中，只有夏蝉喜爱这样的天气，不厌其烦地鸣叫着。

“啊！逸哥牛！绝了！”

一个尖叫，打破了补习班的宁静。

“怎么了啊，鬼哭狼嚎的。”陆嘉率先不满地发出了抱怨声，“尔更绿，你吃金嗓子了？”

“不是，逸哥，逸哥他拿奖了！就那个 IMO！”

陆嘉睁大了眼睛：“我去？真假？快拿给我看！”

二更没骗人，手机里是今年在英国巴斯举办的国际数学奥林匹克竞赛的中国选手的成绩。

新闻网上说道，在今年举办的 IMO 中，中国队在前四年连续与团体第一失之交臂后，终于在今年以 212 分的总分成绩，夺得团体第一。

新闻还附带了一张照片，七名身穿蛋黄色队服的中国队选手，正拿着奖杯，举着国旗冲着镜头微笑。

这其中之一，就是司逸。

脖子上套着奖牌，眉目清俊的少年，正冲着镜头浅笑。

“啊啊啊——逸哥牛！”

陆嘉也跟着喊出了声。

一时间，所有的人都围了上去，就为了看司逸。

二更老泪纵横：“感觉逸哥变帅了好多啊。”

“逸哥是不是又长高了？看着比旁边的人高一大截啊。”

女生们的重点却不在这上面。

“司逸是这几个人当中最帅的。”

“真的好看。”

“又白又高，好打眼啊。”

她们注意到了，其他人自然也注意到了。

微博上，正有一个话题在悄悄攀升着。

【#IMO 中国获得冠军 #】

但热门微博的内容却不是与比赛相关的。

【今天吃了几斤狗粮：你们快来品一品今年 IMO 的选手，中国队有个男孩子长相绝了！神仙颜值！又高又帅，这是哪本言情小说里跳出来的男主！】后面配了几张图。

热门评论：

【一分钟，我要这个男生的全部资料。】

【求姐妹们安利好看的校园言情文！我要代入这张脸做梦！】

【弟弟也太好看了吧！】

【智商颜值双开花！】

然后就出现了一个新话题“IMO 选手神仙颜值”，并在当天登上热搜第二。

司逸刚回国屁股还没坐热，原本是想赶紧买回清河市的机票回家，结果就被记者堵在了首都。

集训队的老师拍拍他的肩：“咱们国家今年好不容易拿了冠军，结果风头全被你这张脸抢走了啊。”

司逸也很蒙，其实他从获奖那一刻一直都是蒙的。

一直到他拿到了北京大学的预录取通知书，通知他已经被成功保送至北京大学数学科学学院。

司逸已经习惯了镜头，记者问什么，他就回答什么，言语精简得很。

直到记者问他：“在学习之余，会做些什么来让自己轻松一下呢？”

他想了想，答道：“我喜欢和朋友们在一起，无论做什么都挺开心的。”

“那八卦一下，有喜欢的女孩子了吗？”

他奇异地顿了一下，看向了镜头外的老师。

镜头里，面容白皙的少年一改之前的波澜不惊，稍稍垂眸，耳尖悄悄红了。

他抿唇，抬头看向镜头，那双眸子里，带着少年独有的纯净和羞涩，顿了几秒后，少年微微笑了。

视频经过剪辑发布，在当天转发破万。

【老阿姨被萌哭了……】

【我好嫉妒，呜呜呜他是有喜欢的女生吧是的吧！】

【虽然他没说但我的直觉告诉我事情不简单绝对不简单！】

【啊啊啊啊啊啊啊啊啊，这什么神仙啊！害羞的样子太戳我了！】

【不一样，我们的青春不一样。】

而此时，四中的贴吧俨然也已经炸锅，热烈讨论着同样的话题。

顾逸迩正在微博贴吧之间来回切换，忽然被一阵铃声给打断了思绪。

她匆忙接起：“喂？”

“耳朵，我回来了。”

巨大的欣喜刹那间盈满了她的身体，顾逸迩只觉得自己高兴得连手都在发抖。

“欢迎回来。”

“就这样？”

那边似乎有些不满。

顾逸迩看了眼窗外，问道：“你刚下飞机吗？”

“没，下飞机有一会儿了。”

“那你回家了？”

“没。”

“那你？”

那边沉默半晌，响起了一声轻笑。

“我在你家楼下。”

顾逸迩来不及穿鞋，就火急火燎地冲到了阳台上。

昏暗的夜灯下，有个人站在那里。

他抬头看她，然后冲她挥了挥手。

大脑宕机了好几秒，顾逸迩顾不得什么，抓着头发急匆匆地套上拖鞋，以最快的速度下楼。

一楼的正厅中央，巨大的水晶吊灯正发出耀眼的光芒，顾爸爸和高寺桉正在下棋，高阿姨在看电视。

三个人见顾逸迩狂奔下来，一时间都有些蒙。

他们眼看着顾逸迩跑到玄关那里就要换鞋出门。

“逸迩，大晚上去哪儿啊？”高阿姨问道。

顾逸迩跺了跺脚：“啊，我出去跑个步。”

“你不是最讨厌跑步的吗？每次早上我叫你一起晨跑你都窝在被子里不肯起床。”高寺桉调侃道。

顾逸迩理直气壮：“早上能和晚上一样吗？”

“那我陪你一起跑？”

“我一个人跑就行了。”顾逸迩急忙拒绝，“让我好好享受一个人的时间吧。”

说完，还不等他们再说什么，顾逸迩就消失在门口了。

高阿姨眨眨眼：“这孩子是反叛期到了吗？”

顾爸爸耸肩：“我倒是觉得她的反叛期就没离开过。”

“大晚上的，一个女孩子有些不安全吧。”高阿姨还是有些担心，“寺桉，你还是去看看你妹妹。”

“她那么急，应该不是单纯的跑步。”高寺桉微微一笑，“刚刚试探了一下，应该是有不想让我们知道的私事吧。”

高阿姨还是有些不放心。

顾爸爸摆手：“逸迩学过跆拳道，一般人不是她的对手，而且带着危险物品的陌生人进不来这里，放心吧。”说完就催促着高寺桉赶紧下棋。

手中的白子还未落盘，高寺桉放在茶几上的手机倒是先一步响了起来。

高寺桉拿起手机一看，抿抿唇，从沙发上站起来去一旁接电话了。

顾爸爸有些无奈：“这些孩子难道都是晚上有私事？”

“寺桉都这么大人了，还没个女朋友，我巴不得他男女私事一大堆。行了，吃西瓜吧。”

月明星朗，屋内灯火通明，屋外，却只有一盏夜灯照在碎石路上。

顾逸迩顿住脚步，不敢相信司逸真的在她家楼下。

他风尘仆仆，背上还背着一个大书包，穿着一身休闲的运动装束，鼻梁上驾着一副无框眼镜，看上去比离开时成熟了好多。

她忽然就生出了一种近乡情怯的情绪。

司逸朝她张开手：“不欢迎我回来吗？”

他一开口，她就确认，这是司逸。

顾逸迩做了个预备跑的姿势，冲向了他。

她讨厌跑步，却不讨厌用最快的速度跑到他身边。

司逸张开手，一阵风吹过他的脸侧，随即，软玉在怀。

他牢牢地抱住她，抬手环住了她的双肩。

“可累死我了。”司逸嗅了嗅她身上的气息，又摸了摸她的头发，“充个电。”

说完这句话，他就好像是真的没力气了一样，下巴搁在她的头顶上，将整个头的重量都压在了她身上。

顾逸迩觉得这个高度跟他走之前不一样，有些奇怪地问：“你是不是又长高了？”

司逸放开她，用手比了比：“好像是，难怪带过去的衣服都短了。”

“你多高了？”

“没测。”司逸想了一会儿，猜测道，“一米八五往上吧？”

真是令人嫉妒。

“你怎么还背着包？”

司逸唔了一声：“刚下飞机我就直接过来了。”

“那你的行李呢？”

“直接寄回家了。”

怪不得这样风尘仆仆。

顾逸迩抓着他的衣服，小声说道："你可以先回一趟家的。"

"我不知道啊。"司逸无奈地摊了摊手，"我手机叫车，手指又不受我控制，直接就打了你家的地址当目的地，我就来了。"

"你的手由大脑控制。"

"可是我的大脑由我的心控制。"司逸弯腰和她平视，挑眉笑了，"我的心它说，想顾耳朵了，所以一定要过来啊。"

顾逸迩不自在地移开了视线："哦。"

突然，一道强光照向了两个人，顾逸迩下意识地闭上了眼。

司逸目瞪口呆："你们这儿的保安都拿这么大功率的手电筒巡逻的吗？"

"是远光灯，好像有车开过来了。"

"啊？"司逸勉强看清前面越来越近的东西，"还真是一辆车。"

确实是一辆车，还是一辆特别骚的跑车，直冲顾逸迩家的院子驶来。

司逸连忙拉着顾逸迩往草丛躲："赶紧躲开点，被撞到了就惨了。"

两个人堪堪躲过，车子以一个漂移的速度冲进了顾逸迩家的院子，在大门口几米处刹住了车。

司逸冒出个头来，看清了那辆车："这是你们家谁的车啊？也太招摇了吧。"

顾逸迩也跟着冒出了个头，有些奇怪："这车好眼熟啊。"

司逸的脑子里全都是关于这辆车的性能、发动机和引擎，以及响彻江湖的车子型号。

而顾逸迩在用力回忆到底在哪里见过这辆车。

副驾驶的车门被打开，映入眼中的是一双极细的黑色高跟鞋，然后是一双堪比模特的大长腿，再然后就是一身性感的黑色抹胸小短裙，最后，是一张妖艳妩媚的脸蛋。

顾逸迩想起来了，这辆车是褚蔚的。

"这不是那个女明星吗？"司逸指着那个女人。

两个人还没从呆滞中回过神来，就又被一道光晃了眼睛，是顾逸迩家的大门被打开了。

高寺桉穿着家居服走了出来，一把扶住了摇摇晃晃的褚蔚："你喝了多少？”

褚蔚手指比了个数字，扬声：“这个数儿！厉不厉害！”

“我不是让你经纪人送你回家吗？他怎么送你到这里来了？”高寺桉微微皱眉。

褚蔚嘿嘿一笑：“我刚给你打电话，听到你的声音就把持不住了，就缠着经纪人送我过来找你了。”

“你喝醉了。”

“我没醉。”褚蔚对着高寺桉的脸就来了一口，“我好想你哦，高总。”

高寺桉被她说得哑口无言。

草丛里的两个人惊呆了。

司逸想起来了：“咱们上次是不是在你哥家里？”

后面的话没好意思说出口。

顾逸迩觉得自己和司逸真是上辈子同踩了一泡狗屎，每次都能撞上她哥哥和嫂子的好事儿。

这要是被她哥知道了，她还有命活吗？

过了一会儿，她哥扶着褚蔚进门去了。

门关上之前，顾逸迩听到褚蔚大喊了一句：“公公婆婆你们好！我是你们未来的儿媳妇！”

顾逸迩和司逸躲在草丛后面，舒了口气。

司逸忽然问：“你哥和那个女明星是情侣吗？”

“是啊，应该快结婚了吧。”

“真大胆啊。”羡慕的语气。

两个人说了会儿话，司逸从包里掏出给她带的首都特产和一些小玩意儿，他们就这样躲在草丛后面，一个人负责当哆啦A梦，一个人负责当大雄。

顾逸迩这才发现，他这包里，几乎都是给自己带的礼物。

等他展示完了，嘴都干了，他随意掏出一瓶矿泉水咕噜咕噜喝了大半。

顾逸迩拿出手机看了看：“现在打车去地铁站……”

她说了一半，下半句卡在了喉咙里。

“怎么了？”

“最后一班地铁没了。”

“已经这么晚了吗？”

顾逸迩叹了一声："你都不看时间的吗？"

"我没察觉啊。"司逸抿唇，"和你待在一起，其他的事儿就给忘了。"

她没资格说他，因为她也是。

月亮挂在他们的正上方，仿佛在嘲笑这两个傻子。

"我打个车吧。"

顾逸迩指了指这方圆几里，别墅郊区，想打车恐怕还得走个好几里路。

司逸看了下手机："现在打车软件也没有深夜打车业务了，你们这附近有旅馆吗？"

"你觉得呢？"

司逸一副苦恼的样子。

顾逸迩瞥了他一眼："别装了，来我家吧。"

"这太不好意思了。"

"司逸，你现在的表情就跟拒绝长辈的压岁钱似的，很虚伪。"

司逸沉默了几秒，冲她鞠了个躬："请收留我。"

夜深人未眠，灯火影阑珊。

月当空，夏虫鸣，司逸拉着顾逸迩的衣袖："你记得快点出来接我。"

"嗯，等大厅里没人了我就出来接你。"

顾逸迩回到家里，本以为会被家里人说几句，结果发现大厅沙发那里，褚蔚正躺在上面，一副醉得不省人事的样子，而高寺桉则是坐在一侧的沙发上，爸爸和阿姨坐在他对面，正对他进行审讯。

她走过去，顾爸爸抬眼看了看她，又把头撇了过去，没说话。

高阿姨冲她笑了笑："回来了？"

顾逸迩点头："你们这是，怎么了？"

"沙发上这个人，逸迩你应该认识她。"

顾逸迩啊了一声："认识。"

"你怎么一点都不惊讶？"顾爸爸皱眉，"你是不是早就知道了？"

高寺桉替她解围："逸迩是知道的。"

"逸迩！"高阿姨忽然喊了一声，"你早就知道，怎么不告诉阿姨啊？阿姨还以为你哥哥要打一辈子光棍了，正张罗着要帮他相亲呢，结果今天忽然就冒出来一个儿媳妇。"

顾逸迩果断卖队友，不带一秒犹豫的："哥哥让我帮他瞒着的。"

"寺桉，你瞒着我干什么？妈差点以为你不喜欢女人你知不知道？"高阿姨转移火力。

"没，我喜欢女人。"高寺桉解释。

"行了，你继续解释吧，你和她是怎么发展起来了？交往多久了？"高阿姨抱胸，一副审问罪犯的样子。

顾逸迩注意到一直都是高阿姨在问，爸爸倒是从头到尾没说过一句话。

她走到顾爸爸面前，手搭在他肩上："爸爸，你怎么了？"

高阿姨摆手："他被吓到了。"

在高寺桉也出了门后，顾爸爸很不高兴地把手中的棋子丢进了棋盘，高阿姨就让他跟自己一起看电视剧。

她最近迷上了一部古装剧，特别喜欢里面的女主角，喜欢到恨不得让当儿媳妇的那种。

女主角一登场，高阿姨就拖着顾爸爸看："你看那个女演员，是不是特别漂亮？"

顾爸爸敷衍地嗯了一声。

高阿姨感叹："要是这么漂亮的女演员给我做儿媳妇多好啊。"

顾爸爸抿唇，指着里头的那个女配角："要是说漂亮的话，这个姑娘比你说的那个要好看些。"

高阿姨很激动："不行的！你看这个女配，长得就一副狐狸精的样子，要是跟我儿子在一起，寺桉肯定管不住她的！还是女主角这种乖巧的长相比较讨人喜欢。"

顾爸爸失笑："我觉得以寺桉的性格，不会找女演员，而且我也不太赞成他找一个演员，婚后会很辛苦。"

高阿姨撇嘴："我就说说而已，就寺桉那样，能找个媳妇儿回来我就谢天谢地了，哪里还敢奢求别的。"

然后，忽然就听到一个清脆的声音。

"公公婆婆好！"

两个人面面相觑，匆匆走到玄关处，愣在原地半天都没回过神来。

穿着性感的女人走到二老面前，摆出了一个甜美的笑容，自我介绍道："我叫褚蔚，职业演员，年收入挺多的，上门求亲来了！"

高寺桉扶额，一脸生无可恋。

上门求亲的女人刚说完台词，就彻底醉倒过去了。

高阿姨恢复得快，顾爸爸至今都沉浸在震惊当中。

虽然儿媳妇主动上门了，但高阿姨还是有些失望：“既然你有本事找女演员，你干吗不找她啊？”说完就指着电视上的那个女一号。

刚刚在电视里讨论的女演员，怎么转眼间就站到自己面前了。

刚刚还担心寺桉这辈子打光棍，结果他就带了个这么主动的女朋友上门。

刚刚说不能找女配角这种长相的儿媳妇，结果现在倒好，直接把正主带到家里来了。

简直打脸三连。

高阿姨觉得脸很疼。

高寺桉头很痛：“妈，这事儿我一时半会儿根本解释不清。”

顾逸迩走到褚蔚身边，好奇地用手指戳了戳她的脸：“她真醉倒过去了吗？”

“应该是吧。”

因为这张脸太好看，就连醉醺醺的样子都让人忍不住沉迷，顾逸迩没忍住，往她人中上按了一下。

刚刚还醉倒过去的褚蔚瞬间坐了起来，捂着头呻吟：“头好疼。”

一家人见她醒了，都不约而同地把目光看向她。

褚蔚眨了眨眼睛，记起了自己刚刚做了些什么事，虽然头还是有些晕，但抵不过这一瞬的羞愧难当，站起来就冲叔叔阿姨深深鞠了一躬：“叔叔阿姨对不起，我刚刚喝多了，吓到你们了！”

顾爸爸和高阿姨倒是觉得她出现在这里，本身就是一个大惊吓。

因为被吓到，所以两个人的脸色都不怎么好。

褚蔚心里一惊，自己今天离了酒宴就直接过来了，穿得这么妖艳，妆化得也这么浓，他们家肯定很难接受这样一个女演员当儿媳妇。

她演这种电视剧演多了，因此经验丰富。

只有一个办法了。

褚蔚作为一个演员，虽然演技不能说出神入化，但是挤眼泪还是比一般人强。

她捂住嘴，泫然欲泣，楚楚动人："叔叔阿姨，其实我自己有自知之明，我不配嫁进这个家，你们是不会允许自家儿媳是一个抛头露面的戏子，可是，我也是有难言之隐啊！"

这姑娘说什么呢？

接着，褚蔚捂住了自己平坦的小腹："其实，我怀孕了。"

顾逸迩冲高寺桉比了个大拇指。

高寺桉一脸蒙，她昨天还在剧组吊威亚飞来飞去的，今天就怀孕了？

"我不求能嫁进你们家，我只求，能永远地陪在寺桉身边。"褚蔚的语气很是伟大。

"那怎么行！"高阿姨一声怒吼，"姑娘你放心，我一定让我儿子对你负责！"

"啊？"

"高寺桉，你这个小浑蛋，还没结婚呢，你就学会搞大别人的肚子了啊！人家可是演员啊！你这样不是断人事业吗！？"高阿姨冲过去就给了高寺桉一拳。

高寺桉接了这一拳，还是没回过神来。

顾爸爸终于从震惊中回魂了，一脸的波澜壮阔："寺桉！我没想到你是这种人！"

场面一度变得十分混乱。

顾逸迩看着眼前混乱的家庭喜剧，神情复杂地问道："褚姐姐，你是不是电视剧看多了？"

褚蔚很蒙："什么？"

"你要没怀孕，就赶紧解释清楚吧，再晚点，我哥就要被打死了。"

之后高寺桉勉强保住一条命，褚蔚满脸通红地道歉，这场闹剧终于收尾。

褚蔚今晚就住在顾家了。

这栋房子虽然房间多，但由于顾爸爸很少在家里接待客人，所以客房其实只装修了一间，其余的都被改成了健身房、书房或者储藏间之类的，没有床，正好褚蔚就住那间唯一的客房。

顾爸爸和高阿姨上楼去洗漱了，高寺桉带着褚蔚去看客房，一楼的大厅终于空了下来。

顾逸迩迅速冲出家门，寻找司逸的身影。

“司逸？”

草丛那边传来一个弱弱的声音：“这儿呢。”

她走过去，司逸正坐在草地上，抱着膝盖发呆。

弱小可怜又无助。

他抬眼看她，抿嘴：“怎么这么久啊，我都快被蚊子叮成筛子了。”

顾逸迩又不能说刚刚家里上演了一出豪门戏码，只能短短敷衍过去。

两个人蹑手蹑脚地进屋，司逸是第一次进顾逸迩家，还是这么偷偷进来的，就跟做贼似的，又心虚又兴奋。

顾逸迩带着司逸上楼，去了她的房间，随后给门打上了小锁。

终于安全了。

司逸第一次进女孩子的房间，闻到了专属于女孩子的淡淡香味，摸了摸鼻子，眼睛随意瞥向四周。

和他想象中的差不多，淡粉色的墙纸，欧式的家具，墙上贴着周杰伦和五月天，还有一些日本少女漫的海报，床上摆着一排的玩偶公仔。

还有房间角落处，被摆放在展示架上的小提琴。

“待会儿我带你去洗澡。”顾逸迩轻声说道。

司逸结巴：“洗……洗澡啊。”

顾逸迩皱眉：“你不洗澡吗？”

“呃……”司逸有些犹豫。

“你洗快点吧，待久了会被他们看到的。”顾逸迩皱眉说。

“快不了啊……”司逸很为难。

顾逸迩很奇怪：“你一个男的，动作那么磨蹭干什么？让你快点你就快点。”

司逸乖乖地答应了：“耳朵，你的爱好和别人真不一样啊。”

顾逸迩心想这跟我的爱好有什么关系，她没再理他，自己去衣柜里拿衣服了。

她身上穿的这一身家居服，因为在外面坐了草地，所以必须要换一件。

挑了一件后，忽然发现房间里还有一个人，她没法换。

顾逸迩终于后知后觉地意识到，男女共处一室这个令人脸红心跳的事实。

“耳朵，你怎么了？”司逸见她站在衣柜前好半天都没动静，好奇地走了过去。

顾逸迩忽然转身看着他："没有！你书包里有换洗衣服吗？"

"没有，都在行李箱里头。"

顾逸迩皱眉，待会儿还得去帮他从爸爸或者哥哥那里偷一套睡衣过来。

"你要换衣服吗？"司逸注意到她手上的衣服，自觉地转过了身，"你换吧，我不看。"

他直接就这样点破，反倒让她更不好意思了。

可是等了好半天，他都没有听见换衣服的动静，只好又转过来："怎么了？"

"唔，我觉得这一套不是很好看。"她随便找了个借口。

司逸看了眼她手中的衣服，白色的睡衣，上头还画着小桃心，以他的眼光来看，没什么不好看的。

他看着打开的衣柜，指了指："这些都是睡衣吗？"

顾逸迩愣了一下，指了指角落里挂的那几件："这些。"

都是很浅的颜色，她这个年纪，就该穿这样的颜色。

司逸平时见她基本上都是在学校，学校规定穿校服，所以他很少有机会看她穿便服。

他不知道怎么的，忽然就想起了，第一次和她在校外见面时，她穿的那件鹅黄色的羊绒外套。

鹅黄映衬着她的白皙，就是那个时候，他第一次知道，自己喜欢女孩子穿成什么样。

是小仙女的样子，落入他的心田。

或许再具体一点，是喜欢她穿成那样。

他指了指那件鹅黄色的睡裙："这个好看。"

顾逸迩拿出那件睡裙，鹅黄色配着一点点的白色蕾丝，简单又精致。

司逸帮她挑的睡裙啊。

顾逸迩咬唇："你喜欢这个啊？"

司逸转过了身："嗯，你换吧。"

身后有窸窸窣窣的换衣声，细微而又挠心，司逸看不到，可是耳朵却听得见。

他尴尬地捂了捂眼睛，觉得自己好奇怪。

“好了。”她轻轻说道。

司逸转过身，目光有些呆滞。

糟了，要开心死了。

顾逸迩被看得浑身不自在，绞着手躲他的眼睛：“去洗澡吧。”

司逸痛苦地闷哼了一声，捂着头蹲在了地上。

顾逸迩以为他不舒服，急忙凑过去问他：“怎么了？”

他抬起头看着她，脸色微赧，目光盈盈：“我……我还是去客房吧。”

房门被悄悄打开，顾逸迩探出头来，查看情况。

司逸在她背后小声问道：“怎么样？”

“好像都回房间了。”

顾逸迩将半个身子探出房门，抓着司逸的衣袖带他走了出来：“小点声。”

司逸任她抓着，轻手轻脚地跟在她身后走出了房间。

高寺桉就住在隔壁，顾逸迩几乎是踮脚从他房门溜过去的。

浴室就在前方转角处，把司逸丢进去就大功告成了。

“走走走，搞快点。”

顾逸迩一边指挥着司逸，一边往下看，以防他们在一楼。

刚一往下看，就看见高寺桉正要上阶梯。

不是回房间了吗？怎么还在一楼！

“哥哥！”

高寺桉猛地抬头，顿住了脚步：“逸迩，你怎么还没睡？”问完就要继续上楼。

“别上来！”顾逸迩喝住他，伸手将司逸用力往里面一推。

司逸猝不及防，后脑勺磕在了墙上，吃痛地嘶了一声。

“什么声音？”高寺桉顿觉奇怪。

“我要洗澡，哥哥你待会儿再上来吧。”

高寺桉不解地看着她：“我上来拿睡衣，就在一楼洗。”

“你睡衣在哪儿？我帮你拿吧。”

“房间进门的第一个衣柜。”

“我帮你我帮你，你就在一楼等我。”

"好，那你快点。"

警报解除后，顾逸迩重重舒了口气，也来不及多想，就拉着脑震荡的司逸往浴室里冲。

一冲进浴室，顾逸迩迅速将门反锁，语气急切："去去去，去浴缸那儿躲着！"

司逸被她推到浴缸那边，又被她命令蹲在浴缸里。

顾逸迩看了他一眼："你在这儿先躲着，我去给你拿一套睡衣来。"

"那你快点。"

按照高寺桉的指示，顾逸迩到他房间帮他拿了一套睡衣，想了想，又多拿了一套。

高寺桉的睡衣不但款式差不多，就连颜色都是千篇一律的深色，毫无新意。

不过这样也好，就算少了一套他也看不出来。

顾逸迩平生最讨厌跑步，不论是 50 米短跑还是 800 米长跑，然而此刻她从来没有这么渴望过灵魂的释放，自由的奔跑。

浴室门被猛地推开，司逸的"你"字还在喉咙里没发出来，顾逸迩就迅速将一套睡衣丢在了他的头上，然后像一道闪电一样再次离开了。

将睡衣扯下来，司逸迷茫地眨了眨眼睛。

这丫头是安了加速器吗？

拖鞋踩在阶梯上发出哒哒哒的声响，高寺桉眼见着妹妹像一个幽灵一样朝他飞奔了过来。

"你的睡衣。"顾逸迩扶着膝盖喘气。

高寺桉接过衣服："谢谢，但是也不用这么急。"

"逸迩，你这不是跑得挺快的吗？"顾爸爸有些惊讶，"怎么以前跑步从来没及格过。"

文化课巨头顾逸迩有个致命的缺点，那就是跑步成绩非常烂，读小学的时候老师特意找家长说过，说她不是跑不快，就是懒，不想跑。

可是顾逸迩就像是扶不起的阿斗，根本不愿意跑。

小女孩长得漂亮，大眼睛眨啊眨，一米八多标准魁梧大汉的体育老师也舍不得训。

原本感叹可惜了这么一个好学生，结果人家训练的时候吊儿郎当，正式考试的时候使出吃奶的劲儿，居然满分了。

因此成功考上私立重点中学。

无独有偶，中考的时候，平时跑步从来没及格过的顾逸迩再一次满分。

考上了省重点高中。

后来大家也就知道了，生死关键时刻，懒惰如顾逸迩，也是有无限小宇宙的。

顾逸迩摆手："情况不一样。"

高阿姨端着牛奶走了过来，拍拍她的背："逸迩你还好吗？要不坐下来我也给你泡杯牛奶？"

"不用了。"顾逸迩指了指楼上，"出了好多汗，我要上楼洗澡了。"

高寺桉也拿着睡衣站了起来："我就在一楼洗了，逸迩你待会儿再上去吧。"

"为什么？"

"你褚姐姐刚刚睡醒了，说是要洗澡，我让她去二楼的浴室了。"

顾逸迩环顾一圈一楼大厅，真的没看见褚蔚的人影。

"啊！"顾逸迩发出一声土拨鼠尖叫。

高寺桉被她吓了一跳："你今天晚上怎么了？"

顾逸迩捂着肚子再一次跑上了楼，边跑边喊："褚姐姐，你先别进浴室！"

楼下的三个人面面相觑。

顾爸爸皱眉："这孩子平时不是这样的啊。"

高阿姨猜测："因为嫂子来做客，所以格外兴奋？寺桉，你是不是约会的时候都带着逸迩，她怎么和你女朋友这么熟？"

"没有啊，她们也就见过几面。"高寺桉也不知道，"可能有缘吧。"

而此时刚脱了外衣，正打算脱裤子的司逸，听见有人在敲浴室门。

耳朵？

妩媚的女声问道："里面没人吧？"

不是耳朵的声音。

"咔嗒——"

门把被扭开的声音。

"我去！"司逸赶紧拿起地上的衣服躲进了最里面。

顾逸迩家的浴室由两个小房间组成，外头的那一间是洗漱间，用来洗脸刷牙的，里面这个偏大一点的才是洗澡和上厕所的地方。

司逸躲在门后，心如擂鼓。

褚蔚见浴室没人，放心地走了进来，哼着歌将浴室门反锁。

“我爱洗澡皮肤好好，噢噢噢噢！”

褚蔚照着镜子，一边唱歌一边将头发散下来。

如瀑的长鬈发披散在后背上，褚蔚用手捧着自己的脸欣赏道：“好一个沉鱼落雁，闭月羞花的绝世、美、人、儿。”

司逸捂着嘴，表情痛苦。

“告诉我，为什么，你长得这么美？为什么，你这么完美？为什么，你要出生在这个世界上让天底下的女人都多了一个竞争对手？”

深入灵魂的三连问，褚小姐自问自答：“因为，你就是造物主最成功的作品！”

躲在门口的司逸觉得顾逸迩的这个嫂子美是美，就是精神有点不正常。

希望她嫁进来以后别把耳朵带坏了。

“褚蔚，你马上就是顾家媳妇了，怕吗？”

躲在门口的司逸翻了个白眼。

“不要怕，不要慌，自信的女人最美丽，我需要你把所有的自信调动起来，大声告诉全世界，你才是最美的，嗯？”

褚蔚摸了摸自己的下巴，冲镜子里的自己送了个秋波。

司逸没忍住，还是悄悄探出了一点点头。

看到了褚蔚精致美艳的侧脸。

是个美人，可惜疯了。

他在心里叹了口气，娱乐圈害人啊。

正替褚蔚可惜着，司逸忽然睁大了眼睛。

司逸迅速收回脑袋，闭眼，双手合十。

耳朵求求你快来救我吧。

救世主顾逸迩的声音在浴室门口响起：“褚姐姐，褚姐姐你在里面吗？”

褚蔚顿了顿动作：“妹妹？”

“褚姐姐你能出来下吗？我要上厕所了。”

“你直接进来上吧，我衣服都脱了。”

门外的顾逸迩绝望地叹了口气，只希望司逸能坚持住，别晕过去了。

她趴在门上，试探着问道："我能跟你一起洗吗？我身上都是汗，有点受不了了。"

"可以啊。"

褚蔚干脆地打开了门。

猝不及防，顾逸迩张大了嘴，用羡慕嫉妒恨等复杂的眼神看着褚蔚。

褚蔚冲她笑了笑："进来吧。"

顾逸迩好不容易把褚蔚哄去了一楼的浴室。

浴室惊魂后，司逸总算是洗好了。

司逸湿着头发，坐在椅子上自己给自己吹头发。

他穿着高寺桉的睡衣，一整套纯黑色，看上去禁欲又冷艳。

高寺桉的衣服包括睡衣都是典型的都市精英风格，司逸年纪小，平时穿得最多的是休闲装，顾逸迩是第一次看他穿得这么成熟。

他和哥哥的身高差不多，但是比哥哥要消瘦一些，因此上衣略微有些宽松，司逸没有将扣子扣到领口，而是将第一颗和第二颗打开，露出了精致的锁骨。

他歪着头，吹风机吹动着他的发丝，露出诱人的轮廓。

顾逸迩撇过头，脑海中不自觉脑补司逸长大以后的样子。

她将司逸先藏在自己房间里，就往客房那边走去。

顾逸迩刚走到客房那里，就看见褚蔚和高阿姨站在门口。

"褚姐姐？阿姨？"

褚蔚冲她笑了笑："阿姨和叔叔吵架了，阿姨说今天晚上要跟我一起睡客房。"

高阿姨有些尴尬地解释："谁让你爸爸非跟我争你褚姐姐和另一个女演员谁好看。"

"妹妹，要不你晚上也跟我们一起睡客房吧？我给你讲八卦？"褚蔚兴奋地提议道。

顾逸迩在心中重重地叹了一声，语气严肃："你们一天天的就不能让我省点心吗？"

"什么？"

顾逸迩走过去，一手拉着一个人。

她先是走到顾爸爸的房间门口，敲门。

顾爸爸说了句进来。

她打开门，把高阿姨往里一推："爸爸，请你管好自己的老婆，夫妻床头打架床尾和。"

顾爸爸尴尬地看着她。

高阿姨还想说什么，被顾逸迩抢先打断："你就在这里睡。"

发完一个老婆后，顾逸迩又敲响了高寺桉的房门。

"你还是不是男人，你就忍心让你女朋友一个人睡客房？"

高寺桉茫然地啊了一声。

顾逸迩将褚蔚推进房间："女朋友给你送来了，Good night！"

做完这一切后，万事俱备。

顾逸迩准备去房间把司逸抓出来。

她刚进房门，就看见司逸已经趴在桌上睡着了。

现在已经是凌晨了，他大概是累极了。

他枕着手静静地趴在桌上，双眼微微闭着，嘴唇微抿着。

听着他绵长的呼吸声，顾逸迩没忍住，悄悄用手碰了碰他的眼睫毛。

他睡得很浅，动了动嘴唇，睁开了眼睛。

司逸像一只刚睡醒的猫，嘴里发出一声闷哼，奶声奶气地问道："客房空出来了吗？"

她撒了谎："没有。"

司逸眨眨眼，有些呆滞："那怎么办？"

"睡这里吧。"她轻声说。

顾逸迩在心里唾弃自己的非君子行为。

她从衣柜里拿出一床新的被褥，铺在了地上。

司逸很自觉地躺在被褥上，睡眼蒙眬地看着她："睡吗？"

"你先睡吧。"

"你不睡吗？"

顾逸迩不自在地从书包里掏出了一本练习册："我写作业。"

司逸坐起来，看了眼墙上的挂钟："耳朵，一点了。"

“我知道，我睡不着，写作业催眠。”

她坐在书桌前，打开台灯，就打算和数学题奋战。

司逸干脆也不睡了，搬了张凳子坐在她身边，用手撑着下巴看她写。

“我等你，你写吧。”

司逸就这样安安静静地坐在她身边，不吵不闹的，他越是这样安静，她的心就越是不平静，在胸腔里跳来跳去的。他的眼神就像是一根火柴，点燃了她心里的爆竹，噼里啪啦的，吵得她耳鸣。

她握着笔，眼前的数学题完全变成了一堆乱码，根本看不进去。

他太打扰自己了。

顾逸迩心不在焉地写下了一个公式。

“耳朵，写错了。”他轻轻说道。

顾逸迩侧头看他：“哪里？”

“这里。”他伸手，指了指她写错的那里，“sin2a=sinacosa+cosasina，你写 cos2a 了。”

“哦。”她把那一行划掉，又重写。

他低笑：“又写错了呀。”

顾逸迩撂下笔，面色阴冷：“笔给你，你来写。”

他接过笔，三下五除二就在草稿纸上写出这道三角函数题的全部解答过程，非常快，不带一丝犹豫，好像根本就不用想。

“会写题了不起吗？”顾逸迩很不服气。

司逸有些无奈：“不是你让我写的吗？”

顾逸迩鼓着嘴从他手中把笔抢了过来，继续写。

然后又写错了。

“耳朵，专心点啊。”

顾逸迩把笔塞进他的手里，又把练习册推到他那边：“你帮我写。”

司逸有些惊讶地睁大了眼睛：“我帮你写？”

“不愿意吗？”

“倒不是这个意思，哎，我帮你写完，你去睡觉行吗？”

顾逸迩摇头：“不，我看着你写。”

司逸挑眉。

到底是参加过奥数的，在首都那边经过了专业的训练，司逸看题很快，

几乎是十几秒一道题，在草稿纸上稍微画一画，就直接在练习册上写解题过程了。

他写得很快，字迹却不潦草，顾逸迩就那样看着他以自己两倍的速度，迅速地写完了一页题。

但毕竟是数学题，需要非常专注才能提高速度，司逸微微眯眼，低头专心致志地攻克着。

他写到一半，用左手按了按睛明穴："耳朵，帮我把眼镜拿来，有点看不清了。"

他眼镜已经取了，就放在床头柜那里。

顾逸迩将眼镜递给他，他戴上，又继续写。

"你近视多少度了？"

"200 度。"司逸一边写题一边回答她，"参加比赛那段时间，用眼有些过度。"

护眼台灯的光并不刺眼，柔和了他的侧脸，映得他眉眼如画，银色眼镜架反射出淡淡的光芒，让他看上去多了一份斯文内敛的气质。

司逸似乎也发现自己在被人盯着看，似笑非笑地转过头看着她："我发现你好像很喜欢看我的脸啊。"

"没有啊。"顾逸迩撇过了头。

司逸挑眉，搁下笔，手背撑着头，嘴角微勾，笑得有些痞。

"我戴眼镜好看，还是不戴眼镜好看？"

顾逸迩呆呆地说："都好看。"

"你啊。"他敲了敲她的头。

顾逸迩自知上当，鼓着嘴瞪他。

完全是下意识的动作，她生气就喜欢这样，也不知道是不是时间太晚了，瞳孔覆着一层朦胧的纱，不凶，反倒很软。

换作平时，他肯定就学着她的样子也跟着鼓嘴了，或者用手指戳她脸颊，可是今天他却不想这么做，心底里生出了另一种渴望。

顾逸迩只看见他眸色渐渐变暗，可因为那双眼太过惊艳，纵使里头的情绪让人捉摸不透，她也不想移开视线。

司逸将手搭在她的椅背上，忽然倾身。

她下意识地就要推着椅子往后退。

像是早就料到她会躲，司逸又用另一只手按在了皮革座面上，就这样将她桎梏在狭小的范围内。

她无处可逃。

司逸倾身，歪头，朝她靠了过来。

她紧张地闭上了眼，睫毛还在颤抖着。

“怕吗？”清冽低沉的声音在她耳边响起。

顾逸迩睁眼，茫然地望着他。

司逸和她离得很近，几乎将她的表情全都映入眼底。

“对不起，是我心急了。”他收回了身子，将手按在她的头上，揉了揉。

就像是什么都没发生过一样，司逸将眼镜戴上，继续埋头帮她写作业了。

顾逸迩也说不清，自己到底是庆幸还是失望。

约莫十几分钟后，司逸写完了最后一道题，放下笔伸了个懒腰：“写完了，睡觉吧？”

顾逸迩点点头。

司逸帮她把练习册放进书包里，起身指了指门口：“我可以出去上个厕所吗？”

“嗯，他们应该都睡了。”

司逸带上了自己的手机，打开房门走了出去。

只留顾逸迩还坐在椅子上发呆。

她咬唇，觉得自己真的矫情到爆。

一个人在房间里骂自己，另一个人在房间外骂自己。

“差点啊。”

听不出是可惜还是庆幸。

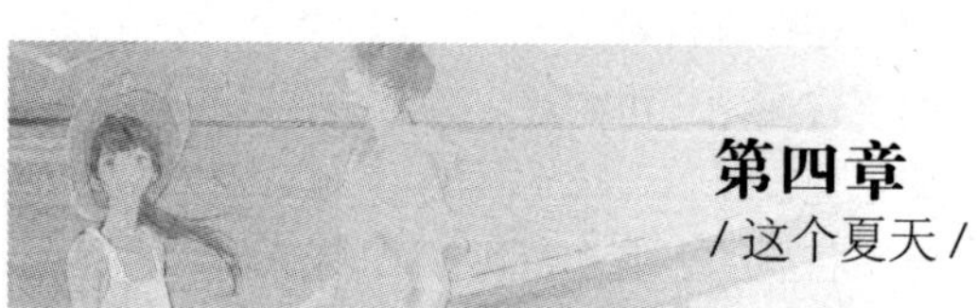

第四章

/ 这个夏天 /

顾逸迩不敢相信，自己居然会起得这么早。

她醒来的时候，还不到六点。

揉着眼坐起来，她往床下望去。

“司逸。”顾逸迩没指望他能回答。

谁知司逸背对着她，回了句：“怎么了？”

“你也醒了？”

司逸坐起身，脸颊苍白，眼下乌青：“我压根没睡。”

顾逸迩神色复杂：“为什么不睡？”

“你说呢？”司逸抓了抓头发，“我想去洗把脸。”

“他们应该都没起床，你直接去吧。”

一夜没睡，宛若脱水的司逸走进厕所，双手撑着洗漱台，神色憔悴。他打开水龙头，用凉水浇脸，试图让自己赶紧清醒过来。

“亲爱的，怎么起得这么早啊？”

忽然一双柔荑搭上了自己的腰，司逸浑身一僵。

身后的人轻轻一笑：“我还以为你会睡到中午呢。”

完了完了完了完了完了。

演员因为拍戏经常日夜颠倒，褚蔚已经习惯了凌晨起床赶戏，虽然身体告诉她很想睡觉，但是脑子还是在生物钟的影响下清醒了。

她打着哈欠朝厕所走去。

结果刚走到门口，就被洗漱台前的男人给吓住了。

这个男人和她大战到三点，到现在不到三个小时，他居然就醒了？

褚蔚觉得自己的自尊被按倒在地上摩擦了。

刚刚贴上男人的一刹那，一股不熟悉的清冽气息打破了她的旖旎思绪。

高寺桉不抽烟，平时习惯喷 Jo Malone（祖·玛珑）的男士香水，和他自身的味道融合在一起，优雅又禁欲，而她抱着的这个男人，没有高寺桉身上特有的专属于成年男人的气息，反倒是一种专属于少年的，清冽的海盐味。

她危险地眯起眼睛，迅速攀上他的肩膀。

小贼！敢偷她男人的衣服！

她拍过古装戏，学过几天的小擒拿，此时手已经捏上了男人的脖子。

男人没躲过，闷哼了一声，褚蔚得意一笑，朝着门外大喊一声："救命啊！"

忽然一双手捂住了她的嘴。

褚蔚被这突如其来的冲力吓得往后一躲，一个没站稳，朝身后摆放着各种洗护用品的小架子上倒去。

"噼——砰砰砰——"

瓶瓶罐罐砸在她身上，褚蔚发出阵阵痛呼，就看见男人蹲了下来帮她接住了几个瓶子。

与此同时，她也看清了男人的脸。

"奥数冠军？"

前不久因为长相登上热搜火了好一阵子，却死都不开微博供迷妹们日常表白打卡的那个教科书级别的从校园文里走出来的男孩子。

他比视频里看起来还要秀色可餐，一双桃花眼更是潋滟多情，因为刚刚被她调戏了，白皙的俊脸上透着绯红，微微抿着唇看着她。

褚蔚总算明白为什么现在人家都迷恋青春电影里的男主角了。

漂亮的脸蛋还未刻上成年男人的成熟，就连害羞和恼怒都带着少年特有的干净与稚嫩，男人在每一个阶段都有他独特的魅力，高寺桉是他那个年龄段最迷人的男人。而眼前的这个小弟弟，就属于他这个年龄段中的极

品。

五官已经长开，轮廓分明，可浑身上下还透着一股奶味，让她这个成年未婚女人不禁产生了一种母性。

“你怎么在这里？”

司逸刚张嘴，就听见哒哒哒的脚步声。

他绝望地叹了一口气，完了，等死吧。

顾逸迩和高寺桉同时出现在厕所门口。

前者是因为听到了尖叫声意识到司逸被发现了，后者是以为褚蔚遭遇危险了。

两个人连拖鞋都没来得及穿，以冲刺的速度奔向了厕所。

四个人大眼瞪小眼，场面进入了一种前所未有的冷凝状态。

高寺桉的脸越来越黑，因为昨天他的女朋友还和他你侬我侬，今天她女朋友就躲在别的男人、还是一个未成年的毛头小子的羽翼下，而毛头小子正以一种骑士的姿态保护着她。

并且毛头小子还和他穿同款睡衣，连颜色都不带变的！

顾逸迩的脸色也没好到哪里去，她明知道真实状况绝不是她看到的这样，但还是没忍住心里泛酸。

如果此时有 BGM（背景音乐），那么一定非孙燕姿的《绿光》不可了。

高寺桉扯了扯嘴角，语气微冷：“顾逸迩同学，你能解释一下，你的同学为什么会出现在这里吗？”

顾逸迩生无可恋：“情况很复杂，一切都要从那个月黑风高的夜晚说起……”

就在四个年轻人还没掰扯清楚的时候，两个老的也被吵醒了，一时间场面更加不可收拾。

顾爸爸和高阿姨看着站在门口脸色就像吃了狗屎的兄妹俩，又看了眼浴室里狼狈不堪的两位客人，其中一位还是不速之客。

顾爸爸在此刻发挥出一家之主的震慑力：“你们这是在做什么！”

“爸爸，我可以解释。”

“伯父，我可以解释。”

“叔叔，我可以解释。”

“你们闭嘴！”顾爸爸一声呵斥，指向了没说话的高寺桉，“寺桉！

你说！”

高寺桉痛苦地按着太阳穴：“不知道，不了解，不清楚。”

“司逸！打电话叫你父母来！你们四个全都给我下楼待着，老实交代！”

顾爸爸发飙了。

放养式教育真是害死人，这一个个的，他的乖巧继子和可爱女儿都变成什么玩意儿了！

而高阿姨正处于震惊之中，久久未回过神来。

这就是现实生活里的恩怨是非吗？她看的那些电视剧都太弱了。

客厅里，顾爸爸坐在主位，高阿姨坐在他侧位，而四个小辈，非常没有尊严地排排坐在了最末尾。

“胡闹！简直是胡闹！”顾爸爸一拍桌子，厉声训斥，“你们是要气死我吗！这事儿要是传出去了，咱们顾家还有脸吗！？”

四个小辈瑟瑟发抖，不敢说话。

顾爸爸激动地使出了一招连环夺命拍桌，跟敲架子鼓似的：“寺桉，你昨天忽然把女朋友带回家就给我和你妈吓了一大跳了，我也不说什么了，毕竟你已经到了该结婚的年纪。但是顾逸迩！你几岁！你告诉我你几岁！你才多大你就把男同学带回家了啊！你挺能的啊！”

顾逸迩弱弱解释：“不是带，是收留……”

“你给我闭嘴！你还学会顶嘴了是不是！”顾爸爸气得满脸通红，“你们就是想气死我！这样就没人管你们了是不是！”

高阿姨轻声抚慰道：“冷静点，先听孩子们把事情解释清楚。”

“我怎么冷静？你让我怎么冷静？”顾爸爸一改往日慈父形象，像一头被抢走幼崽的老狮子，“我这么大年纪了，还要承受这种刺激！他们这一个比一个思想超前，合着是我老古董了？你看看逸迩，她以前多乖，现在都敢带男孩回家了！”

说完，他就劈头盖脸对着司逸一顿骂：“司逸，虽然你父亲能力强，我得罪不起他，但是这并不代表你就可以随意欺负我女儿！你们还是未成年，连大学都没有上，怎么能做这么出格的事情！”

然后，他又迅速转移火力，但是语气稍轻了些：“褚小姐，你是寺桉

的女朋友，请你有这个自觉。”

褚蔚急忙起身噼里啪啦一连串解释：“叔叔你误会了，我是把妹妹她朋友当高寺桉了，他俩都穿一样的睡衣，身高也差不多，我一个睡迷糊了没给认出来，我对高寺桉的爱天地可鉴，绝对没有老牛吃嫩草的想法，试想我怎么会对自己妹妹的朋友做出禽兽之事呢？”

不愧是当演员的，台词功力了得，全程一大段话都不带喘的，且口齿清晰把自己摘得干干净净。

这时，家政阿姨匆匆走了过来：“顾先生，司家来人了。”

“让他们进来。”

然后就听见玄关那里一声大喊：“顾总！”

司妈妈一身职业装，后头跟着西装革履的司爸爸。

顾爸爸面色阴沉：“你们先坐下。”

要换作平时，顾爸爸肯定一脸热情地招待司爸爸，可是他只要一想起司逸这个小浑蛋，就觉得意难平。

司妈妈坐下，司爸爸挑了个她旁边的位置。

“你别挨着我，离我远点。”司妈妈一脸嫌弃地赶他走。

司爸爸抿唇，无奈地换了个座位。

“司总，于总，今天请你们过来，是想谈谈你们儿子和我女儿的事。”顾爸爸冷静地开场。

司妈妈迅速接口：“亲家，哦不对，顾总，司逸这孩子是我们没管教好，你要打要罚我绝对不拦着，他昨天刚下飞机就说要去找同学，我以为他是去找男同学去了，没想到这小子居然来找你女儿来了，如果他昨天晚上给你们添了什么麻烦，我在这里跟你们正式道个歉。”

顾爸爸敲了敲桌子：“这是麻烦而已吗？你儿子昨天在我女儿房间里整整和她单独过了一夜！”

司爸爸一记眼刀扫过司逸：“怎么回事？”

司逸往里缩了缩。

“司逸，妈没想到你居然是这样的人！”司妈妈一个惊雷响起，站起身指着他训斥，“你出息了啊！你才多大！你都会，我都不好意思说出口！你太让我失望了！”

说完，她一脸愤懑地看着顾爸爸：“顾总，既然如此，我们家司逸只能负责到底了，你放心！”

司爸爸皱紧了眉，沉声问道：“司逸，你有没有对人家姑娘做什么？”

“你指什么？”

司逸这句话，成功让在场所有大人的脸涨成猪肝色。

顾爸爸咬牙切齿道：“你这小子还分种类的吗？”眼神像是要把他活吞了。

“你这小子到底在说什么？”司爸爸也发难了。

司逸急忙解释：“没有，绝对没有，我用我的人格担保，没有。”

顾爸爸看向顾逸迩：“有没有？”

顾逸迩红着脸摇头：“真的没有，他打地铺的。”

顾爸爸舒了口气：“还算你们听话。”

他马上又敲着桌子耳提面命：“你们还有一年要高考了，这个时候不要想与学习无关的事，你们知道吗？”

“等我一下。”

司逸忽然起身，匆匆上楼了。

没两分钟，他又提着一个大书包下楼了，然后从书包里掏出了一个信封，递给了顾爸爸。

顾爸爸接过，一脸蒙地打开信封，在看到里面的内容时，无言以对。

北京大学招生办公室印发的预录取通知书。

右下角一个明晃晃的北京大学红章。

“你是保送了，那我们逸迩呢？”顾爸爸保持着最后一丝尊严。

顾逸迩淡淡说道：“我已经拿到了校内的自主招生名额，高三开学就去笔试面试，而且去年参加的全省乐器大赛和今年的作文比赛都有高考加分优惠，我一直是文科第一，从来没拿过第二名。”

第一次觉得自己的小孩太优秀也是一种烦恼。

没理由骂。

高阿姨看着顾爸爸吃瘪的样子，没忍住，笑了出来。

顾爸爸最后挣扎道：“你也要读北大？不出国？”

“清华北大都可以，看情况吧。”顾逸迩微微一笑，“我英语不是太好，就不出国了。”

一个被保送北大，一个板上钉钉考北大，做家长的还能说什么。

司妈妈笑意盈盈地说："顾总，我们司逸不光学习好，琴棋书画样样都会，小时候我逼着他什么都学了，绝对靠谱的。"

顾爸爸也不甘示弱："我们逸迩从小学跳舞和跆拳道，还学了小提琴，跟着乐团去国外音乐厅演出过，见过她的就没有不夸她漂亮的，从小到大一直都是第一名，奖状挂了一墙都挂不下。"

司逸和顾逸迩就这么听着，觉得下一秒他们就要说出自己会上天遁地了。

褚蔚眼见着这个混乱场面，没自己什么事儿，扯了扯高寺桉的袖子："你妹妹他们都是吃什么长大的啊，人生履历简直辉煌灿烂。"

"大米。"高寺桉淡淡道。

最后双方口干舌燥，中场休息。

顾爸爸让家政阿姨端了茶上来，自己喝了一口，嗓子终于舒服了点。他又瞥了一眼司妈妈，嘴角微勾："于总，怎么就见你说，司总也不说两句？"

"我跟他马上就是两条道上的人了，还有什么好说的。"司妈妈神情淡定。

"传闻前两年你跟我竞争的那块地的建筑权，因为基建出了问题，整块地都被拉上了封条，你为这个事儿，这两年到处奔波劳累，有人举报你当初拿到竞标是靠着司总的关系，于总你有情有义，对外宣称要和司总离婚，都这么久了，也没见离成啊？"

顾沂源和于芙向来是建筑圈的死对头，竞标争夺再正常不过，更不要提有眼线专门搜集情报，合适时给对方迎头痛击，因为前两年被夺了标，顾沂源心里头一直不服气，这下自家女儿眼看也要被对方儿子拐跑了，自然就要从别的地方下手，反正不能让于芙舒坦。

司妈妈神色一紧，像是有什么秘密被揭穿了似的。

司爸爸挑眉，轻笑："原来是这样啊。"

"顾沂源，你没证据不要造谣！"司妈妈抵死狡赖。

顾爸爸又喝了口茶："本来就是谣言，又不是我传出来的。"

"行啊，谣言是吧。"司妈妈冷笑一声，"顾总，你以为我没你的吗？你几个月前当着你们全公司人的面把自己的前妻给赶了出来，而且还大喊你这辈子只爱现在这个老婆，让她少做些小动作企图破坏你的美满家庭，被圈子里的人笑了好久的妻管严，这也是谣言吧？”

高阿姨语气激动：“沂源……”

“于总，你七年前匿名出资盖希望小学，然后说是送你丈夫的礼物，真是令人动容啊。”

“呵呵，顾总，你五年前找我合作投资的芙蓉花园，一半取我的名，一半取你老婆的名，美其名曰新婚礼物，真是罗曼蒂克啊。”

两个人开始揭老底了。

坐收渔翁之利的司爸爸和高阿姨脸上的笑意越来越明显了。

顾逸迩和司逸对视一眼，不懂事情的走向为什么会变成现在这样。

“或许我该感谢你爸妈？”顾逸迩轻声说道。

司逸扬起嘴角：“是我该感谢你爸妈。”

而躲在一旁默默观望的家政阿姨，正在微信群里实时转播。

“我的天，现在的有钱人真是一个比一个有故事啊！”

最后说了一个上午，两个人老底也揭得差不多了，一个是护妻狂魔，一个是爱夫狂魔，谁也没比谁高贵。

两张老脸面子里子都没了，倒是各自的老伴都心满意足得很。

一切都结束以后，司氏夫妇领着他们的臭儿子回家了。

回家的路上，司爸爸问司逸：“没什么想跟我们说的吗？”

“你们还是把自己的事儿掰扯清楚吧。”司逸撇嘴。

“一直很清楚。”司爸爸垂眸浅笑，“想离婚，下辈子吧。”

司妈妈奓毛：“你这个老不修！”

“小芙，要骂我就回房间好好说给我听，别带坏了儿子。”司爸爸宠溺地看着她，“要有做母亲的自觉啊。”

司逸看着窗外的风景。

盛夏，街道上尽是衣着清凉的人们，欢声笑语，一片繁华。

这个美好的夏天啊。

能遇见耳朵，可能是他这辈子最幸运的事情了。

高三前的最后一个暑假，林尾月的生日就在七月末。

二更穿着白 T，跑在最前头，三步一回头地招呼后面的人：“同志们!

跟上啊！”

俞子袖在后面喊二更：“学长！你慢一点啊！”见二更不听就只好跟着跑。

其他六个人就不一样了，慢慢悠悠跟观光似的在后面跟着。

七月份的太阳毒得很，光是站着就能出一身的汗，更不要提在烈日当头下奔跑，简直就是天然汗蒸浴。

顾逸迩躲在遮阳伞下，眯着眼看着近在咫尺的欢乐谷入口，心想这一天玩下来，估计得黑个七八度。

她拿着防晒喷雾，对着自己的胳膊和腿又喷了一通。

当然不能只她一个人喷：“尾月，班长，你们也来点。”

陆嘉在一旁啧啧了两声：“你们女生就是麻烦，出个门还带这么多东西，这大太阳天的还打伞。”

“陆嘉你就看看你吧。”王思淼嫌弃地看着他，“你再看看司逸他们，跟他们比你活像个非洲挖煤的。”

“男人的魅力你懂个啥，男人越黑越帅气！”陆嘉秀了秀自己的二头肌，“皮肤白的男生不是娘就是病根子。”

“你说谁娘？”司逸的声音在陆嘉耳边幽幽响起。

陆嘉浑身一个激灵：“逸哥我没说你，你是男人中的男人，男人中的歼 17。”

付清徐淡淡说道：“那就是说我了。”

“没，你俩例外，你俩例外。”陆嘉认㞞，摸了摸鼻子有些尴尬。

司逸和付清徐同时扫了他一眼，往前继续走了。

王思淼冷笑一声，有人长得粗胳膊粗腿的，结果认㞞比谁都快。

“不过也真是奇怪，付清徐不打篮球皮肤白还能说得通，逸哥怎么也这么白。”陆嘉不解地摸了摸自己晒得老黑的胳膊，又看了前面的司逸，“一起打篮球的，这个暑假都黑了好多了，就他一个人还跟块豆腐似的。”

“天生晒不黑，这种人你羡慕都羡慕不来。”

陆嘉嚷嚷：“班长你怎么天天埋汰我啊，我到底哪里得罪你了？”

几个人吵吵闹闹地走到了检票口，他们是在团购软件上直接买的团体票，只要出示二维码就行了，二更拿着手机跟检票员对号，其他人就在他身后站着。

要说吸引注意力还是司逸和付清徐这两个人最厉害。

他们这个暑假都长高了不少，司逸净身高已经185cm，付清徐比他矮个两厘米，但也是高出周围人一大截，暑假来欢乐谷的学生特别多，从初中到大学都有，基本上都是年轻人，有的小女生直接盯着两个人连脚步都懒得挪。

司逸习惯这种注视了，靠在栏杆上，双腿交叠着，面不改色地一手插兜一手玩手机，他今天穿得简单，一身阿迪的装束，脑袋上扣了顶白色棒球帽，背着loewe puzzle（罗意威拼图）黑色斜挎包，看上去年轻帅气。

付清徐穿着白色短衬，戴着眼镜，斯文内秀，又因为周围的人一直盯着看，不由自主地就往司逸这边靠了靠。

旁边有女生小声尖叫了起来。

俞子袖红着脸小心翼翼地扯了扯顾逸迩的衣袖："学长们真的好帅啊。"

顾逸迩扯了扯嘴角，没说话。

男人就该在家扫地做饭，穿这么招摇出来瞎显摆什么。

有个个子小小的女生在朋友的撺掇下凑上前搭讪："你好，请问你是，司逸吗？"

司逸垂眸看她，微微点了点头。

女生激动地握紧了拳头，语气都有些结巴了："我是你的粉丝！"

"什么？"司逸一脸蒙，"粉丝？"

"嗯！我是你的超话主持人，能不能跟我合张影呢？"

司逸一个字儿都没听懂，被人看被人搭讪这事儿很常见，被人求合影还是头一回。

付清徐又默默地远离了他。

林尾月在后面看得一脸好奇："司逸都有粉丝了？"

顾逸迩一直面无表情地看着，语气淡定："司逸。"

司逸迅速转头："怎么了？"

"把镜子和梳子拿给我。"

司逸应了一声，从自己的包里拿出梳子和镜子，那镜子背面还印着月野兔，一看就是女生的物件。

然后，顾逸迩把防晒喷雾丢给了司逸："放好了。"

司逸照做。

来求合影的女生微笑僵在了嘴上。

她的朋友们好奇地去看顾逸迩，当看到她的脸时，眼睛稍稍睁大，随后扯着女生的衣角暗示她。

这时前面传来二更的声音：“好了，咱进去吧。”

司逸冲女生轻轻笑了笑：“我不是什么明星，你应该认错人了。”

然后就在女生震惊的目光下进去了。

几个人走进园内就开始商量先玩什么，陆嘉一直盯着司逸的包，还是没忍住问了：“逸哥，你这包里都装的什么啊？”

逸哥虽然看上去挺精致的，但性格方面着实是个纯直男，平时他们几个男生出门玩，从来没见他带过包，钥匙钱包什么的都是直接塞裤兜，后来流行用手机支付，他就更乐得不带包了。

今天一行人，男生里就司逸拿了包。

司逸看向顾逸迩：“耳朵的东西。”

陆嘉又问顾逸迩：“那你的包里装了什么？”

“没东西，这包太小，只能放个手机。”顾逸迩拍了拍自己的包。

蓝白色的金属链马鞍包，很配她今天穿的蓝色短裙，但也确实是很小。

陆嘉活了十七年，真的不懂女生这个操作。

那么小，又装不了啥，背了干吗呢？不累吗？

这一连串的问题就在陆嘉的脑子里转悠。

几个人一路商量着一路玩，错开了几个排队高峰的项目，一直玩到了中午，找了个餐厅坐下休息，几个男生负责去餐饮台那里点东西，女生们就坐在座位上擦汗喘气。

顾逸迩用湿纸巾擦了擦脸上的汗，又把刘海用小夹子夹了上去，坐在空调口的正下方呼气：“今天是真的热。”

“我怀疑那个地能把鸡蛋给烤熟了，等到了下午简直不敢想。”

林尾月热得用嘴呼吸：“下午去玩什么？”

“跟着地图走吧，那些什么 4D、5D 的就别玩了，玩了一个就够了，别的都大同小异。”

几个男生端着东西过来了。

司逸将柠檬水放在顾逸迩面前：“你的。”

顾逸迩皱眉：“这么大一杯？”

“只有这么大的，喝不完给我喝。”

顾逸迩点饮料不喜欢点大份的，她这人有点喜新厌旧，一般喝了一半左右就再也喝不下了，丢掉又浪费，所以点东西都只点小份。

果然，她喝了一半，就懒得喝了。

她果断推到司逸面前。

司逸轻轻皱眉：“你可真够浪费的。”嘴上在抱怨，脸上却一点不乐意的影子都没见着。

他直接就着她的吸管喝了。

后来，顾逸迩又看上了他的意大利面：“好吃吗？”

“想吃？”司逸将刀叉放下，把盘子推到她面前，“你吃我的吧。”

可能意大利面比较好吃，顾逸迩吃了几口就不想还给他了，她就让司逸重新点一份。

司逸没听她的，撑着下巴看着她吃，时不时皱眉用纸巾擦去她嘴边的番茄酱：“我又不跟你抢，慢点吃。”

其他几个人被这二人娴熟的姿势给惊呆了。

他们什么时候这种画风了？

此刻的众人还没有意识到，这只是开始。

走在路上，有个卖冰激凌的小摊，顾逸迩扯扯司逸的衣角：“我要吃巧乐兹。”

司逸就直接过去给她买了一个。

顾逸迩把上头最好吃的带巧克力夹心的给吃掉以后就不想吃了。

她递给司逸：“你吃不吃？”

“哎，你怎么都只吃一半啊？”司逸皱眉，“再这样不给你买了。”

然后下一个摊位，顾逸迩又说：“我要喝阿萨姆。”

“不买了。”

顾逸迩瞪他一眼：“我自己买去。”说完就要自己过去。

“不行。”司逸拉住她，“到时候喝一半又丢给我。”

顾逸迩继续瞪他，外加鼓嘴。

司逸重重地叹了口气，使劲地揉了揉她的头：“行行行，买，你得保证喝完它。”

“不能保证。”

然后，司逸又承包了剩下来的一半。

他俩走在最前面，后面的人就默默跟着。

在学校的时候，顾逸迩一直是温柔又大方，举手投足都是有教养有气质，一点千金小姐的架子都没有，今天一起出来玩了，才发现她也有这么大小姐的一面，看着有点任性，但是因为长得漂亮，又不惹人讨厌。

然后平时在兄弟们面前的暴躁老哥，在女生们面前温和疏离的司逸，今天也是耐性十足。

真是大开眼界，这两个人看着和平时简直两副样子。

“我……我惊了……”陆嘉喃喃说道。

二更附和：“这就是传说中的，双重人格精神分裂吧。”

一旁的俞子袖冲二更招手：“尔学长！这个公仔好可爱哦！”

“来啦！嗯嗯，真的很可爱，我买给你。”

陆嘉心想，要说“精分”还是你尔更绿最“精分”。

一群人玩到快闭园，最后选了十分中规中矩的摩天轮作为今天的结束。

正好上去休息十分钟。

几个人十分默契地让顾逸迩和司逸单独一厢。

二更说要和小学妹一起，付清徐说自己想清静一会儿，结果还是两个人两个人分开坐一厢。

陆嘉点头：“那咱俩坐一厢……”

陆嘉话还没说完就被王思淼扯住了耳朵：“你跟我一厢，上去！”

陆嘉一脸委屈地被拽了上去。

天色渐晚，这座城市的霓虹灯正一点一点地亮起来，随着摩天轮的旋转，他们的视野逐渐开阔，渐渐地将整座城市的光影尽收眼底。

司逸他们坐的这一厢正慢慢朝最高点移动着。

顾逸迩的眼睛里有星星，比那些点点的霓虹还要闪烁明亮。

她悄悄地碰了碰司逸的手。

听说在摩天轮的最高点完成什么约定，那就是一辈子的事儿了。

几个人从摩天轮上依次下来。

顾逸迩和林尾月的脸红红的，就连夜色也掩盖不了。

几个人走到出口，二更提议大家合影一张。

林尾月往顾逸迩那边站，付清徐就站在她旁边，她又往顾逸迩那边挤了挤。

付清徐声音清冷："躲什么？"

林尾月摇头，小声喃喃："没躲。"

付清徐眼中带笑，垂眸看着她："你躲不掉的。"

"大家看镜头啊！一二三！"

咔嚓一声，他们留下了高二最后的笑脸。

高三来临，这意味着同学们可以开始为自己的大学做打算了。

一班和二班作为年级龙头，大部分同学都将精力放在了保送、自主招生、国外大学申请，和高考加分项目上。

除了司逸闲了下来以外，其他人在刚开学一个多月后就进入了前所未有的高压状态。

付清徐、林尾月几个人在准备即将到来的学科竞赛，顾逸迩那边则是忙着自主招生的笔试面试，就连二更他们都在专心备战高考，司逸连个说话的人都找不到了。

好不容易到了午饭时间，他总算抓到了二更陪自己一起吃饭。

"我都不知道我一天天的在学校干吗。"司逸真心实意地抱怨着。

二更很无奈："逸哥，你要是再跟我在这里拉仇恨，我就再也不陪你吃饭了。"

"你不懂。"

"我是不懂，你们学霸的世界我不懂。"二更狠狠地扒了一口饭，"一分钟之内不要跟我说话！"

司逸咳了咳，转了个话题："最近打篮球都没见你一起了，你不也收心学习了吗？"

"我现在打不了篮球了。"二更指了指自己的脑袋，"头总晕，一做剧烈运动就晕。"

司逸微微皱眉："什么时候开始的？"

"挺久了。"

司逸想起暑假去欢乐谷的时候，像是大摆锤过山车之类的，二更都是说俞子袖胆小，所以要陪着她，现在想来，他自己不能玩也是一个很大的原因。

“你不会出什么事儿吧？”司逸紧紧盯着二更，“你去医院检查过没有？”

二更无所谓地摆摆手：“我这么强壮，能有什么事儿啊？”

“你姐当时不也是忽然被发现的吗？”司逸并不接受他的说辞。

“脑瘤又不是遗传性疾病，哪能我和我姐一起得啊？”二更不甚在意。

他的吊儿郎当，忽然让司逸感觉很不爽。

“你别跟我在这里打哈哈，去医院检查，听到没？”司逸的语气变得严肃了起来。

二更像是被他吓到了，眼神稍稍闪烁了一下，摇头：“我一定没事，不用去医院。”

“尔更绿！”司逸用筷子指着他，“我让你去医院！”

“我不去！”二更重重地将筷子摔在桌上，“司逸，你是我爸还是我妈啊？他们都没让我去医院，你在这里跟我摆什么谱啊？”

司逸冷笑一声：“行，你有本事去把你的情况跟你爸妈说了，你看他们会不会给你五花大绑捆进医院！”

“我说了我没病！”二更不耐烦地吼了一声，“我要有病早在医院里躺着了，还在这儿给你当跟班吗！？”

面对二更这般激烈的反应，司逸内心的狐疑越来越强烈，他深吸一口气，耐下性子，温和了语气说道：“只是去检查而已，又没要你命，你这么激动做什么？”

“你都咒我死了我能不激动吗？你又不是没见过我姐死去活来那个样子，现在她就靠营养水吊着一条命，你要非觉得我也病了，是不是也想我变成我姐那样啊？”

毫无逻辑的话，给司逸扣了一顶诅咒他死的帽子。

“尔更绿，你疯了是不是？你这是变成狗咬谁呢？”

二更的胸膛剧烈地起伏着，他用力闭眼缓了好一会儿，才缓缓说道：“你知道，我听不得‘医院’两个字，我自己的身体自己清楚，你就别替我操心了，我先回教室做题了，你慢慢吃。”

说完，他便起身，端着碗头也不回地离开了。

司逸咬唇，忽然懊恼地捂住自己的额头。

明知道二更对医院和他姐越来越敏感，今天不知道为什么，一听他头晕心就跳得厉害，脱口而出了那些话。

司逸心不在焉地吃完了剩下的饭，一个人独自回了教室。

一直到下午，二更都没再和他说一句话。

司逸忽然觉得自己跟二更就像女生一样，原来男生之间吵架也会冷战。

整个下午都恍恍惚惚的，最终晚自习的时候，司逸还是逃了课去二班找顾逸迩给自己调解调解。

两个人坐在碧翠亭里。

顾逸迩的语气充满了惊异："你和二更吵架？"

"也不是吵架，就是中午忽然说了他不喜欢的话。"司逸有些不好意思。

"你是不是跟他炫耀自己很闲了？"

"你怎么知道啊？"

顾逸迩叹了口气："你是提前保送了，我们都还在水深火热之中呢，司逸，请你善良一点。"

"那要不我也参加高考算了。"司逸有点委屈，"高三的课还要上，你们都忙着学习，我连个吃饭的人都找不到。"

"你进了北大，还是自己最想读的专业，何苦呢？"顾逸迩翻了个白眼，"除非你要换专业。"

"说说而已。"司逸又转而问她，"你要读什么专业？"

"不出意外，金融吧，继承家业。"顾逸迩摘了片叶子放在手里把玩，语气轻轻，"我哥他打算自己创业，我没得选。"

司逸皱眉："你自己喜欢什么就读什么，干吗为了你爸去读个不喜欢的。"

"司逸，不是每个人都跟你一样，清楚地知道自己喜欢什么。"顾逸迩侧头看着他，语气轻柔，"有的人一辈子都不知道自己喜欢做什么，我就属于那个不知道自己喜欢什么的。"

从小到大，她按照父母的安排严格成长着，他们说女孩子该学跳舞，她就学跳舞，他们说女孩子还要会乐器，她就去学乐器，他们说这个年纪就该好好读书，那她就好好读书。

她不讨厌这些，可也不喜欢。

她就像个还未经事的商人，做事前考虑的不是自己喜欢与否，而是是否有利，学习和特长都是如此，一直这样按部就班地生活着，虽然并不自由，可也不觉得受到了束缚。

反正活得富裕，就已经比这世上大多数人都幸福了。

司逸若有所思，发现耳朵真是这样的人。

她从未明确表示过，自己特别喜欢什么东西，她总是笑着去接受别人为她安排的一切，如果不是极度抗拒，她都不会拒绝。

司逸却不是。

他喜欢的事物很多，如果不喜欢的，就会很明确地拒绝。

他们只是看起来很像，其实性格方面完全背道而驰。

“那我呢？”他有些难过地问道。

“你不一样。”她眨了眨眼。

司逸没忍住笑了出来，敲了敲她的额头：“好吧，但我还是希望你能找到自己喜欢做的事情。”

“谁说我不喜欢了？”顾逸迩歪头看着他，“你是不是觉得，我要学金融是因为家庭原因，就认为我是被逼着学的，肯定会不高兴？”

司逸反问她：“难道不是吗？”

顾逸迩笑着摇了摇头：“不是，我学了金融，我爸爸以后就能放心地把公司交给我，我自己也不用担心以后的前途，这是一个很好的选择，我没理由不喜欢。人这一辈子就算找不到自己喜欢做的，也要学会好好生活，才对得起自己来到这个世上。”

“但是这样，你就还是因为其他人的缘故选择了自己的路，以后你可能会后悔。”

顾逸迩微微一笑：“人是不可能彻底脱离这个社会网的，我们不可能一辈子只因为自己而做出某个选择，身边人多多少少都会影响自己，难道因为是受其他人影响而做某件事，这件事就一定是不快乐的吗？”

司逸一直很在乎个人选择，当他拥有了独立自主思想后，便很排斥周围人再去左右他的选择，也不喜欢因为自己而影响到其他人。

他认为这样就是自由，这样就一定不会后悔。

“喜欢和讨厌只是两个极端的情绪，我对学金融这件事称不上喜欢也说不上讨厌，但如果学这个能让我以后活得很好，能让我的家里人开心，我会喜欢这个选择的，所以我一点都不委屈，也不后悔。”顾逸迩拍了拍司逸的肩膀，语气轻快，“比如你喜欢打篮球，我就学着看篮球，渐渐地，我觉得篮球也挺有趣的，多亏了你，我也找到了平时消遣的一个好去处。”

“所以哪怕你学金融是为了家庭而不完全是因为自己，你也是高兴的？”他轻声问道。

“对。”顾逸迩点头，“你还想说什么吗？”

司逸笑着摇头：“我以前觉得，因为周围人而做出某个决定是愚蠢且被动的，今天听你这么说，倒觉得我自己以前的想法太绝对了。”

司逸那样崇拜慕老师，虽然慕老师因为年轻时的一意孤行伤害了很多人，但司逸觉得慕老师是在做自己喜欢的事情，对自己问心无愧，所以当慕老师对自己之前的事露出遗憾或是后悔的表情时，司逸是不理解的。

绝对自由这种东西，在人这种羁绊性很强的物种上，是不可能得以实现的。

为了自己的自由，去伤害爱自己的人，其实是不值得的。

所以慕老师后悔了。

放弃了优越的生活选择流浪；放弃了前途大好的工作选择从头开始；放弃了安稳的婚姻选择孑然一身。这世上有太多的人做出了其他人根本无法理解的选择，只因为他们喜欢，许多年后再回望，有的人悔恨不已，有的人却乐在其中。

可谁也不能说，这个选择就一定是对的或是错的。

因为换一种说法，有人放弃了儿时的冒险梦想选择安稳的工作，放弃了音乐美术选择了医生律师，放弃了自由选择了婚姻，就算最初的梦想已经完全消失，可这样的选择也无法轻易衡量对错。

人生的选择从来没有对错，只有自己后悔与否。

后悔了，就错了，没后悔，就没错。

“只要不后悔，就没白活。”

司逸释怀了。

“耳朵，谢谢你。”

“那你和二更？”

“就算他骂我诅咒他，我也要把他五花大绑到医院去检查，因为不这样做，我一定会后悔。”

顾逸迩不明白他的话：“你说什么呢？什么五花大绑？”

“他生气不是因为我给他炫耀自己被提前保送。”司逸笑得有些无奈，“而是我说他生病了。”

“生病了？”顾逸迩皱眉，“是不是他经常晕倒的事情？”

“你知道？”

顾逸迩点头：“我知道，我问过他，但他说自己没事。”

“他那是自我催眠。”司逸叹了一口气，“因为他知道，如果他有事，他们家就塌了。”

高三已经没有室外课了，几乎所有的时间都是在教室里度过，二更拒绝了所有的课外活动，开始埋头学习。

他从来没有这么拼过。

像是在刻意躲着什么，自从那次之后，他就再也没有像以前那样时刻黏着司逸。

就连俞子袖都特意过来问，尔学长最近是怎么了，都见不着人。

顾逸迩只好说因为学习时间太紧，没时间去找她。

二更或许已经意识到了，只是在躲而已。

又一届的学科竞赛即将来临，整个高三都在和时间争分夺秒，所有人都没时间去顾及他人，因为自己的前途已经到了关键的分叉点，不容许出现半点闪失。

谁和谁过分亲密，谁和谁忽然疏远了，都不再是学生们茶余饭后时的闲谈。

司逸的存在，变得十分特殊，又引人注目。

就连慕老师都觉得他碍眼，让他包了班里的卫生，就当是给同学们出口气了。

司逸也没什么怨言，谁让他提前保送呢。

也因为他闲，所以他能注意到班里人的变化。

包括林尾月和付清徐。

自从上次在欢乐谷，他就觉得这两个人有些不对劲。

付清徐开始有意无意地寻找和林尾月接触的机会，而林尾月却是非常拙劣地在躲避他。

司逸从来没见过付清徐对一个人，或者说对一个女孩子主动到如此地步。

以前总是林尾月追着付清徐问各种问题，现在倒是风水轮流转了。

直到某天，付清徐拿着一道三角函数的题问林尾月，最后被挡在了女厕所门口。

“三角函数是六道大题中最简单最没有技术含量的，你就是拿个数列题去问也比这个好使。”司逸面无表情地数落他。

付清徐依旧是淡淡的：“你有意见吗？”

“大哥，你一个参加数学竞赛的，就不能拿个竞赛题去问吗？”司逸给他出招。

“在我看来都差不多。”

司逸抽了抽嘴角：“你这样能奏效，我把脑袋剁下来给你当凳子坐。”

“你记住你今天的话。”

司逸翻了个白眼：“哎，你就没想过，林尾月为什么会躲着你吗？”

付清徐垂眸，低声说道：“我知道。”

“你知道？”司逸睁大了眼睛看着他，“你知道那就从根本上解决问题啊，老跟着人屁股后面算怎么回事啊？”

付清徐蹙眉，脸上的表情终于有了一丝变化：“我就是在解决。”

司逸百分之百肯定眼前这个冰块是个白痴。

“你是不是欺负人家了啊？做什么坏事了吧？”司逸不负责任地随意猜想道。

神奇的是，付清徐没反驳。

而且他耳朵红了。

司逸懂了。

气氛沉寂了很久，司逸摸着脖子问：“然后呢？”

“不知道。”付清徐的眼睛里出现了一丝懊恼，“她见到我就跑。”

司逸想起之前在小山顶目睹的事情，他那时就觉得这两个人有点不对劲，后来他觉得这是人家私事，就没再过问了。

想到这里，司逸突然问：“你妹妹知道吗？”

付清徐的语气紧了紧：“为什么问她？”

“因为我总觉得，你妹妹对你好像挺在意的。”司逸只能随口敷衍。

“你看出来了？”付清徐自嘲地笑了笑，“她太恶心了。”

完全不是哥哥对妹妹的语气，而是一个人对另一个人厌恶到了极致的那种情感外露。

“你妹妹要是知道了，她难道什么都不会做吗？”

“她学习不好，在国内很难考上一个好大学，所以我劝父母送她到国外去，她最近都在准备出国的事情，已经很久都没来学校了。”付清徐轻声说道。

言语间，好像只是在说一个陌生人而已。

可司逸总觉得，这件事没有这么简单。

“你不怕吗？”司逸最后问道。

付清徐沉吟了许久，才摇头：“只要她没事，我如何都没有关系。”

两个人说完就打算回教室准备下节课了。

付清徐先一步进教室，司逸跟在他身后，一只脚已经踏进了教室，却忽然觉得背后一阵发凉，他迅速转身，空荡荡的走廊上，什么都没有。

司逸微微眯眼，朝着走廊的转角处跑去。

果然，当他跑到那里时，只看见一个匆匆逃离的背影。

他顿时浑身冰冷，不敢去猜那个人是谁。

数学竞赛那一天，正是夏秋交替之时。

天气一改往常，乌云压过了整栋教学楼，这是这个月以来的第一场大暴雨。

大雨肆虐，狂风卷着雨滴，像一条巨大的长鞭，狠命地往地上抽打着。

整个天都是阴的，明明是上午，教室里却已经要靠日光灯来照明。

离考试时间还有十五分钟，参加竞赛的学生们已经相继进入考室，等待着铃声响起的那一刻。

这并不是一个适合考试的天气，所有人的脸上都或多或少透露出一丝烦躁。

付清徐所在的考室，监考老师正在等待最后的几分钟。

忽然，有阵脚步声在走廊上急促地响起，考室的门被推开了。

监考老师好奇地问：“慕老师，有什么事吗？”

慕老师神色慌张，冲监考老师笑了笑，随即解释道：“我找一个学生有点事。”

他直接略过讲台，走到了付清徐的桌子旁边。

“你有没有见过林尾月？”

付清徐猛地抬头，摇头：“没有。”

“没事了，你好好考试。”慕老师转身就离开了教室。

在接到顾逸迩的电话时，司逸心里并没有觉得意外。

付清徐所认为的结束，只不过是他以为的而已。

以前的女生都只是和付清徐有过接触而已，但林尾月是直接得到了付清徐的青睐。

付清莱怎么可能会罢休。

“慕老师打电话给我，说尾月在考试前被人叫出去了，然后就再也没有回来，他问我知不知道情况。”

第五章

/ 祝君好 /

医院内。

司爸爸一脸严肃地看着司逸：“你说，怎么解决？”

“该怎么解决就怎么解决，我认了，但要我认错，不可能。”司逸吃痛地摸了摸嘴角。

“剩下的事你不用管了。”司爸爸站起身来，“顾家那边也出面了，该怎么处理就怎么处理，你好好养伤吧。”

“他们几个没伤着吧？”

“逸迩他们几个都没事。”司爸爸顿了顿，又问道，“尔更绿的身体状况，你知不知道？”

司逸皱紧眉头：“他怎么了？”

“和他姐姐一样。”

短短六个字，司逸整个人都僵住了。

他迅速下床，急匆匆地穿上拖鞋往门外冲。

司爸爸皱紧了眉头，没有阻止他。

纵使司逸从来不说，他也知道，从小一起长大的情谊，是何等的深刻。

司逸瘸着腿闯进了二更的病房。

二更坐在床上，冲他笑了笑：“逸哥。”

司逸二话不说，冲过去对着他的脸就是一拳。

“你浑蛋！”司逸红着眼睛骂出了口。

二更捂着脸，吃痛道：“我是病人哎，下手就不能轻一点嘛！”

“你还知道自己是病人啊！是谁信誓旦旦地跟我说自己没病的！打不打脸！？疼不疼！？”司逸用力扯住他的衣袖，语气冷冽，“早点上医院能死？要不是这次进了医院，你打算瞒我多久！”

“我没打算瞒你，我自己也不知道。”二更苦笑，“我不敢上医院检查，我怕我跟我姐一样，我怕死。”

他说着说着，眼睛也跟着红了。

司逸咬唇，用力掐住他的脸：“谁跟你说脑瘤会死？又不是癌症，你怕个屁啊！”

“我就是怕啊！”二更甩开他的手，厉声大喊，像是用尽了全身的力量，“怕我自己也生病，怕我爸妈连我这个儿子也失去了，怕来不及对学妹说我想说的话，怕跟你下半辈子做不了兄弟！”

司逸用力闭上眼睛，试图关上眼泪涌出的唯一通道。

“逸哥，我不是故意瞒着你的，我是真的怕。”二更将头埋在被子里，只是不断地重复着“怕”这个字。

此时病房门被打开，是二更的父母。

年过四十的夫妻，两鬓斑白，看着比实际年龄还要苍老许多。

“你跟你爸妈说会儿话，我出去洗个脸。”司逸拍了拍他的背，一瘸一拐地走出了病房。

刚走出病房门，司逸顿时就像被抽干了所有的力气，靠着墙缓缓瘫倒在地上。

他用力咬着胳膊，整个身子都在不断地颤抖着。

直到嘴里尝到了血腥味。

医院走廊上，不断来往着病人和医生，哭泣在医院着实显得不那么特殊，因为这里每天都在发生着各种各样的生离死别。

没有人注意到司逸。

因为他不过是生离死别的其中一个罢了。

生死原本是人一生中最大的事情，可是在医院里，生与死之间，不过是一份确认书而已。

或许那些冷静的医生，也曾经历过无数次绝望和痛苦，看惯了各种离别，见惯了各种人的离去。

可他不行，他光是想到，二更那货可能会死，整个心都在抽痛。

那是他的玩伴，他的挚友，他的兄弟。

他扶着墙又缓缓站了起来，一步一步地走回了自己的病房。

回到病房后，教导主任不知道何时出现在病房里，正和司爸爸说着话。

见司逸来了，欲言又止。

司爸爸沉声说道："处分是避免不了的，如果被大学那边知道了，可能会影响你的保送。"

"没关系。"司逸淡淡说道，"我放弃保送。"

"你说什么？"

司逸语气沉着，神色平淡："我不学数学了。"

司爸爸和教导主任诧异地看着他。

"那你要学什么？"

"学医。"

顾逸迩在病房中醒了过来。

一睁眼，就是雪白的天花板，她动了动胳膊，还行，没废，就是有点疼。

又动了动腿，她轻轻舒了口气，没残废。

"醒了？顾大英雄？"

她朝旁边看去，高寺桉正坐在她旁边，手上是削了一半的苹果。

"吃苹果吧。"

高寺桉轻柔的一句话，将她的思绪拉回了现实。

顾逸迩接过苹果，轻声问道："他们有没有事？"

"他们都没事。"高寺桉语气平静，"至于其他人，已经被拘留了。"

顾逸迩扬起嘴角："活该。"

高寺桉挑眉："你自己现在这么惨，还好意思说？"

"谁让她欺负我朋友？"顾逸迩振振有词。

"叔叔要是听到你这些话，估计会后悔送你去学跆拳道。"高寺桉无奈地笑了。

"我不后悔学了跆拳道。"她咬了口苹果，口齿不清地狡辩。

高寺桉调侃道："被处分了也不后悔？"

“不后悔。”顾逸迩咧咧嘴，“一次记过能换来我朋友平安无事，太划算了。”

高寺桉站起身，无奈地摇了摇头：“我记得以前有人说，自身利益才是最重要的。”

“我的朋友相安无事，这难道不是另一种获利吗？”顾逸迩仰头看着他，“起码，我没有失去这个朋友。”

“等你休息好了就去看看他们吧。”高寺桉转身就要离开，“我还有点事，先回公司了，晚点妈和叔叔会来看你的。”

顾逸迩叫住他：“我闯了祸，你都不训斥我？”

“谁年轻时没为朋友闯过祸？”高寺桉转头，语气轻快，“等你长大后，这种机会少得可怜，趁着还年轻，好好地挥霍青春吧。”

高寺桉刚离开，顾逸迩就从床上跳了下来。

落地的时候，腿一个抽筋差点摔倒，她扶着膝盖吸气，咬牙揉了揉，待关节可以正常活动时，才缓缓朝门口走去。

“当英雄也是需要付出代价的啊。”她一边念念有词，一边打开门走了出去。

可她不知道其他人在哪个病房。

反正都是受的皮外伤，不外乎就在这一层楼，顾逸迩扶着走廊栏杆，一个病房一个病房找过去。

她透过病房门上镶着的一小块玻璃窗一个一个往里望去。

先是找到了陆嘉他们几个人，一群人正打着绷带围在病房里吃水果看电视，见她来了还邀请她一起加入。

顾逸迩婉拒：“你们没事就好了，司逸呢？没跟你们一起吗？”

“哦，他在单人病房呢，你直走最里面那间就是的。”陆嘉给她指了路。

顾逸迩点点头：“那二更呢？”

一群人面面相觑，表示不知道二更在哪间病房。

“他家里人应该也给他安排了单人病房吧，反正都在这一层了。”

顾逸迩跟他们道了别，打算先去找司逸。

她按照陆嘉说的，走到这一层的最里面。门紧闭着，她悄悄凑上前观察，果然看见了司逸。

还有司叔叔和教导主任。

他们似乎在谈论着什么。

顾逸迩刚想敲门，门就从里面被打开了，顾逸迩和里面的人对视了两眼，尴尬地笑了："司叔叔，主任。"

"逸迩？你没事吧？"司爸爸低头打量她。

顾逸迩摇头："我伤得轻，司逸一直护着我。"

"这是他应该做的。"司爸爸轻轻笑了笑，"你们在医院好好休息，等司逸回学校了，你帮我多盯着他念书。"

顾逸迩有些奇怪："他已经被保送了啊。"

教导主任在司爸爸身后重重叹了口气："他放弃保送了。"

"放弃？"

"你好好跟他谈谈吧。"

两个大人同时叹了口气，离开了病房。

顾逸迩走进病房，就见司逸坐在床边，盯着地板发呆。

"你在想什么？"她轻声问道。

司逸抬起头望着顾逸迩，冲她笑了笑，用手拍了拍自己旁边的床垫："过来。"

她走过去，坐在他身边，还未反应过来，就被他一把抱住。

顾逸迩拍了拍他的后背："你这是怎么了？"

司逸埋在她的颈窝里，闷声道："别动，让我抱会儿。"

她没有再问，任由他抱着，渐渐地，她感觉脖子那里有些湿。

"司逸？"

他的声音响起："让我……脆弱一会儿。"

司逸好像是哭了。

他哭得很小声，连一般人哭泣时会发出的抽噎声都没有，若不是能感受到他肩膀细微的抖动，和颈窝那里的泛湿，她甚至察觉不到他哭了。

"乖宝宝，别哭了。"她拍着他的背，有些笨拙地安慰着。

忽然，司逸低低地笑了。

他收紧了手臂，将她牢牢锁在自己的身边："耳朵，以前我答应过你一件事，现在能换你答应我吗？"

"什么？"

"这辈子都别离开我了。"

少年的声音就像是一只被抛弃的雏鸟，在破落的巢穴中低声呜咽着。

“我答应你。”她承诺。

两个人就这样维持着拥抱的姿势，直到顾逸迩肩膀都发麻了，司逸才放开她。

他的眼睛红红的，脸色苍白，穿着白色病号服，显得很是文弱。

顾逸迩挣扎了很久，还是问出了口：“你放弃保送了？”

司逸点头。

“我能知道理由吗？”

司逸勉强地扬了扬嘴角，故作轻松：“悬壶济世，救死扶伤。”

“司华佗，佩服。”顾逸迩冲他抱拳。

他的笑忽然僵在了唇边，语气有些哽咽：“耳朵，二更他病了。”

顾逸迩张着嘴，瞬间就懂了他的意思。

“我不想他死。”司逸垂眸，有泪水从他眼角处滑落，顺着苍白的脸颊一路跌向洁白的床单。

蹒跚学步时，他们一起围坐在电视机前看动画片；刚上小学时，他们绕着篮球场骑自行车；上初中时，他们一起“中二”；到了现在，他们约定一起去首都。

成长中的每一个脚步，都有二更的影子。

司逸咬牙捂着眼睛，泣不成声：“如果我能救他，如果我能救他……”

顾逸迩吸了吸鼻子，只轻声问了他一句：“放弃数学，你会后悔吗？”

“不会。”司逸缓缓摇头，“如果当医生，能让更少的人体会这种生离死别，我认为值得。”

“你一双手是救不活那么多人的。”顾逸迩轻声喃道，“死这个字，听着难，做起来却太简单了。”

“我小时候做梦，总希望自己是超级英雄，拯救万千大众。可是一直到我长这么大，才发现自己是多么渺小，我不能决定生死，不能阻止灾难，甚至连身边的人，我都无能为力。”司逸抬手拭去眼角的泪水，语气坚定，“但只要我能尽自己所能，哪怕只是一条命，都值得。”

他的善良刻进了骨子里。

顾逸迩用力拍了拍他的肩膀：“加油，司医生。”

“还没考上呢。”司逸抿唇。

“我相信你的。”顾逸迩眨了眨眼，“你会成为最好的医生。”

清大附属第二医院。

外科楼层。

二更躺在病床上，无奈地看着眼前的母亲。

“妈，别哭了，哭能把我脑子里的肿瘤给哭出来吗？”

尔妈妈带着哭腔骂他：“是不是想挨揍！”

“不想，嘿嘿。”二更摸了摸脑袋，“爸，你劝劝妈，让她别哭了。”

尔爸爸一脸平静，皱眉：“你妈想哭是我能控制的吗？”

“要不怎么说你是妻管严呢，连我妈哭都不敢劝，活该被她打压一辈子。”二更撇嘴，“等以后家里没我了，你就没帮手……”

话未落音，就被尔爸爸的一声怒斥给止住了：“说什么呢！”

二更嘻嘻哈哈的：“呸呸呸，不吉利，不吉利。”

“晚上你们娘俩想吃什么？”尔爸爸起身，“我去给你们买饭。”

“哪还有心思吃饭啊。”尔妈妈哭得嗓子都哑了。

“那也得吃！不吃谁照顾知秋和更绿？我去买饭，你在这儿看着更绿。”尔爸爸丢下这句话，转身就走出了病房。

二更喃喃：“爸爸可真是男子汉中的男子汉啊。”

几分钟后，病房门被叩响，二更朝门口喊了声：“进来吧。”

待看到门口的人时，二更脸上的笑容渐渐扩大，语气轻快：“逸哥逸姐你们来啦。”

尔妈妈擦着眼泪起身：“你们聊吧，我去找你爸，我怕他没带钱出门。”

送走了尔妈妈后，二更靠在枕头上，调侃道：“组团来看望病人啊？”

“尔更绿。”司逸语气严肃地叫了他真名。

“怎么了？这么严肃。”

片刻间，二更被一个坚实的怀抱用力地抱住了。

二更浑身都起了鸡皮疙瘩：“逸哥，你咋了？太紧了，喘不过气来了。”

司逸放开他，用力拍在他的肩膀上：“等我学成回来救你。”

“什么？”

“你一定要活到那一天，我亲自给你开刀。”司逸语气平淡。

“不是，你在说什么啊？”二更一脸蒙。

顾逸迩替他解释："你逸哥弃数从医了。"

"啊？逸哥，你没毛病吧，鲁迅先生说了，学医救不了中国人，你学医也不一定能救得了我啊。"二更语气结巴，"不行，你不能放弃数学，这我就成罪人了。"

"所以为了报答我，你必须好好活着，你要是敢死，我恨你一辈子。"司逸狠狠瞪了他一眼。

二更缩了缩脖子，逸哥的眼神太可怕了。

此时医院外，尔妈妈正在到处寻找尔爸爸的身影。

终于在一家小饭馆门口找到了他。

"一份酸辣牛肉，一份麻婆豆腐，再加油麦菜和有机花菜，三份饭，快点。"她听见尔爸爸这么对师傅说。

他们大可请保姆做了饭送过来，尔爸爸老是嫌弃外头的餐馆不干净，都不肯在外头吃饭的。

果不其然，尔爸爸找了个空桌子坐下等菜。

刚坐下，他就捂住了眼睛，抖动着肩膀，闷声哭了起来。

餐馆老板有些担心地问他怎么了。

尔爸爸只是摆手，四十多岁的男人，就那样像个孩子似的哭了起来。

尔妈妈站在不远处，一起跟着落了泪。

林尾月头上还缠着纱布，像个木头人一样呆坐在付清徐的床边。

她不知道自己坐了多久，也不知道自己还要坐多久。

反正，在他醒来之前，她会一直坐在这里。

病房里充满着消毒水的味道。

墙壁和被单都白得刺眼，病床上的付清徐皮肤雪白，几乎要和这病房融为一体。

那天在摩天轮上，他明明不是这样的。

他挑眉，低笑，朝她靠了过来。

在她耳边说。

我好像有点等不及了。

林尾月苦笑。

那个总是神色清冷的男孩子，不染尘世，仿佛这世上所有的污秽都与

他无关。

他昏倒前的最后一句话，是对不起。

“你是林同学吧？”

林尾月晃过神来，转头朝病房门口看去。

那里正站着一对气质良好、衣着考究的中年男女。

男人戴着眼镜，英俊儒雅，声音低沉温和：“我们是付清徐的父母。”

林尾月站起身来，微微鞠躬：“叔叔阿姨好。”

付妈妈摆手：“不，该道歉的是我们，清徐和清莱给你添了太多的麻烦了。”

林尾月一听到付清莱的名字，就下意识地微微皱了皱眉。

“为了赔罪，你的医药费就让叔叔来承担吧，”付爸爸轻轻一笑，“我已经打电话给你父亲了，他跟着施工队去了下面的县城，晚点会到医院来接你。”

林尾月并不想让爸爸知道这件事，却还是笑着道谢：“谢谢叔叔。”

“等你彻底好了，我们会带着清莱上门道歉。真是对不起，她被我们宠坏了，做事无法无天的，尤其是一遇上有关清徐的事情，有时候连我们都拿她没办法。”

林尾月咬唇，没有回答。

她说不出没关系三个字。

“林同学，你可以回自己的病房好好休息了，剩下的就交给我们吧。”付妈妈上前两步轻轻拍了拍她的肩膀，语气和蔼，让她没办法拒绝。

林尾月轻轻点头，朝门口走去，刚碰上门把手，又转身说道：“叔叔阿姨，如果付清徐醒了，可以告诉我一声吗？我想当面跟他道谢。”

付爸爸点头：“我们会的。”

付氏夫妇眼见着女孩儿离开了病房。

付爸爸转身低声叱喝：“你看看你把清莱宠成什么样了！”

“这不是没出事儿吗！？你凶什么！清莱变成现在这样是我一个人的责任吗！？”付妈妈蹙眉，忽然烦躁地按上了眉心，“你赶紧把她从那里接出来！”

“我要是能接早就接了，你知道她这次惹上了谁吗？”付爸爸理了理领带，语气低沉。

“那个女孩子家只有一个爸爸，还是工地里打工的，你多给点钱补偿就行了，有什么难的？”付妈妈不以为意。

付爸爸冷笑一声：“我说的不是她，清莱胆子越来越大了，什么事情都做得出，都捅破天了！”

付妈妈一脸不可置信：“什么？”

付爸爸重重叹了口气：“那个女孩子虽然自己家庭条件不怎么样，但交的朋友全都是我们得罪不起的。清莱还以为自己这回最多也就是被训个话，可人家讲朋友义气，直接报警了。现在你说，我怎么救清莱？”

“不行，你必须要把清莱弄出来，咱们就这一个女儿，她不能有事！”付妈妈激动地喊出了声。

付爸爸怒斥：“行了，病房里吵吵嚷嚷的像什么样子？清莱还小，教育完了肯定能出来，但是这件事肯定要被写进档案了。”

“这不行啊，女孩子留了底，就相当于有了污点。”付妈妈急得不行。

“等她出来，我就马上把她送到国外去。”付爸爸沉声做了决定。

付妈妈看向病床上的付清徐：“清莱那么喜欢清徐，她肯定不会同意这么早就出国的。”

“把清徐一起送出国。”付爸爸语气冷凝，“有他在，清莱也能老实点，到时候在国外人生地不熟的，清徐就不会那么排斥清莱了。”

付妈妈满意地点了点头：“这主意好，就这么办了。”

“你给那个女孩子家多送点钱，再送些保健品给她爸爸，我想办法和其他几个孩子的家长见一面，道个歉，早点和解了。”

“好。”

付氏夫妇二人就在病床旁决定了所有。

包括病床上，昏迷不醒的付清徐未来的人生。

一则处分通知震惊了全校。

处分名单上的名字，从司逸到顾逸迩，从付清徐到林尾月，全都是这三年里稳居年级榜龙头的几个人。

他们居然也会触犯校规，上白榜，简直天方夜谭。

不过最严重的还是高二年级的付清莱，已经被勒令退学了，众人虽然

不知道究竟发生了什么事，但单从处分上看，情况一定很严重。

付清莱已经没来学校了，她的东西也被家里人带走了。

而且，付清徐也不见了。

这对兄妹就这样消失了。

与此同时，司逸放弃保送的消息让全校师生都措手不及。

第一个在高二就拿到保送资格，并且在 IMO 上夺得金牌为国为校争光的数学天才，就这样放弃了全国第一的北大数学系，再一次投入了高考的地狱。

没有人知道为什么。

也没有人知道，高三（一）班的尔更绿为什么消失了。

少了尔更绿耍宝，一班的气氛迅速地沉寂下来。

慕老师正在讲台上说着上一次模考的数学压轴题，司逸望着前方空荡荡的座位发呆。

他撑着下巴，又看向了旁边的位置。

忽然苦笑一声。

上课时那个总喜欢把头转过来和他讲话的二更不在了，总是皱着眉让他们安静点的付清徐也不在了。

他的周围，再安静不过了。

他忽然心一闷，将眼镜取下，用力用指腹按压自己的眼睛。

“司逸，你怎么了？”慕老师忽然问道，“身体不舒服吗？”

所有人都看了过来。

“没事。”他哽着声音说，“就是眼睛有点痒。”

“应该是用眼过度，你去外面走走吧，休息下眼睛。”慕老师微微一笑，顿了顿又说，“林尾月，你也出去走走吧。”

忽然被叫到名字的林尾月抬起了头，不解地看着慕老师。

“上数学课不容分心。”慕老师轻声说道，“不然就是事倍功半。”

有同学不满地喊出了声：“哇！偏心！”

“还有谁这次模考 150 分的，我也准你们出去休息。”

没人敢出声了。

司逸和林尾月一起走出了教室。

“小学生。”司逸淡淡开口，“付清徐去哪儿了？你知道吗？”

林尾月摇头。

她没等到付清徐睁开眼睛，甚至连他醒没醒都不知道，再去看望他时，病房里已经空无一人了。

他就像是一阵风，一点痕迹都没留下。

“这些个不守信用的骗子。”司逸暗骂出声，“说好的首都见，全都是骗人的。”

“我不考首都的大学了。”林尾月忽然轻声说道，“我考清大。”

“你说什么？”司逸垂眸盯着她，“以你的成绩，就算不参加自主招生，考首都是肯定没问题的。”

“我不想离开我爸爸。”林尾月仰头望着他，笑了，“他是我最后的牵挂了。”

“那我们呢？”司逸沉声问出口，“耳朵呢？”

“你们寒暑假会回来的吧。”她咬唇，“对不起，是我太自私了。”

司逸侧头，忽然心中一阵悲凉。

他们这帮人，最终还是散了。

首都见，首都见个屁啊。

“别忘了耳朵。”他语气淡然，“如果没了你这个朋友，她会伤心的。”

“我永远不会。”林尾月毫不犹豫地说道，“这辈子都不会。”

“我可不敢信‘一辈子’这三个字了。”司逸忽然自嘲地笑了，“人总是信誓旦旦地说一辈子，结果转眼就能忘，一辈子是这个世界上最不靠谱的三个字了。”

“一直觉得这世上的告别仪式有很多，比如一杯酒、一场旅行、一首歌，或是车站前的一场大哭。可是后来才知道，人生中大部分的告别是悄无声息的，甚至很多年后才恍然大悟，原来那天的相见，竟已是最后一面。此后即便不是隔山隔水，也没有再次重逢。”

原来那天，欢乐谷前，笑意盈盈的合影，已是最后一张。

从此，再也凑不齐了。

高三来得太快，也结束得太快。

当无数的书本练习册被撕成碎片，从教学楼上方往下抛时，洋洋洒洒一场书雨，这个青春和自己彻底挥别。

充满了笑与泪的十八岁，我们来了。

此后过去的十七年的幼稚与冲动，游戏与漫画，争吵与哭泣，再见了。

高考结束后的最后一次年级大会，所有人都穿着正式的西式校服，端坐在大礼堂前。

这是最后一次穿了。

校长红了眼眶，祝愿同学们前程似锦，无论好与坏，恭祝成人，从此天高任鸟飞，你们的人生是你们自己的了。

平日里那个总是摆着严肃面孔的教导主任也抽着肩膀，默默地擦了擦眼泪。

总是喜欢在上课时间诗朗诵的王老师，摘下了眼镜，红着眼睛让大家去了大学也别荒废了语文，平时少玩手机，有空了多读点书。

起码把那本看了一半的《老人与海》看完。

“下面，请这次文理的省状元上台为我们做最后的演讲。”报幕老师大声说道。

顿时台下一阵尖叫声。

文理双榜第一名这次稳住了高考，考出了清河四中有史以来最好的成绩。

两个省状元都花落四中。

顾逸迩穿着黑色西装，红色百褶裙，和三年前一模一样的打扮，她还是扎着马尾，留着空气刘海，让人仿佛又回到了三年前的那个九月。

司逸站在她身边，黑西装白衬衫，将头发梳成背头，还特意打了定型喷雾。

他们和三年前一样，又不一样。

他们长高了，五官也长开了，褪去了三年前的稚嫩，变得更加成熟漂亮。

“嘿，大家还记得三年前吗？”顾逸迩轻快开场，“也是我和司逸，站在这里，给大家演讲。”

台下响起了异口同声的“记得”。

“三年前，我们第一次来到礼堂，举办开学典礼，三年后，我们最后一次来到礼堂，举办毕业典礼。”

乍听之下这句话再平常不过，可细细品味，又能从里面品出不舍与难过。

人的一生都在经历着各种各样的离别，长大就意味着离别，与过去离别，与过去的人离别。

“三年光阴倏然而过，我很荣幸，再一次和司逸同学站在这里，为大家演讲。”

司逸挑眉一笑，接话：“三年前，我还以为高三离自己很远，没想到一眨眼的工夫就到了高三，初进校园时，我们对即将到来的高中生活充满了好奇。这三年里，我们褪去了青涩和懵懂，有过进步的喜悦，也有过退步的痛苦，我们在这里哭过笑过，和最好的朋友一起谈论天南海北，和最好的老师一起分享学习的苦涩，这些都会成为一盏明灯，照亮我们的未来之路。”

他们就像是三年前那样，依旧是合作演讲，只是又不同于三年前，不再是你一句我一句的，也没有了那种明里暗里的针锋相对，而是配合默契，有时还会和对方相视一笑。

贴吧里不知道是谁找出了三年前的那个帖子，将当时的照片和现在的放在一起比较。

【来品一品当年高一小萌新的状元 CP（搭档），和现在有什么变化？】

【司逸真的长高了好多我的天。】

【那个说顾逸迩是平板身材的出来挨打！现在还平板吗！？】

【单看这两个人就觉得挺惊艳的，合在一起看更绝了！】

【就我一个人看出来了新的这一张两个人挨得很近吗？比起两年前那张两个人一脸不熟简直就是质的飞跃！】

【我不管我单方面宣布这两个人锁了。】

【从高一开始就一直是年级第一吗？我的天这对学长学姐也太厉害了。】

【我真的觉得这两个人眼里有戏，没人看出来吗？】

【回 198！我看出来了！演讲到中途司逸看顾逸迩那个眼神太苏了，状元 CP 此生有望！】

【我哭了，以后再也不能在学校里看见学长学姐了……】

【高一萌新哭了，才待了一年就和学长学姐告别了。】

演讲进行到后面，顾逸迩和司逸相视一笑。

“《武林外传》的前八十回结束了，可后八十回还在江湖继续着；《火影忍者》完结了，可忍者的世界永远不会完结；赛博坦覆灭了，但擎天柱和大黄蜂永远在地球上守护着我们；我们的青春结束了，可我们的人生才刚刚开始精彩的部分，离开了这里，以后天高海阔，到处是我们的身影。”

司逸笑出了声：“起码我们还有《名侦探柯南》。”

台下哄然大笑。

“从此，祝君好。”

所有人的掌声都献给了自己的高中岁月。

毕业典礼变成了合影大会。

所有人都掏出了手机，有人甚至带了单反，逮着一个人拍一个，不管认不认识，反正都是同窗三年，合个影也没什么损失。

礼堂热闹得不行。

一班二班的人都黏着慕老师和王老师合影。

两个尖子班关系好，大家已经约定了再过两个礼拜一起去野炊。

“把二更也叫上！”

“他来不了吧。”

“那就去医院野炊！馋死他！”

慕老师无语：“医院禁止野炊。”

大家哈哈大笑：“狮子老师还是一如既往的一本正经！”

最后不知道谁提议了一句：“我想抱抱老师！”

一石激起千层浪，所有人都冲过去争先恐后地要去抱老师。

三年了，终于抱到班主任了，满足！

顾逸迩看着迟迟不上前的林尾月，从后面推了她一把：“去吧。”

林尾月一步一步挪到了慕老师身边。

慕老师冲她张开双臂：“林尾月，抱一个？”

他垂眸看她，眸子里是浅浅的温柔，像一潭水一样平静柔和。

他曾经不顾一切地离开熟悉的环境，觉得离开需要花上一定的力气，因为心中的牵挂太多。

可如今才知道，比起离开的人，站在原地目送离别的人才最难过。

眼睁睁看着，那个人从生命中消失，从此也不知能不能再相见。

他是老师，带着一帮学生长大，也目送他们离开。

他们记得自己，是幸福，他们不记得自己，是常事。

如今，他总算是明白了这其中报应。

祝愿这群孩子们，永远能像今天这样开心地笑着。

再见啦，孩子们。

再见啦，小尾巴。

毕业典礼进行到最后，又变成了告白大会。

台上的麦克风没关，也不知道是谁先一步上前大喊了一声我喜欢某某某。

最吸引人的还是孙杏，她今天化了淡妆，站在麦克风前，大声冲着司逸告白。

“司逸，谢谢你，让我变成了现在这个更好的自己，我一直在试图追赶你，虽然没能得到你的青睐，但是也因为你，我变得这么优秀，我会永远记得，那个为了喜欢的人拼命努力的自己。”

一阵起哄声响起。

顾逸迩扯了扯嘴角：“哎哟，好感人啊。”

司逸暗叫不好。

林尾月一行人同情地看着他。

这怕是要回去跪键盘了。

孙杏下台后，司逸迅速冲了上去，众人猝不及防。

司逸咳了咳，说道：“嗯，既然大家都这么浪漫，那我也浪漫一把吧。”

台下的人尖叫着。

“顾逸迩同学，我暗恋你三年了，给我个机会，让我们把这份友谊升华一下好不好？”他挑眉，笑得温柔。

台下的尖叫声几乎要掀翻屋顶。

“啊啊啊啊啊啊啊啊！状元 CP 粉毕业了！”

“啊啊啊啊啊啊啊啊啊啊啊啊，我哭了！”

贴吧也跟着炸了。

置顶帖“司逸告白了告白了告白了今天是有姓名的状元 CP 粉”。

顾逸迩在台下，目瞪口呆。

然后，所有人开始异口同声喊“在一起，在一起”。

最后迫于压力，她勉强点头。
这一天，他们毕业。
状元 CP 粉也毕业了。

第六章

/ 都会一直在 /

数年后。

嘉源集团新总部大厦竣工。

以总部大厦为核心的清河湾综合发展项目，位于市中心区核心位置，用地面积 7.96 万平方米，中心区域以总部大厦往外延伸，分别由高端商业万象汇城、白金六星级酒店、精装修高级公寓和高端别墅区组成。

董事长顾沂源正式将独女顾逸迩推上高级管理层。

竣工宴席在希尔顿大酒店的宴会厅举行。

由香槟搭成的金色酒塔，灯光明晃，觥筹交错，大提琴声回荡在宴会厅的每一个角落。

所有人都汇集在会厅中央的高阶讲台上。

“感谢各位来宾的大驾光临，我在这里向大家介绍我的独生女顾逸迩，从下周开始，她将正式进入嘉源管理层，帮助我一起经营集团。”

掌声雷动，所有来宾将目光转向顾沂源身边穿着黑色礼服的女人身上。

身材姣好，一头长及腰际的黑色鬈发，面容精致的女人微微一笑，右手搭在胸前，冲众人鞠躬：

“我是顾逸迩，以后还请各位长辈多多关照。今天我们不谈公事，酒水点心在那边，祝各位享用愉快。”

简短的开场介绍后，会厅又恢复了刚刚的人声鼎沸。

“我去看看你妈妈来了没有。”顾爸爸拍拍她的肩，“你在这里接待宾客。”

“我今天上任仪式，她居然还有空陪学生晚自习。”顾逸迩有些不满地抱怨。

“她带的那个班马上就要高考了，学习紧着呢。”顾爸爸温和地笑了，“你也是读过高三的，理解一下你妈妈。”

“知道了，你快去吧。”

顾逸迩提着裙摆走下阶梯，还没回过神来，一杯香槟就递到了自己手上。

“小顾总今天很漂亮。”

她扯了扯嘴角：“你怎么才来？”

高寺桉按了按眉心：“刚从上海赶回来。”

“去探嫂子的班？”顾逸迩挑眉，“怕她被男演员骚扰？”

“我是怕她去骚扰别的男演员，年纪越大胆子越大。”高寺桉拿起酒杯和她碰了碰，“祝贺你正式进入管理层，爸爸吩咐我带你去见见几个长辈。”

顾逸迩不置可否：“走吧。”

高寺桉带着她走到酒塔那边，不少人正围在那里相谈甚欢，见她来了都礼貌地点了点头。

“陈总。”高寺桉将手搭上了一个男人的肩膀，“怎么没见你夫人？”

穿着灰色西装的中年男人一脸不满：“忙着搞研究呢，哪有心思陪我过来应酬。”

“逸迩，这是希尔顿的陈总，陈总，这是我妹妹顾逸迩。”

眼前的中年男人高大英俊，笑起来的时候眼角旁有淡淡的细纹，为他平添了一丝亲切。

“小顾总你好。”男人冲她举了举杯。

顾逸迩笑道：“陈总好。”

“真是女大十八变，上次见你的时候你还在读高中，一转眼就成了小顾总了。”陈总冲她眨了眨眼睛，“加油工作，争取跟我一样，早日把前面的小字给摘掉。”

“我们以前见过吗？”顾逸迩有些迷茫。

“四中七十周年校庆的时候见过，当时你穿着校服在校友演讲会上和另一个男生做开场，忘了吗？”陈总感叹，“这转眼间十多年都过去了啊，我也老了。”

顾逸迩毫不脸红地恭维：“陈总看着和我差不多大。”

“别别别，我都四十了，我儿子都上初中了。”陈总摆手，指着不远处正在玩耍的两个小朋友，“那是我儿子，还有他的小青梅。”

“那是徐先生的女儿吧？”高寺桉轻笑，“长得真是漂亮。”

“你也不想想老徐的长相，还有他老婆的长相。”陈总得意地笑了，“不过已经被我预定当陈家媳妇儿了。”

“人还那么小你就给定了？”高寺桉皱眉，“没想到你也搞包办婚姻这一套。”

陈总哼了一声：“我儿子天天不好好写作业，就想着他的窈窈，我要是不提前跟老徐定了亲，以后他长大了还怪我这个做爸爸的没为他打算。”

高寺桉无奈地笑了。

陈总敛了笑意，又问道：“小顾总有没有男朋友？要不要我给你介绍一个？”

“我有了。”顾逸迩扬了扬右手，中指上的铂金戒指闪了两下。

“你男朋友也是这个圈的？”陈总顺势问道。

“不是，他是医生。”顾逸迩轻轻一笑，“刚毕业，应该快回来了。”

“好了，我带你去见见其他人。”高寺桉揽过顾逸迩的肩膀，“陈总，今天的宴会厅布置得很不错。”

兄妹俩又去见了几个人，几番谈话聊下来，两个小时就这么过去了。

“我去补个口红。”顾逸迩拿起随身携带的包包，和高寺桉打了个招呼就往洗手间去了。

走进洗手间后，她顺势从包里掏出粉饼和口红，对着镜子补起妆来。

镜子里的女人微微挑眉，忽然自嘲地笑了。

刚刚陈总说的七十周年校庆，原来都过去那么久了。

她回国时，已经觉得这座城市变化得太多，如今想来，变化的不只是城市，还有所有的人。

终于可以掌控自己的生活，做自己想做的事，可与之而来的却是对生活上的力不从心，说不上哪里累，但就是不如很多年前那般自在。

“无忧无虑”这个词已经不适用她了。

顾逸迩盯着镜子里的自己，开始发起呆来。

站在盥洗池的时候，也有几个人从洗手间进进出出，两个三个的，窃窃私语着手拉着手一起来上厕所。

她忽然就想到了林尾月。

这么想着，她果断拿出手机拨通了林尾月的电话。

那边倒是接得很快："逸迩，你真是帮了我大忙！"

"怎么了？"

"我正相亲呢，想找个理由跑都找不到，我现在已经溜出来了，改天请你吃饭。"林尾月顿了顿，复又问道，"你打电话给我有什么事吗？"

"要不你现在就请我吃饭吧，你在哪里？"

"在希尔顿，8 楼。"

顾逸迩失笑："巧了，我在你头顶上，你去一楼大厅等我。"

"你也在？哦对，嘉源今天举办宴席，电视台都派了记者去拍的。"林尾月语气轻快，"我在一楼等你啊，咱们一起吃夜宵去。"

顾逸迩回宴会厅和高寺桉打了个招呼，就打算先溜了。

"等会儿，这个文件给你。"高寺桉将一个蓝色的文件夹交给了她。

顾逸迩没打开："这是什么？"

"高盛银行新任命的亚洲金融区管理层人员，有一个华人，过不久他会到国内来跟我们谈进一步的融资项目，你也是学金融出身的，了解一下比较好。"

"知道了。"顾逸迩冲他挥了挥手，"那我就先溜了啊。"

"记得早点回家。"高寺桉叮嘱她，"不然爸妈会担心。"

"了解。"

她坐着电梯下到一楼，就看见林尾月坐在大厅沙发那里看报纸。

"如今纸媒陨落，大家都捧着平板看新闻，也就你们这些从事对口行业的人有耐心看了。"顾逸迩笑着调侃她。

林尾月一身职业装，一头长直发温婉清丽，站起身来打量她："你这一身好漂亮啊。"

顾逸迩耸肩："晚礼服，你说呢？"

"黑色真的衬你。"林尾月歪头一笑，"这人成熟了以后就是不一样，整个风格都变了。"

"说我还是说你？林老师？"

林尾月不好意思地摸了摸鼻子："下个学期才正式教课呢。"

"作为徐老师的得意弟子，我相信林老师一定信手拈来。"顾逸迩亲昵地拍了拍她的胳膊，"去哪儿吃？"

"刚刚相亲吃的就是西餐，我可不想再吃了。"林尾月有些泄气，"只要是中餐就行。"

"那就去吃中餐吧，我听我哥说德胜路那边开了家新店，味道不错。"

两个人相携走出酒店来到地下停车场。

顾逸迩今天自己开了车过来，角落里那辆劳斯莱斯幻影的车灯闪烁了两下，欢迎她们入座。

"你怎么开这么……重的车？"林尾月滞了一下，不知道该用什么形容词来形容眼前这辆豪车。

"我爸的，我订的车还没到。"顾逸迩坐上主驾驶，"不好看？"

"钱怎么可能会不好看？"她眨眼，语气疑惑。

顾逸迩笑了："上车。"

林尾月坐进了副驾驶，注意到她将手中一直拿着的文件夹丢在了后座。

"这是什么？"

"即将要应付的大麻烦，现在不想看。"

"什么大麻烦？"林尾月皱眉，"竞争对手？"

"合作方，银行那边的。"顾逸迩侧头看她，"在银行能混到高层的，都是人精中的人精，见人说人话见鬼说鬼话，何况是一个华人在满地白人的高盛？所以不用想，一定是个大麻烦。"

"你们学金融的心都脏得很。"林尾月感叹，"徐老师跟我说的。"

"你徐老师不也是从资本市场转向伟大的教师行业的？大家都被金钱的味道给玷污过，谁比谁高贵啊？"顾逸迩闭眼深吸了一口气，"不过我就爱这铜臭味，比祖·玛珑还好闻。"

林尾月总结："万恶的企业家。"

"今天万恶的企业家就要吃空你的小钱包。"顾逸迩坏笑，"出发。"

车子驶出了停车场，在收费台那里差点撞上了一辆小车。

白色的奔驰 SL400，就跟不要命似的往里开。

"赶着投胎？"顾逸迩烦躁地抱怨了一句。

车子行驶在路上，顾逸迩打开了车载音响，放了首《小夜曲》。

柔和的音乐能够缓解等红灯的焦躁。

“对了，你为什么要去相亲？”顾逸迩好奇地问，“你爸催你了？”

“没有，同事介绍的。”林尾月幽幽地说，“我年纪也不小了，连个恋爱都没谈过，那天聚餐的时候都被他们笑死了。”

顾逸迩疑惑：“高中的时候，不算吗？”

“那也算吗？”林尾月侧头看她，“我以为起码像你和司逸这样的才算。”

如今林尾月提起高中那段青涩过往已经完全没有顾虑了，时间总算是让她的伤口全部愈合。

“我都快忘了他长什么样了。”顾逸迩冷哼一声，“连过年都没空回来的臭男人。”

“你抱怨他不过来，你怎么不去首都看他？”

顾逸迩语气很理所应当：“他不来看我，我凭什么去看他？我跟他说了我今天正式上任，他连消息都没回。”

林尾月觉得他们俩能谈到现在都还没分手真是一个奇迹。

一个一心扑在医学事业上，一个专心朝资本前进，一年连面都难得见上几回，每次一提起对方都是一肚子的火，居然还能谈着。

爱情真伟大。

“陆嘉和王思淼也要回清河了。”顾逸迩忽然说道，“他们打算回来就结婚。”

林尾月张大了嘴：“他们在一起了？”

“你不知道？”顾逸迩有些奇怪，“他们大一就在一起了。”

“我真不知道。”林尾月嘴角一抽，“他们不是每次聚会的时候都会吵架吗？”

“吵架是吵架，谈确实是在谈。”顾逸迩语气揶揄，“悄悄告诉你，是王思淼先跟陆嘉告的白。”

“怎么告的白？”

“王思淼在陆嘉寝室楼底下摆了一排蜡烛，说他要是不答应和她在一起，这一排蜡烛就是他葬礼上的祭奠蜡烛。”顾逸迩说，“然后陆嘉就被征服了。”

真是清奇的告白。

“那敢情你们都有对象了，就我一个人单着了。”林尾月嫉妒地靠在椅背上叹气。

“不是还有……”那个名字被顾逸迩咽了下去，“没事，你肯定马上就能碰见真命天子的。”

“希望如此吧。”

车子开到了目的地，顾逸迩直接在后座将礼服换了下来，换上了条行动方便的裙子，和林尾月一起下了车。

两个人在服务生的指引下上了二楼小厅。

顾逸迩看着菜单，随意点了几个名字听上去还不错的菜。

“你怎么不点？”

林尾月喝了口茶：“你点就行，我负责吃，刚刚在酒店连牛排都没吃完我就出来了，还饿着呢。”

“那男的很极品？”

“何止。”林尾月一脸复杂，“刚坐下就从我的学历问到祖上十八代，然后就跟我讨论以后结了婚房子买哪里，什么时候生小孩，还让我提前辞职准备当全职太太，我真是听得耳朵都快起茧子了。”

“说明人中意你啊。”顾逸迩摸了摸下巴，“今天化的妆很不错，有点闭月羞花的味道。”

“哪有你这个大美人引人注目。”林尾月撑着下巴，“我敢保证，你要是直接去八楼找我，他估计就直接把我丢在一边再把所有问题如法炮制问你一遍。”

“那他估计也没吃吧，光说话去了。”

“没吃，真是浪费了两份菲力牛排。”林尾月叹气。

顾逸迩刚想说话，包里的手机就振动了起来，她拿出手机一看，冷笑一声，挂掉了。

林尾月都不用猜：“司逸吧？”

“臭男人，不用理会。”顾逸迩翻了个白眼，继续点菜。

林尾月打心底里同情司逸，有的时候，她在顾逸迩面前也没有说话的份。

顾逸迩简直就像是变了一个人，以前那个温温柔柔，总喜欢穿浅色裙子的顾仙女已经不见了，面前这个是红唇张扬，成熟迷人的顾女王。

顾逸迩的电话又响了起来。

她不耐烦地看了眼来电显示，这回接了。

“哥哥？我在哪儿？我在君庭吃饭。什么事？喂？”顾逸迩看着手机，发现已经挂掉了，“搞什么？”

“查岗？”

“我跟他报备了啊。”顾逸迩把手机丢在一边。

两个人刚点完菜，还喝着茶，就听到了一个惊喜的男声：“林小姐！”

林尾月的笑容僵在嘴角。

顾逸迩没回头：“谁啊？”

“相亲对象。”

敢情都是来加餐的？

穿着西装的男人大步走了过来，脸上满是笑意：“你也来这里加餐啊？”

林尾月迟疑地点了点头：“好巧。”

“我跟我朋友一起来的，你也是吧？”男人看向林尾月对面的女人。

顾逸迩抬头，冲他笑了笑：“你好。”

男人和他的朋友都怔住了。

原以为林尾月这样气质温婉的女人已经是现在少见的美人了，没想到她朋友还漂亮一些。

穿着精致，五官美艳，举手投足都令人惊艳。

“不介意的话，要不要一起吃？”男人笑着提议。

还未等林尾月开口拒绝，她的手机就不合时宜地响了起来。

林尾月有些为难地看着顾逸迩。

顾逸迩笑了笑：“你去接吧。”

林尾月口中叫着“老师”，走到外面去接电话了。

两个男人就这样坐在了顾逸迩的对面。

“小姐贵姓？”

顾逸迩喝了口茶，语气平静：“免贵姓顾。”

“我姓于，我朋友姓叶，很高兴认识你。”男人犹豫了几秒，又问，“看顾小姐的打扮，应该是从事白领职业的吧？”

“打工的。”给她爸打工。

“别这么说，除了当老板以外，谁不是打工呢？我这个做律师的不也是给老板打工？”

“律师啊。”顾逸迩轻笑，“好工作。”

“哪有，也就是看着风光，其实这一行水深着呢。”男人笑着摆了摆手，状似不经意地问，“顾小姐有男朋友了吗？”

顾逸迩挑了挑眉：“怎么，要给我介绍吗？”

“没有没有，就是想跟顾小姐交个朋友。”男人指了指自己，“我现在在一家律师事务所上班，本科是上交，研究生是直接保研读的本校，我朋友本科是清大的。”

顾逸迩点头：“都是名校啊。”

“过奖，现在学历都不值钱了，不知道顾小姐是哪里毕业的？”

“最高学历？”

男人顿了顿，有些紧张地点头：“顾小姐这种气质，肯定也是名校毕业吧。”

“商学院毕业的。”

对面的两个男人眼神都松了一下，完全没了刚刚的紧张。

那个姓叶的男人终于开口，语气不比刚刚神色间的局促，笑着问她：“不知道是哪个省的商学院？前几年有不少商学院升了一本，顾小姐的母校升了吗？”

顾逸迩差不多摸清了两个男人的品行了。

还好尾月跑得快。

她用手轻轻敲打着桌面，一字一句地说出了地名：“宾夕法尼亚州。”

两个男人对视一眼，又问道：“国外？”

“嗯。”顾逸迩点头，“不知道算几本，我是沃顿毕业的。”

两个男人张了张嘴，一时间噎住不知道下一句该说什么了。

“那顾小姐是学什么的？”和尾月相亲的那个男人最后还是问了出来。

顾逸迩靠在椅子上，语气淡淡：“金融。”

被誉为现代MBA发源地，全美商学院排行第一的沃顿商学院，顾逸迩周围一直都是与她不相上下的人，从来没想过学校的名字还能这么用来打脸。

两个男人仿佛哑了，满脸通红。

顾逸迩眼神玩味，猜想这个姓于的应该不敢再联系尾月了。

她想着林尾月这通电话怎么打了这么久，还不回来。

别是跑了吧？

林尾月要敢跑，明天她就去把林尾月相亲失败的事昭告全校。

心里正想着事情，连眼前两个男人都顾不上了。

“顾逸迩！”

一个盛怒的男声忽然从背后响起。

无比熟悉。

顾逸迩转头，像见鬼一样看着眼前这个面色冷峻的男人。

司逸穿着纯黑色的过膝纽扣风衣，里头一件白色衬衫，打着领带，明明一副斯文清俊的打扮，却偏偏脸色臭得要死。

他脸颊微红，发丝微乱，扶了扶眼镜，走到顾逸迩眼前，冷笑一声：“顾逸迩你行啊。”然后又狠狠瞪了一眼对面的那两个男人。

“你肚子里还怀着我的孩子呢，谁允许你出来找男人的，还一找就是两个？”

这个死男人。

顾逸迩面无表情，语气冷淡：“这位先生，你是谁啊？”

“我是谁？”司逸眯了眯眼，伸手挑起她的下巴，“你男人，你男朋友，你未婚夫，你老公。”

“顾小姐，原来你已经结婚了啊。”坐在顾逸迩对面的男人愣愣出声。

“没结，未婚。”顾逸迩挣脱司逸的手，不急不缓地起身，拿起包就要离开。

司逸又一把抓住了她的胳膊。

“先生，还有事儿吗？”顾逸迩赏了个不屑的眼神给他。

“耳朵。”司逸的语气又神奇地柔软了下来，有些委屈地看着她，“别跟我闹脾气了好不好？对孩子不好。”

顾逸迩皱眉：“什么孩子？”

“你和我的孩子啊。”司逸语气有些惊疑，“难道你把孩子打掉了？你怎么能这么心狠呢！”

言尽于此，其余的都不必多说了。

两个男人神色尴尬地站了起来，匆匆和顾逸迩打了声招呼：“顾小姐，真是不好意思，我们不知道你已经结婚了，待会儿等林小姐回来麻烦帮我说声抱歉，打扰了。”

两个男人彼此窃窃私语着离开了。

顾逸迩抱胸，语气嘲讽："我无性繁殖吗？哪来的孩子？"

"你要想有咱们现在就去开房。"司逸也抱胸，一副兴师问罪的样子，"林小姐是谁？四人约会？挺会玩啊。"

"和你有关系吗？司先生。"顾逸迩语气玩味，无所畏惧。

"我为了你过得跟和尚没两样，你就是这么报答我的？"司逸拉着她的手就要强行带她离开，"你看我回去怎么收拾你。"

"谁收拾谁啊？你怕是活在梦里。"

司逸冷笑一声，握着她的腰一把揽入自己怀中，垂眸低语道："上了床能不能收拾你，嗯？"

顾逸迩用力推搡他："大庭广众的你干什么？"

"耳朵，你怎么这么不听话。"司逸摸摸她的脸，无可奈何地看着她，"非要我把心掏出来给你看？"

二楼的几个客人竖着耳朵往这边看，不禁替这个帅哥可惜，长这么帅又这么痴情居然还是套不住女朋友。

又看了看那个女人，心想张无忌他妈妈说的话真没错，越漂亮的女人越危险。

两个长得好看穿得也高档的人站在那儿吵架，像演电视剧一样，让人越围观越起劲，期待后续发展。

"司逸？"身后传来一个女声。

二人同时看过去，刚打完电话的林尾月就这样看着他俩。

司逸挑眉："小学生？"

"我说了很多遍了，我现在不是小学生了。"林尾月不满地反驳这个外号，"你怎么在这里？"

司逸睨了她一眼："好歹咱俩也是多年朋友，你居然带着耳朵来和男人约会？小学生，我对你太失望了。"

"说了不要叫我小学生！"林尾月蹙眉，"刚刚那两个男人走得匆忙，是被你赶走的？"

"那种男人连我的一根头发丝都比不上。"司逸冷哼一声。

顾逸迩冷笑："从未见过如此厚颜无耻之人。"

林尾月叹气："别吵了，既然你来了就一起吃个饭吧。"

二人异口同声：“没心情。”

“那你们继续吵，我去别的地儿吃去了。”林尾月挥挥手，“拜拜。”

“等会儿。”顾逸迩出声叫住她，“你一个女孩子晚上不安全，我送你。”

“你们俩女的就安全了？”司逸抿唇，“我送你们。”

智障情侣。

三个人走出餐馆，司逸带着她们走到了自己车前。

俨然就是那辆在饭店停车场差点撞上的 SL400。

顾逸迩皱眉：“这是你的车？”

“嗯。”司逸打开副驾驶车门，“进来。”

“我坐后面。”顾逸迩撇头。

司逸捏起她的下巴：“耳朵，听话。”

这男的怎么这么暴躁?

林尾月非常识时务地坐到了后面，三人坐上车后，司逸从后视镜问林尾月：“去哪儿吃？”

“去吃烧烤吧。”林尾月转了转眼珠，“清大门口的那个美食城里有一家烧烤特别好吃。”

车子发动，稳稳地行驶在路上。

司逸打开车载音响，整个车厢回荡着舒伯特小夜曲。

林尾月内心腹诽，这两个人真的配得不行。

司逸一边开车一边问：“那两个男人到底怎么回事？”

“偶然碰上的。”顾逸迩语气淡淡，“其中一个是尾月的相亲对象，就聊了几句。”

“是小学生相亲，不是你？”司逸不放心地又问了一句。

林尾月适时解释:“是我相亲，不是逸迩，我刚刚只是出去接了个电话。”

司逸动了动唇，双手捏了捏方向盘，语气有些虚:“哦，那是我误会了。”

“你怎么忽然就回来了？”顾逸迩没打算和他继续在这个问题上纠缠下去，“我给你发微信你也不回。”

“你昨天跟我说你正式上任，我买了今天最早的飞机票赶回来了，一直没空看手机。”司逸目视着前方，停顿了一下才又说道，“回了一趟家就往希尔顿赶，结果你刚走，我问了你哥才知道的。”

顾逸迩摸了摸脖子。

怪高兴的，有点不好意思。

车子行驶到十字路口恰好碰上了红灯，司逸将头偏到车窗那边，闷闷道：“本来想给你一个惊喜的……”

顾逸迩看着他的后脑勺，一时半会儿也不知道该说什么。

吵架一时爽，道歉火葬场。

她鼓了鼓嘴，轻轻拉了拉司逸的风衣袖子：“你看看我。”

“不看。”司逸继续把后脑勺对着她。

“你看看我，今天化的妆漂不漂亮？”

“不漂亮。”司逸哼了一声。

“你嫌弃我了。”她也把头偏了过去，“肯定是在首都找到更漂亮的了。”

司逸撑着下巴，轻声反驳她：“那我火急火燎回来是为了谁啊……”

顾逸迩忍不住笑了起来，心里头甜丝丝的。

“那你把头转过来。”

司逸把头转了过来，又见她面含笑意，心里一赧，伸手捏了捏她的脸：“你啊。”

“我啊？”顾逸迩歪歪头，反问他。

司逸深深叹了口气。

这么多年了，她一点也没变，纵使现在看着成熟了许多，可还是那个很会捏他软肋的小狐狸。

林尾月在后面，非常努力地把自己当成一个透明人。

他们就是这样，吵完就和好了，每次吵架最后都变成了秀恩爱。

一点都没变。

想到这里，她竟也有些羡慕地跟着前面的两个人笑了起来，原来好心情真的是会感染的。

好在顾逸迩和司逸都不是那种重色轻友的人，没有做出更加过分的行为，不然她真的要下车了。

车子开到清大南门口，林尾月先下车带着两个人往美食城走，她的本科研究生都是在这里读的，因此对这一块十分熟悉。

“据我了解，往往最物美价廉的餐馆都在大学城附近。”

顾逸迩跟在她后面，笑道：“你还是这么喜欢研究吃的。”

“这世上唯有美食不可辜负。”林尾月摇头晃脑的，“不过最近甜食吃得少了，怕胖。”

时间已经很晚了，但美食城里还是很热闹，到处是炊烟和学生们的打闹声，看着比白天还要吵嚷一些。

林尾月原本就比较喜欢来这里吃夜宵，但今天不同，她还带着两个新客。

这两个新客的打扮和夜宵摊子格格不入，穿着价值不菲的衣服，气质斐然，还时不时好奇地到处看。

顾逸迩有些怀念：“我都好久没有吃过这种夜宵了。”

“少吃，对身体不好。”司逸提醒她，又说了句林尾月，“小学生你也少吃。”

“说了不要叫我小学生。”林尾月回头瞪了他一眼，终于走到了自己常去的那个店，“老板，我又来啦！”

“你来啦。”系着白色围裙的老板笑眯眯地跟她打招呼，“还带了朋友啊，快去里面坐着。”

三个人在室内找了张桌子坐下，老板拿来了菜单，好奇地打量着林尾月带来的这两个新朋友。

“这是你朋友？帅哥美女啊。”

林尾月嘻嘻一笑：“必须的啊，你们俩要吃什么？”

“你点吧，我们吃得少，也不知道什么好吃。”顾逸迩把做主的权利交给了她。

“那就点一盆麻辣小龙虾吧，再点一些生蚝和扇贝，再来两手牛肉串串，还有铁板韭菜。”林尾月看着菜单，娴熟地点着夜宵。

不一会儿，所有的东西都上齐了，老板还送了一小碗花生米。

看着被辣油淋得通红的小龙虾，还有那满满的蒜蓉和孜然粉，司逸和顾逸迩也忍不住吞了吞口水。

真是，好久都没吃了。

他们旁边几桌都是学生，嬉嬉笑笑地说着大学趣事。

林尾月羡慕地看着他们：“感觉自己昨天还在念大学，今天就变成老师了。”

顾逸迩和司逸对视一笑，没有说话。

时间本来就是这样的，从指缝流过，悄无声息。

他们都共同怀念着那个美好的学生时代。

林尾月还点了一打啤酒，司逸等会儿还要开车不能喝，所以这些酒就只能交给两位女士解决了。

两位女士豪迈地碰了碰酒杯。

“看着你们两个人坐在我对面，就觉得一点都没有变。”林尾月甜甜地笑了，“真好，这么多年了，你们还在。”

“会一直在的。”顾逸迩灌了一口酒，悠悠说道，“等王思淼他们回来了，咱们再约。”

“对，把二更和子袖也叫上。”林尾月语气轻快，“咱们八个人……七个人又凑齐了。”

酒过三巡，总是酒不醉人人自醉，林尾月酒量不如顾逸迩，后者尚还能保持清醒，她已经醉得开始胡说八道了。

“现在我有了好工作，我爸也退休了，每天就是打打麻将跳跳广场舞，日子一点一点地好了起来。”林尾月醉眼蒙眬，抱着酒瓶口齿不清地念叨，“你们也回清河了，我不是孤单一人了，可心里头还是空落落的。”

顾逸迩摇着酒杯笑道：“或许你缺一个男朋友。”

“我也想找啊，可是我又不想只是为了结婚找，我只是想找一个自己真正喜欢的。”林尾月委屈地摇了摇头，“没有，找不到。”

年少时遇见过太惊艳的人，长大后，看谁都是将就。

顾逸迩潇洒地举起酒杯：“我帮你从我们公司找一个，保证配得上你。”

“那敢情好。”林尾月笑出了声，“司逸，你是打算去哪家医院？”

司逸正用手灵巧地将虾肉剥离出虾壳，听她问了便回道：“清大附属第二医院。”

“那你也帮我留意一下呗。”

“嗯。”司逸将虾肉放进嘴里，微微皱眉，“两位小姐，悠着点喝。”

两位女士笑眯眯地答应了，转眼间就又点了半打啤酒。

司逸无语。

反正累的都是他这个男人。

等所有东西都吃完了，司逸就跟在两位女士身后，看着两个人踩着高跟鞋摇摇摆摆地走，生怕她们不小心摔倒。

这两人，也是一点都没变啊。

扶着她们上了车，顾逸迩已经睡了过去，脸蛋红扑扑的，司逸没忍住，在她侧脸上亲了一口。

还好林尾月发着酒疯，没注意到。

司逸发动了车子，问道："小学生，你住哪儿？"

林尾月含混不清："北苑，教师宿舍。"

车子往校园里开去。

"你们一定要快点给我介绍啊。"林尾月打了个酒嗝，"我下个礼拜又有个教职工聚会，他们肯定又要给我介绍对象了。"

"如果条件好的话你也可以考虑看看。"司逸耐心地和她搭话，"要不等陆嘉他们回来了，真就你一人单着了。"

平时看着娇软可人的小学生终于骂了一句："该死的付清徐！"

司逸握着方向盘的手忽然一顿。

原来她一直没忘啊。

"全都怪他。"林尾月闭着眼靠在后座，语气愤懑，"我一直等他，等他回来跟他说声谢谢，可是他一直都不回来，我等着等着，满脑子都想着他什么时候回来，根本没办法想别的人。"

司逸愣了愣，忽而笑了。

"我只要一闭眼，都是他挡在我身前的那一幕，他受了那么重的伤，还跟我说对不起。"林尾月的语气又低落了起来，"我就是想跟他说，我不怪他，那不是他的错，但是他就这么一声不吭地走了。"

"要是他回来了呢？你打算怎么做？"司逸顺势问道。

林尾月捏起拳头，狠狠道："打他一拳！然后跟他绝交！"

"可怜的付清徐。"司逸挑眉笑道。

这些年他也偶尔会想，那个和他做了快三年同桌，冰块一样的臭小子去了哪里。

只可惜杳无音信。

将林尾月送到了教师宿舍楼下，司逸目送她扶着楼梯上了楼，等公寓楼有一个房间亮起了灯，他才舒了一口气。

真是没想到，小学生喝了酒以后这么可怕。

司逸坐上车，打算送顾逸迩回家。

"耳朵，想回家吗？"他点了点她的鼻子。

顾逸迩皱了皱鼻子："嗯。"

"哦，你不想回家。"司逸点了点头，"行吧，那去我的公寓。"

跑车终于在此时发挥出它真正的功效，风驰电掣，像是漂移一样在夜路上行驶着。

司逸将她抱出车外，一路走到了自己公寓门口。

这间公寓是早就买好了的，只不过半年前才装修完毕。

他才不想在家天天看那两个人腻歪。

公寓门是指纹解锁，不需要掏钥匙，司逸一路抱着她走到了主卧大床旁，轻柔地将她放下。

她的眼妆稍微有点花了，口红也不知道是什么牌子，吃了一锅麻辣小龙虾居然还有。

他认命地站起身往洗手间走，先给她洗个脸吧。

他拿了一张洗脸巾轻轻擦了擦，她脸上的粉就掉下来了，然后又帮她把口红擦掉，露出了原本的粉唇色。

到眼睛了，司逸真的服了，这什么化妆品啊，都擦不掉，那些黑的东西一直牢牢地黏在她眼睛上。

"耳朵，你这眼睛怎么擦啊？"司逸推了推她，"水擦不掉。"

顾逸迩迷迷糊糊地说道："我这防水的，得用专用的眼唇卸妆油。"

"什么油？"司逸没听清。

"卸妆油。"

司逸扶额，他一个大男人哪儿来的什么卸妆油。

没法，又不能不管她，他只好出门下楼买。

还好楼下小区附近的商场还没关，司逸走进去，随便挑了个专柜。

他有些不自在地扯了扯领带："买卸妆油。"

负责这个专柜的销售员是个二十出头的年轻女孩，看他看得眼睛都直了。

"你们女孩子晚上卸了妆还要用什么？"司逸眼睛随意扫过摆放精致的瓶瓶罐罐，"都来点吧。"

那语气就跟买菜一样。

"那先生有价格要求吗？我们不同的护肤品价格都是不同的。"

司逸脑子里又想起顾逸迩那张小脸。

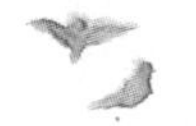

她爱美，又不缺钱，肯定什么都是最好的。

“都拿最高级的。”

女孩笑意盈盈：“先生，你对你女朋友真好！”

司逸反倒有些奇怪：“我就这么一个女朋友，不对她好对谁好？”

女孩羡慕地在心里喊了好几十声佛祖，深夜极品，可惜名草有主了。

司逸也没注意价格，微信扫了个付款二维码就提着精致的红色小袋子匆匆离开了。

等再回到家的时候，顾逸迩还睡着。

司逸按照销售员说的，先拿出了卸妆油，又撕开了卸妆巾的包装盒，把油倒在卸妆巾上，盖在她眼睛上。

等了半分钟再拿起来，真的卸掉了。

司逸拿起那瓶卸妆油研究了一会儿，这是魔术道具吗？

终于差不多都给她收拾好了，还得带她去洗个澡。

“耳朵，去洗澡。”司逸凑到她耳边说道，“你不回答我，我就帮你洗了。”

顾逸迩也不知道是不是醒酒了，瞬间坐了起来，脸色微红：“给我拿套衣服。”

司逸挑眉，起身从衣柜里拿了一套新的睡衣给她。

男士的睡衣，顾逸迩把睡裤丢给了他：“这个会松，穿不住。”

司逸收起睡裤：“那你就只穿衣服吧。”

顾逸迩去洗澡了。

司逸站在浴室门口，看着镜子里的自己，觉得有哪里不对。

谈了这么久了，什么都看过了，怎么洗个澡还要害羞？

他不是毛头小子了，耳朵也不是小姑娘了，成年人之间还这么拘谨不知道矫情什么。

心里这么想着，司逸最终也没有闯进去，怕被她打成残废。

她在里面洗，他就在外面刷牙洗脸。

约莫二十分钟，顾逸迩出来了。

她不化妆的样子和以前没变化，五官清丽，干净又精致，只是一双眼也不知道是不是因为喝了酒，蒙眬得有些醉人。

“吹风机在哪里？”顾逸迩好像还没醒酒，呆愣愣地问他。

“卧室。”

看着她往卧室里走去，身上只穿了件宝蓝色的睡衣，松松垮垮的，袖子比手臂长了一截，下摆衬得那两条光溜溜的腿又长又直，一头黑发湿漉漉地搭在背后。

司逸血气上涌，按了按自己的眉心。

矫情的是他！

以最快的速度洗完澡，司逸穿好睡衣走进卧室。

她头发长，吹了这么久还没吹好，吹风机还在呼呼地工作着。

司逸走到她背后，拿过了吹风机，一手插进她的发间，帮她吹起了头发。

顾逸迩也理所应当地享受他的服务。

怕吹风机温度太高烫着她，司逸调了中档，耐心地帮她吹干了一头漂亮的长发。

吹好了以后，司逸发现她已经要睡了，眼皮一耷一耷的。

哪能真让她睡？

司逸就这么站在她背后，右手绕到她身前，抬起她的下巴，反着一百八十度吻上了她。

顾逸迩抬头，有些迷茫地眨了眨眼睛。

“知不知道勾引我是什么下场？”他哑着嗓子问道。

顾逸迩有些难耐地动了动腰：“我没勾引你。”

“你有。”司逸坏心眼地揉搓着，“穿我的睡衣，还叫没有？”

“你这儿也没有我的啊。”顾逸迩喘着气辩解。

司逸低笑：“那明天我就给你准备个几套，随时穿。”

他抱着她，一路吻她一路来到了床上，将她死死摁倒在柔软的床铺上。

这个夜晚，还很长。

不知道是几点，天还未亮。

司逸蒙蒙醒来，发现怀中的人不知去处，一睁眼，发现她缩到角落边去了。

有亮光。

伸手把她抱过来，司逸亲亲她的头发：“不睡觉玩手机？”

“看资料。”

“什么资料？”

顾逸迩把手机屏幕朝向他：“高盛银行的新任亚洲区副执行官。”

司逸有些不适应地闭了闭眼：“看这个干什么？”

“谈融资。”顾逸迩皱眉，“除了名字和年龄、毕业院校，别的什么都没有。”

“叫什么？”

“华人。”顾逸迩轻声说道，“Wayne Fu。”

肿瘤外科最近来了个新人。

据说一进来就遭到了医院全体单身男同事的强烈抵制。

本来医生这种职业就是表面上看着风光，内科的每天都是值班挂诊巡查到昏厥，外科的上个手术台还要吃速效救心丸生怕刀还没开完自己比病人先倒下了，工资其实也就那么回事儿，副主任以上级别的才算踏入高薪行列，别的白领一下班就重获自由，他们穿白大褂的最怕睡到半夜接到急诊电话。

也就是社会地位比较高，悬壶济世的名号听着好听，其实相亲市场上，医生这个职业真的不算吃香。

想找对象，那还是肥水不流外人田。

偏偏男医生和女医生相看两相厌，自己是医生也就算了，另一半也是这日子就没法过了。

医院里年轻漂亮的小护士们都去找国企员工或是公务员了，男医生们市场滞销，通货膨胀。

就算这样，起码他们附二医院男女比例还算不错，总有那么些单着的女性，相处得好了也不是没有可能。

然而这位肿瘤科新人的到来，再一次打破了单身男医生们的念想。

清大附属二院总群里，女同志们兴奋了。

“我今天看到肿瘤科那个了！”

“长什么样？是不是真有传说中那么帅啊？”

“今天他跟着刘主任查房，我悄悄去看了，真人比照片帅一百倍，声音也好听。”

“那身材怎么样啊？”

“目测一米八五往上，肩宽腿长，百分之百穿衣显瘦脱衣有肉，尤其是那一张脸，清冷无双绝世神颜，颤抖吧！‘颜狗’们！”

“啊啊啊，为什么消化科不跟肿瘤科在一起啊！”

“我单得最久，我宣布他是我的了，谁都不要跟我抢。”

男同志们表示十分不爽。

“你们好歹也注意一下群里男同胞们的感受吧，这样差别对待真的好吗？”

“不就长得帅点吗？他要混出头还早着呢。”

“现在妹子们嫁的都是房子，谁还在意颜值啊。”

“同意，刚毕业的新人那个工资都不够给自己买衣服的，妹子们醒醒吧，看看我们这些嗷嗷待哺的黄金王老五。”

“你们就酸吧，酸死你们，明天组队去肿瘤科，有人报名吗？”

“+1。”

“+2。”

“+10086。”

还没来得及加群的司逸不知道自己俨然成了一帮嗷嗷待嫁的女同志的眼中猎物。

“下个礼拜我有台手术，你跟我一起进去吧。”查完房后，刘主任笑着拍了拍司逸的肩膀。

司逸有些惊讶，不确定地问：“您确定吗？”

刘主任点头：“我打算让你尽早熟悉手术台。你的导师跟我说过，你在学校的时候各方面成绩都非常不错，实习成绩也是院里最高的，做手术这个东西讲的是经验，一直看着有什么用，得自己拿刀切身感受，你好好准备一下吧。”

司逸没有推托，轻轻一笑：“谢谢主任。”

“谢什么，你导师死活想把你留在首都都没有留住，我算是捡了个大便宜。”刘主任哈哈一笑，“加油吧，司医生。”

“我会的。”

“那咱们回科室喝口水喘会儿气吧。”

司逸眼神游移了一下：“主任您先回去吧，我再去病房看看。”

刘主任心领神会：“看那个刚刚你一进门就冲过来抱你的小子？”

他顿了一会儿，点头承认。

“去吧。”刘主任笑着拍拍他的胳膊，打趣道，“那小子真是我见过少有的那么乐呵的病人了。”

司逸目送刘主任离开，微微松了口气，将手随意地插进衣兜里，转身朝反方向走去。

他不习惯戴眼镜，非必要时间一般都是懒得戴的，走在走廊上注意到有不少目光朝他这边看过来，可是看不清人脸，因此也不知道那些人脸上都是些什么表情。

直到有个戴着护士帽的小护士走近了他。

小护士脸红红的，看上去很可爱：“你是新来的司医生吗？”

司逸微微点头：“有事吗？”

“那个，我们医院的群你还没有加吧？”小护士像是鼓足了很大的勇气，抬头和他对视，“要不要我把你拉进去？”

司逸笑了：“谢谢你了。”说完就拿出了自己的手机，点开微信找出自己的二维码，“你扫我吧。”

小护士用力点头：“嗯！”

没几分钟就加好了，小护士笑着跑开了。

司逸并不在意这些，没一会儿小护士就把他拉进了一个人数众多的大群。

“新人？”

有个人问了句。

司逸：“肿瘤科司逸，大家好。”

群里炸锅了，纷纷抢着自我介绍。

他应了几句，之后就没再看消息了，看起来这就是一个单纯的聊天群，并不是工作群。

将手机放回了口袋，司逸已经来到了目的地。

司逸敲了敲病房门，然后直接走了进去。

二更正在吃水果，他母亲正坐在床边和他絮絮叨叨地说着什么。

一见司逸来了，二更眼睛顿时放光：“逸哥你怎么又来了，是不是想我啦！”

司逸翻了个白眼，对尔妈妈笑了笑：“阿姨。”

“司逸？”尔妈妈站起身来打量他，语气和蔼，“刚刚你来过了吗？”

“跟着主任过来查房的，刚刚您不在。”

尔妈妈啊了一声：“刚刚出去办了点事，司逸你真是长大了，看着成熟了不少。”

“都快三十了，哪能还像小时候呢。”司逸走了过来，声音温和，“阿姨倒是没怎么变。”

“怎么可能。”尔妈妈摆了摆手，“我这头发都快白完了，还没变啊？我们家也就更绿这小子，这么多年了还跟小孩子似的，让人操心。”

二更有些不满：“你们互相恭维就好好恭维，干吗扯上我？”

尔妈妈回身狠狠瞪了他一眼：“妈说错你了吗？都多大的人了还跟女朋友吵架，不是小孩脾气是什么？”

二更瞬间就如同霜打的茄子，蔫嗒嗒的：“哎呀，不是说了别提嘛。”

“怎么不能提？人子袖对你哪里不好？又温柔又体贴，这么多年了就守着你这么个病秧子，你还敢和人家吵架，到时候有你哭的。”尔妈妈恨铁不成钢地指着他说道。

二更不耐烦地撇过头：“我要和逸哥说话，妈你先出去。”

“没良心的臭小子，以前我守着你姐的时候天天喊着妈偏心，现在就守着你一个人了，司逸一回来你就赶我。”尔妈妈叹了一声，无奈地看着司逸，“你们聊，我出去走走。”

等尔妈妈终于离开病房后，二更才得以舒了一口气：“我怀疑我脑子里这个瘤就是被她说大的。”

“说什么呢，”司逸皱眉，“小心你妈揍你。”

“现在我是独生子了，她不敢揍我的。”二更笑嘻嘻地冲他招了招手，“逸哥来这儿坐，咱兄弟俩唠唠嗑啊。”

司逸叹气，坐在了他的床边。

“为什么从神经科又转过来了？”

早些年二更是在神经内科住院，一直接受药物治疗，后来动了手术又转到了外科，六年的术后生存期已过，他却又再次转到了肿瘤科。

二更指了指自己的后脑勺，语气轻快：“它不听话啊，又长大了。”

司逸指责他：“别跟我在这儿嘻嘻哈哈的，你最近身体怎么样？”

"好得很呢，吃嘛嘛香，这瘤良性的，不然我还能在这儿和你说话吗？"

"你给我好好的，听见没？"司逸语气严肃，"一旦有什么事儿马上通知医生，要让我知道你瞒着，我就当没你这个兄弟。"

二更朝他靠过来，委屈兮兮的："逸哥，你舍得人家吗？"

司逸挡住他的头往外一推："滚蛋，你好好休息吧，我回办公室了。"

"逸哥慢走。"二更笑着和他告别。

司逸理了理领口，转身离开了病房。

他刚离开，就碰上了拿着食盒过来的俞子袖。

俞子袖语气惊喜："司学长，你回来啦！"

这小学妹倒是出落得越发漂亮了，也不知道那小子上辈子做了多少好事儿。

"嗯，我先回办公室了，你进去吧。"

俞子袖点点头，语气有些小心翼翼："学长他没跟你说什么吗？比如说和我？"

司逸想起尔妈妈刚刚说的那番话。

"没有，你进去吧。"

俞子袖垂眸，微微笑了："我还以为，他真的不愿意跟我结婚。"

司逸默了半晌，皱眉问："结婚？"

"嗯，我前不久跟他求婚了。"俞子袖苦笑，"可惜他拒绝我了。"

司逸扶额。

尔更绿那个什么都只会想着别人从来不考虑自己的王八蛋！

告别了俞子袖后，司逸慢慢走回了办公室，几个同事正要出去吃饭，干脆就招呼他一起去食堂吃。

司逸摇头："我待会儿再去。"

"那要帮你带饭吗？"

"不用，谢谢。"

有个女医生倒是很体贴："我抽屉里有面包，你要是饿了就直接拿出来吃吧。"

"谢谢。"

科室里转眼就只剩下他一个人。

司逸坐在自己的座位上，靠在椅背上发了会儿呆，又直起身子，从手边的抽屉里拿出了一个戒指盒。

他轻轻打开，里面躺着一枚铂金戒指。

上班期间他不方便戴戒指，只能每天出门前放进戒指盒随身带着。

这是出国前，他拖着顾逸迩去珠宝店买的。

两个人都不喜欢繁缛华丽的款式，就只选了最简单的，戴着倒也大方。

只是这不是订婚戒指，也不是结婚戒指，只是普通的情侣戒指，没有任何法律效应。

这一转眼，陆嘉要结婚了，二更也被求婚了。

他和耳朵，看着最稳定，可却完全没有这个念头。

司逸仰头盯着天花板。

结婚啊。

忙得两脚都沾不着地的人，结了婚以后会不会还是这个样子？

他这么想着，干脆就拿起手机，给耳朵拨了通电话。

“喂？”

那边传来熟悉的声音。

司逸咳了一声：“你在干吗？”

“银行那边的人提前到了，我正往酒店赶，准备带他们先去吃个饭。”

司逸疑惑：“那个副执行官？不是说下周吗？”

“谁知道啊，也没提前打招呼，我这本来还在公司，连衣服都没来得及换一套。”顾逸迩语气间有些无奈，“真难伺候，不过你打电话来是有什么事儿吗？”

“哦。”司逸竟然也不知道该说些什么，随口说道，“二更他被求婚了，你知道吗？”

“二更？子袖跟他求婚了？”顾逸迩顿了顿，呵呵笑出了声，“子袖她看着胆小，没想到是个行动派啊。”

“那你呢？”司逸忽然问她。

“我？我也是啊。”顾逸迩语气有些轻，“我正走着呢。”

“谁跟你说这个啊。”司逸叹气，“你装什么傻呢？”

司逸听见那边有人喊了声顾总，随即顾逸迩便说道：“上车了，不说了，等我忙完了就去医院找你。”

电话被挂断了。

谈了这么多年的异国恋，现在他终于回来了，两个人又忙得连面都见不着，跟以前没什么区别。

司逸微微眯眼，用百度搜索了一条问题。

【男女朋友之间工作忙没空见面有什么危害？】

下面出现几条回答。

【很多感情好的情侣都是这么疏远的。】

【感情会变淡。】

【再合适的一对，也是需要朝夕相处让爱情保鲜的。】

他不禁皱起眉头。

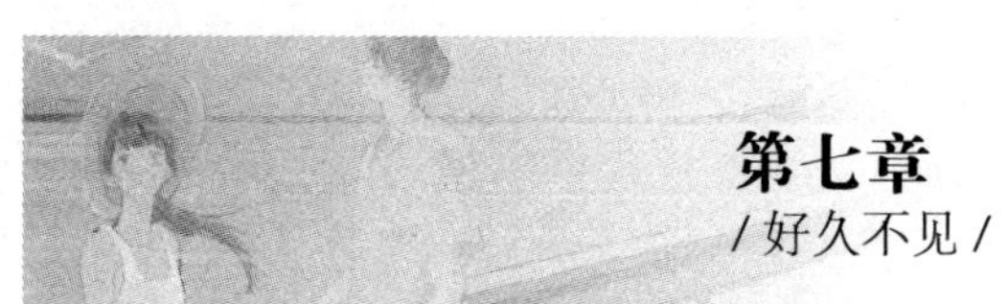

第七章

/ 好久不见 /

希尔顿酒店的 6 楼茶餐厅处，清大新闻院的教职工小聚会正在这里举行。

林尾月如坐针毡，作为在场的唯一一个单身，她毫无疑问成了众人的靶子。

偏偏徐老师今天帮女儿开家长会去了，唯一一个能帮她的人都不在。

“林老师啊，你说你这都快三十的人了，怎么连个男朋友都不找啊？”辅导员是个刚结婚没多久的年轻女人，虽然年纪比林尾月小，但是仗着结了婚，说话总是高人一等。

林尾月皮笑肉不笑：“没找到合适的。”

“怕是你眼光太高了吧？”辅导员一挑眉，语气颇有些苦口婆心，“现在谁还真奔着爱情去结婚啊，大家都是快餐式相亲，顺眼就处着，不顺眼再继续相下一个，我跟我老公也是啊，虽然一开始看着没什么感觉，但结了婚后他是真的对我不错，又是给我买化妆品又是给我买包的，每次去外地出差了还记得给我带礼物，这不也挺好嘛。”

看着她那眉飞色舞的样子，林尾月有些无话可说。

“上次给你介绍那个男人，虽说他眼光高了点没看上你，但是你争取一下是完全可以的啊。”辅导员掰着手指头给她数好处，“他是城市户口，家里有两套房，而且他身上也没背贷款，长相也算还可以，虽说你是农村户口，但是长得漂亮学历也高，争取一把他未必看不上你啊。”

林尾月无奈：“都失败了就别说了吧。”

其他人帮忙打圆场：“是啊，都过去了。”

“行吧。”辅导员点点头，又说道，“那我下次碰见好的了再给你介绍。”

众人又聊起了别的，这时忽然有个人低呼了一声：“快看那边。”

“什么？”

“嘉源的顾千金。”那人神秘一笑，“本市头号白富美，谁娶了她下半辈子都不用愁了。”

嘉源集团这几年名声大震，产业由建筑业逐渐扩大到零售、地产、水泥、燃气、医药，终于在去年的商业评估中，企业价值赶超希尔顿集团，董事长顾沂源也成了新的清河市知名企业家。

企业家之女，谁都知道这名头的含金量。

“喏，那个走在人群最中间的就是。”那人指了指。

顾小姐被一群人簇拥着，身着 THE KOOPLES 酒红色领结衬衫和 LILY 黑色 A 字裙，踩着 Christian Louboutin 经典款红底高跟鞋，微卷的长发直达腰际，面容精致，红唇撩人，像只高贵的黑天鹅。

她脚步有些急促，却仍旧保持着优美的姿态，目视前方，走入最里端的 VIP 包厢。

众人有些羡慕地望着，一直到她的身影彻底消失。

“别想了，那和咱们是两个世界的人，人一出生就在终点了，什么都不缺。”有人摆手感叹。

“也不知道谁能配得上这位大千金。”

林尾月不急不忙地喝了口茶，脑海中浮现了司逸的脸庞。

嘿，谁能想到这两个人前不久还跟她在夜宵摊子吃小龙虾呢。

辅导员有些疑惑：“我看她好像走得挺急的。”

“小道消息。”刚刚指出顾小姐的人神秘一笑，“嘉源把手伸到美国去了，她那么急，八成是为了接待那边来的贵宾。”

“什么贵宾能让她这么着急？”

“高盛银行的新宠。”那人挑眉，“有史以来第二个坐上执行官位置的华人。”

在场所有人都倒吸了一口凉气。

他们从事新闻行业，自然各行各业都需要了解一些，高盛银行是出了名的歧视，从上到下的管理层几十年来就没出过白种人以外的肤色。

除了十几年前那位在华尔街名声大噪的执行官，这是第二个了。

林尾月心里头也在想这种人物到底长什么样子。

转眼间，她就又干掉了一杯茶。

尿意袭来，林尾月起身去上了个厕所，没再继续听他们说了。

林尾月不急不慢地在洗手间洗着手，有两个穿着职业装的女人并肩走了进来。

“公开会议居然变成了私人聚会。”其中一个女人语气兴奋，“看来小顾总是红鸾心动了？”

“不过那个 Wayne 先生是真的帅，也不怪小顾总盯着他发了几分钟的呆，两个人看着真的挺登对的。”另一个女人也一副神色激动的样子。

“咱们今天倒是可以提前下班了，待会儿去逛街吗？”

“好啊好啊，去百盛吧。”

两个女人洗了个手就走了出去。

林尾月撑着洗漱台发呆。

惨了，司逸这回是真的要被绿了。

来不及多想，她赶紧掏出手机给司逸打了个电话。

那边语气慵懒：“小学生？”

“你赶紧来一趟希尔顿。”林尾月语气很急，“不然逸迩就要被别人抢走了！”

“什么？”司逸语气低沉，“把详细地址发到我手机上。”

林尾月心脏直跳，洗了个手就匆匆离开了。

等她回到桌子前的时候，众人都有些激动地看着她：“啊，你刚刚是真的错过了好戏啊！”

“什么？”

“那个副执行官真的是，超级帅啊！”一个女老师一副花痴的样子，“黑色西装，无框眼镜，走在一大群人中间，就连那冷冷的眼神都酥麻得让人心颤。”

“然后呢？”

“除了那个副执行官和顾小姐，其他的人都出去了。”女老师八卦地笑了，“一见钟情？”

林尾月心一沉。

司逸，同情你。

“这喝得也差不多了，咱们回去吧？”有人提议道。

林尾月急忙说道：“那个，你们先回去吧，我等个人。”

其他人的眼神立马就变得有深意了起来。

辅导员最先问出了口：“林老师，你还约了朋友吗？”

林尾月也不知道怎么解释，只好点了点头。

“看你这一副心急的样子，男性朋友吧？”有人敏感地猜到了什么，笑得比较猥琐。

林尾月有些不知所措：“就是朋友而已。”

“哦哦哦，确实是男人了喽？那不行，我们得留下来看看林老师的男性朋友到底怎么样。”

辅导员态度有些不满：“林老师，你既然都有发展对象了，干吗还要去相亲啊？我这不是白做好人吗？”

林尾月正欲开口解释，就看见不远处的电梯门打开了，神色匆匆的司逸走了出来。

“司逸。”林尾月叫了他一声。

司逸走了过来，眉头紧蹙：“耳朵呢？”

其他人都惊讶得说不出话来。

“林老师，这是你朋友？”

也难怪林老师看不上辅导员给她介绍的那个男人，身边都有个这么帅的了，哪还肯把条件降低去看其他男人。

司逸穿着长款的风衣，显得身姿颀长，玉树临风，只是领带微松，很明显是赶过来的。

清贵俊逸的男人眸色深沉，神色不悦，一把将林尾月提了起来：“带我过去。”

林尾月愣愣地点头，冲其他人打了声招呼，就带着司逸往贵宾包厢那里走去了。

二人消失在大厅。

“那个男人到底是谁啊？”明知没人知道，可还是有人问出了声。

“不知道，我在比较刚刚那个男人和那位副执行官谁比较帅。”女老师咽了咽口水，“我比较喜欢冰山类型的，但是刚刚那个男人真的好帅啊，想求林老师介绍！”

“得了吧，我刚注意到那男人拉林老师的时候，右手中指上戴了一枚戒指，应该有主儿了。”

众人有些失望地叹了口气。

辅导员却舒了口气，还真以为林老师有条件那么好的考虑对象了。

贵宾包厢门口。

司逸指着紧闭着的门：“就这间？”

“嗯。”林尾月语气沉重，“你待会儿进去了千万要把持住，不要做出违法的事情来。”

司逸冷笑一声：“我怎么就忘了带手术刀出来了。”

林尾月有些害怕地退后了几步：“也许事情没那么严重。”

“没那么严重你打电话给我干什么？”司逸皱眉，“小学生，你是不是在挑拨离间？”

林尾月猛摇头：“没有没有，我确实是听到，本来逸迩跟那个男人是开会来着，后来见到那个男人就把所有人屏退了，改成私人的见面。”

“所以那男人长什么样子？”

“据说很帅。”林尾月摸了摸下巴。

“可以，可以，她顾逸迩出息了。”司逸咬牙切齿，“待会儿我对付那个男的，你找条绳子来把她给我绑起来，解决完那个男人我就拖她去民政局，等有了结婚证看她还敢不敢吃着碗里看着锅里。”

林尾月咽了咽口水：“你这是要逼婚吗？”

“不逼难道看她去找别的男人吗？”司逸睨了她一眼，“门都没有。”

顾逸迩面带讥讽地看着眼前这个男人。

她和男人面对面坐着，目光肆无忌惮的，似乎要将他戳穿。

就在十五分钟前，顾逸迩刚坐下还没有两分钟，就听见助理小声说Wayne先生来了，她急忙起身，面带笑意地看着门口。

最先映入眼帘的是一套黑色定制西装，以及微微泛着银光的无框眼镜。

男人穿着剪裁合适的黑色西服，里面是雪白的衬衫，细长的领夹银链一端牵在领带处，另一端牵在他的西服领口上，再往下，便是垂感高级的黑色西裤和铿亮的商务皮鞋。

他肌肤雪白，容色秀美，那双眸子沉静如水，流溢着孤傲和清冷。

顾逸迩望着那张熟悉的脸，难掩心中复杂。

几分钟后，顾逸迩才轻轻开口："Wayne 先生。"

男人点头，声音淡淡："顾小姐。"

还是那副冷冽的语气。

顾逸迩笑着坐下，靠在椅背上，笑问道："Wayne 先生有没有兴趣和我单独聊聊？"

男人点头，伸手挥了挥，跟在他后面的几个白人鞠了个躬离开了包厢。

"你们先回去吧，今天不谈公事。"

跟着顾逸迩来的几个人顿了几秒，显然没有意料到这种发展，但还是默默退出了包厢。

这十五分钟里，顾逸迩和男人一直保持着沉默。

"好久不见。"顾逸迩轻敲桌面，一字一顿道，"付——清——徐。"

付清徐面无波澜，顺着她的话说道："好久不见。"

"你是被秘密组织抓去做人体试验了，还是出了车祸成了植物人。"顾逸迩挑眉，语气嘲讽，"怎么就跟诈尸一样冒了出来？"

"回国是很久之前就开始打算的。"付清徐双手交叠，微敛眸光，"事实上，这次高盛之所以选中了嘉源，就是我给出的方案。"

"这么说，我还该感谢付先生你的青睐了。"顾逸迩眸色渐冷，"谢谢。"

"抱歉。"付清徐惜字如金。

顾逸迩抱胸："你不需要跟我道歉。"

付清徐抬眸看她，薄唇微抿。

她一点也没变，讥讽之言几乎脱口而出，且一针见血。

"Wayne，Wayne……"顾逸迩细细念了一遍他的英文名，嘴角微勾，"Wayne Fu，我怎么没有早想到。"

"她还好吗？"

"不知道。"

空气仿佛凝固了。

付清徐微微蹙眉：“不知道，还是不愿意告诉我？”

“付先生，你这么聪明，会猜不到是哪种情况吗？”顾逸迩睨了他一眼。

“告诉我。”付清徐语气轻轻。

“行啊。”顾逸迩肩膀松了松，“把融资合同签了。”

“顾逸迩，你一点都没变。”付清徐薄唇微启，“还是喜欢趁火打劫。”

顾逸迩挑眉，笑得温和：“我是商人，不是慈善家，没有告诉你的义务。”

“如果我把合同签了呢？”付清徐又问。

“我保证把她打包送到你面前。”

面对眼前女人的厚颜无耻，付清徐忍住了揉捏眉心的冲动，却没忍住嘴角微扬：“卖友求荣。”

“付先生不是求之不得吗？”顾逸迩语气很光荣，一点都没有被指责的羞耻感。

气氛终于稍稍缓和。

到底是年少同窗好友，纵使多年不见，却依旧熟稔。

“说真的，你为什么忽然回来了？”顾逸迩还是没忍住问出了自己最想知道的。

付清徐正欲开口，房门却被轻轻叩响了。

顾逸迩冲门外问了一句：“谁？”

门外的声音听上去很模糊：“请问需要茶水服务吗？”

“进来吧。”

厚重的檀花双开门被打开了一侧，付清徐背对着门口，优雅地端起茶杯喝了口茶。

顾逸迩看向门外，却不见有服务生进来。

“谁躲在那儿？给我出来！”她皱眉质问。

“顾逸迩，你很快活嘛。”司逸从门外走了进来。

她神色复杂地看着司逸，指着他喃喃说道：“你、你怎么……”

司逸只当是顾逸迩被自己抓到了心虚，语气冷漠：“公事谈着谈着就变成了私事儿，我倒是要看看，哪个男人能挤掉我入你顾大小姐的眼。”

我倒要看看哪个小狐狸精把你勾得连家都不回了！

说完，司逸就走上前去瞧一直背对着他的男人。

下一秒神色尴尬呆若木鸡。

司逸像见鬼一样看着眼前这个熟悉的老相识。

眼前的空气仿佛凝滞，漫天飞舞着“尴尬”二字，下一秒再点个火可能就会直接把司逸炸出太阳系。

而始作俑者林尾月姗姗来迟，她站在门边喘着气。

司逸侧头看她，头一次对小学生起了杀心。

面对司逸杀气腾腾的眼神，林尾月很是不解：“你瞪我干吗啊？瞪臭男人啊。”

“臭男人？”付清徐微微扬眉，重复着林尾月用来形容自己的这三个字。

林尾月觉得这个声音很熟悉。

她往声音源头处望去，手用力颤了一下。

其实她心里幻想过很多回重逢的场景，无非就是电视电影演的那样，一个浪漫的雨季，或是银杏叶飞舞的秋季里，她优雅地站在树下，微风轻轻吹过她的发丝。

她优雅一笑：“好久不见。”

绝不是现在这种。

顾逸迩看着眼前这混乱的场面，有些绝望地按了按太阳穴。

如果她不出面的话，司逸和林尾月将面临羞愤致死的生命危险。

顾逸迩瞪了眼那两人：“你俩给我坐这儿，我们好好聊聊。”

林尾月垂下眼帘，涨红着一张小脸，浑身发麻，不停地往后退缩。

“林尾月。”顾逸迩又喊了她一声，“坐下来好好把事情跟我交代清楚了。”

林尾月大喊一声：“我什么都不知道，你们三个聊吧！”

说完，她就一溜烟跑了出去，还很体贴地把门给带上了。

只余其他三人大眼瞪小眼。

司逸没空注意小学生，只是指着付清徐跟见鬼一样：“你是诈尸了吗？”

这两个人就不能换个好听点的形容词吗？

付清徐站起身来，理了理西服，拍拍司逸的肩膀：“你好好解释，我们有空聊。”

说完，他就打开门也走了出去。

“坐到我身边来。”顾逸迩温柔地冲司逸勾了勾手指，“跟我解释解释，为什么你总觉得我是那种会出轨的人？”

司逸试图辩解：“是小学生误导我的。”

“所以你就顺理成章地被误导了？”顾逸迩歪头一笑，“她活罪难逃，你死罪难免。”

与此同时，林尾月正喘着气往外逃，却发现她的同事们居然都站在电梯门口。

“你们怎么还没走啊？”她指着一帮同事，语气惊讶。

女老师嘿嘿一笑：“这不是等你一起吗？你那个男性朋友呢？”

“他有点事。”

其他人眼神中熊熊燃烧起八卦之火。

辅导员抿唇，问道：“那不是你男朋友吧？”

“不是不是，他有女朋友了。”林尾月拼命摇头。

得到正主回应，其他人都略有些失望地叹了口气。

不过辅导员倒是很高兴：“那我就放心了，我都给你看好下一个相亲对象了，虽说条件肯定没有你那个朋友好，但是绝对配得上你，你看什么时候约着见个面？”

林尾月现在哪还有心思想这个，敷衍地点了点头：“随便吧。”

“那好。”辅导员点头，“他是我老公下属，人品什么的你绝对放一万个心。”

林尾月尴尬地笑了笑，心里祈祷电梯赶紧来。

辅导员还在她耳边碎碎念着。

一群人对着电梯说说笑笑，不知是谁最先注意到了反光的金色电梯门上，倒映出一个身影。

有人回过头，拼命扯了扯旁边人的袖子。

一时间惊动了所有正在等电梯的人，所有人都回头看了过去。

那个女老师最先喊出了声：“天哪！”

是刚刚走在几个身形高大的白人前头却丝毫不减气势的极品副执行官！

林尾月咬唇，不敢回头。

付清徐就那样看着她的后脑勺，眸色淡淡。

刚刚还说说笑笑的所有人都安静了。

电梯门“叮”的一声打开，林尾月最先溜了进去，找了个角落乖乖站着。

除了她，所有人都没敢动，等着副执行官先进去。

副执行官面无表情地走了进去，站在林尾月身边。

他应该和司逸差不多高了，就算林尾月穿了高跟鞋，也只到他肩膀那里。

所有人都陆陆续续走了进去。

电梯门缓缓关上。

“麻烦等一下。”快要关上时，有个女声忽然喊道。

站在按钮门口的人下意识地就按了开门键。

电梯里的人再次倒吸了一口凉气。

是顾小姐和刚刚那个大帅哥。

今天是走了什么狗屎运，跟三个大佬一起搭电梯吗？

顾小姐微微一笑，走进了还很空余的电梯，大帅哥也跟着走了进来。

电梯门终于关上。

电梯门的里面跟外面一样，都是镜面反射，从反射里也能看出来，大佬和凡人的巨大差别。

站在他们旁边的人都下意识地往旁边挪了挪。

穿着风衣的男人忽然小声说了句：“耳朵。”

声音清冽，好像还有点委屈。

顾小姐冷冷开口：“回家说。”

电梯里的所有人都从这短短的对话里听了出来，这两个人是情侣，而且他们还吵架了。

刚刚喝茶的时候还在讨论，什么样的男人能配得上顾小姐，原来人早就有了个天造地设的男朋友。

那副执行官是怎么回事？

电梯里的人都在充分发挥着想象力，脑补出一场三角大戏。

但是林老师又是怎么回事？她认识顾小姐的男朋友，是不是就意味着她也认识顾小姐？

前一秒还在猜，下一秒他们的疑惑就得到了解答。

“尾月。”顾小姐轻轻喊了声。

躲在角落努力把自己当成空气的林尾月绝望地应了一声：“嗯。”

“晚上我们四个人一起吃个饭吧。”顾逸迩转头看她，皱眉，“你挤在那个角落里做什么？”

林尾月直起身子，语气怯弱：“你们吃吧，我就不去了。”

他们真的认识啊！

林老师藏得好深！

震惊！

电梯在一楼停下，顾小姐和她男朋友站在最外面，侧了侧身子让其他人出来。

大家其实心里头很想问问林老师是怎么回事，但还是硬着头皮走了出来。

林尾月站在最角落，舒了口气就要跟着大部队走出来。

忽然，一只手拉住了她的胳膊。

她讶异转身，付清徐依旧是面无表情。

辅导员喊了她一声：“林老师？”

“不好意思，她要和我一起。”副执行官终于开口说了句话。

顾小姐有些惊讶：“尾月，这些是你同事吗？”

林尾月被拉住胳膊，浑身都不敢动，机械地点了点头。

“你们好。”顾小姐转脸就露出了一个温柔的笑，“能不能把尾月借给我们呢？”

在经历了副执行官的开口暴击后，顾逸迩也开口和他们搭话了。

好魔幻的一天。

“当然可以。”有人回过神来，小鸡啄米般地点头，“不打扰你们。”

顾小姐礼貌地点了点头，和男朋友重新走进了电梯：“那各位回家的时候路上小心。”

电梯门被关上之际，顾小姐一直保持着笑容，两个男人面无表情，反倒是林老师一副灵魂出窍的样子。

门终于被重新关上，就像是将两个世界重新分割开来。

所有人都一副大梦初醒的样子。

“林老师，认识那三个人？”

“好像还很熟的样子……”

“所以他们到底什么关系？”

“不知道……”

电梯里，林尾月包里的手机不断振动着。

她拿出手机，果然是群里的消息。

“林老师，你老实交代！为什么认识那三个人！”

“啊啊啊，你认识干吗不说啊！”

“太不够意思了吧？”

电梯来到 B2 层，四个人走了出来，停车场内只亮着昏暗的白色灯光。

“晚上要一起吃饭吗？”顾逸迩又问了一遍。

这次回答的是付清徐：“改天吧。”

“付先生，融资合同。”顾逸迩心领神会，笑眯眯地提醒道。

付清徐抬眉，薄唇微掀：“没有打包送上门。”

“差不多了。”

“顾小姐，我也是商人。”付清徐眸色淡淡，“差一点，合约都不作数。”

“付先生真是奸诈啊。”顾逸迩脸上的笑意终于有些僵了，“不怕白来一趟吗？”

“已经不算白来了。”付清徐终于淡淡笑了，“谢谢关心。”

顾逸迩终于承认，尾月老师说的那句学金融的心都脏真是至理名言。

“正式的会议时间我会通知付先生的，到时候我会让谈判官一并出席，再好好谈谈我们之间的合作。”顾逸迩公式化地说完了这句话后，话锋一转，“付清徐，你会因为现在没有讨好我而后悔的。”

“顾逸迩，讨好了你我才会后悔。”

两个人针锋相对，话语中都带着刀子，无形间的刀光剑影最可怕。

司逸和林尾月都一脸茫然。

“走吧。”顾逸迩转身，“咱们的账回去算。”

临走前，司逸丢给了林尾月一句话：“小学生，咱们的账也日后算。”

林尾月害怕地缩了缩肩膀，不敢抬头。

偌大的停车场里转眼只剩下林尾月和付清徐。

她揪着手指，怯怯地说道：“我坐地铁回家。”

小小的个子，低着头只把头顶对着他，显得更加娇小了。

付清徐点头：“我跟你一起。”

“你不开车吗？”林尾月皱眉，觉得他在开玩笑。

“我没有国内的驾照。”付清徐缓缓说道，“开不了。”

“你不要跟着我。”林尾月抬起头来，望着他的银色领针发呆，“我不要跟你一起。”

他只淡淡问道：“为什么？”

林尾月抓着裙摆，用力咬着唇：“我怕我会忍不住打你。”

身前的男人怔了怔，随后又走近了她几步，林尾月下意识地后退了几步，试图和他保持着一个安全距离。

“别躲。”他轻声道，“不是要打我吗？”

林尾月抬头望他，撞进了他那双墨玉般的眸子里，空蒙如雾，藏着她看不懂的情绪，如同漾漾的微波，在她心间激起浅浅的水花。

长身玉立的男人，在暗淡的白光下仿若站在云端，出尘绝世。

又熟悉又陌生。

林尾月心口一热，话语一哽：“我……我真的会打你的。”

他的眸光透过镜片打在她身上，声音渐柔：“你打吧。”

她一个狠心，拿起包包就要往他身上砸。

付清徐没躲，任由她的包冲自己砸过来。

直到最后一秒，她还是没狠下心，扯了扯包带，包包只是轻轻地砸到了他的胸膛。

“你浑蛋。”她的五官挤在一起，带着哭腔骂出了声。

付清徐垂眸看她：“对不起。”

“你怎么能不打一声招呼就离开，也不打一声招呼就回来。”她泪眼蒙眬地控诉着，一双眸子就像是噙着水的鹿眼，看上去水蒙蒙可怜兮兮的。

“对不起。”他重复着这三个字。

林尾月撇过头：“不接受！”

“我会等到你接受为止。”付清徐轻轻启唇，“一直等。”

她的心仿佛被一双手狠狠攥着，从见到他的那一刻开始，连呼吸都变得困难，一直忍到现在，一边大口地呼吸着新鲜的空气，一边哭着纾解自己压抑多年的情感。

她以为，和他重逢的时候，能够笑着大骂他，能够毫不犹豫地揍他一顿，能够狠下心说出绝交两个字。

事实证明，她把一切都想得太简单。

一看到他，她心里那些潇洒的想法就通通都不见了。

只剩下委屈和心酸。

恨他一声不响地离开，恨他一声不响地回来，恨他用那双会蛊惑人心的眸子望着自己，恨他对自己那么温柔。

她也不知道自己哭了多久，等回过神来，自己已经和付清徐并肩走到了地铁站。

林尾月掏出地铁卡："我请你搭。"

付清徐略微有些惊讶，微微一笑："谢谢。"

她尴尬地转过头："别笑。"

两个人坐上地铁，现在不是高峰期，地铁里的人不多，付清徐进来的时候，有不少妹子把目光转向他。

林尾月没有坐下，反而选择站在另一侧的门边。

她喜欢看呼啸而过的广告灯因为高速而变成一条条光线，从自己眼前划过。

就像是流星一样。

付清徐也陪她站着。

"你去坐吧，下一站是商品街，很多人的。"

"不用。"付清徐淡淡道。

林尾月没说错，下一站果然有不少人走了进来，刚刚还空荡的地铁一下子就被挤满了。

她靠在门上，付清徐和她面对面站着，替她挡住了其他人。

"你的衣服会脏。"她轻轻皱眉，"应该很贵吧。"

他身上这件西装，一看就价值不菲，就算她不了解这方面，但普通西装和定制西装的区别还是能一眼看出来的。

"无妨。"付清徐语气轻轻，"这样能护着你。"

林尾月脸一红，埋头不说话了。

他忽而一笑，轻轻抚上了她的头。

"我回来了。"

我的小太阳。

地铁行驶到中途，付清徐忽然接了通电话。

他用英语对着手机说道："Don't wait for me，you'll drive back to

Hilton first.（不用等我，你先把车子开回希尔顿）”

林尾月神色复杂：“你有司机啊……”

付清徐垂眸望她：“我没说没有。”

高端大气上档次的劳斯莱斯幻影往司逸的公寓驶去。

一直到两个人走出停车场，坐上电梯，走出电梯，进了屋子，都没有说一句话。

司逸扯了扯领带，心里头怵得很。

“司逸。”顾逸迩忽然喊了他一声。

“嗯？”

她已经坐在了客厅的沙发上，朝他招了招手：“过来坐。”

司逸乖乖地走过去坐下。

然后眼前一黑，顾逸迩起身将两手撑在他两侧，抬脚抵在他的双腿间，以一种非常霸道的姿势把他桎梏在了自己和沙发间。

司逸隐约记得，这是自己很喜欢用来对付她的招数。

“你老实回答我。”顾逸迩盯着他，语气严肃，“你是不是真的觉得我会出轨？”

他下意识地摇头：“没有。”

“那你为什么三番五次因为这种事生气？”顾逸迩压低了语气，“不信任我吗？”

“不是。”司逸蹙眉，“我是觉得，我们这些年来，朝夕相对的时间少得可怕，有的时候忙起来连着一个月一通电话都没有，这样不是正常的情侣。”

顾逸迩挑了挑眉，倾身在他唇边一吻，又迅速离开了。

司逸整个人都愣住了。

“你干吗？”

“这样不正常吗？”顾逸迩放开他，在他身边坐下。

她原以为，自己是可以兼顾工作和恋爱的。

其实学生时代，她也能好好地兼顾学业和恋爱，等走出学校后才发现，学业和事业根本就是两码事。

成年人的世界里，除了爱情，还有很多别的东西。

有的时候，纵使心里想念得紧了，却也会因为各种原因，生生压抑住思念之情。

她和司逸都是对未来有明确规划的成年人，对彼此而言对方固然重要，可生活和事业同样不可忽视。

他们必须用时间和努力去换取物质和未来。

这是成年人最无法逃避的地方，一旦逃避了，那么作为成年人来说，人生就是失败的。

碌碌无为从来都不适合他们。

越好的出身条件，越是提醒着他们，不能任性，不能偷懒，不能被人比下去。

多年的异国恋，即使打心底排斥，却也无可奈何。

他们确实做不到为了爱情抛下一切。

司逸捂着嘴，不可否认地承认他刚刚被撩到了。

明明只是一个亲吻啊。

“耳朵。”司逸抓起她的手，“你再亲我一口。”

顾逸迩拒绝：“不要。”

“你不亲我，那我亲你。”司逸忽然起身，用同样的姿势反压住她，抬起她的下巴就吻了上去。

他的吻可和她的大相径庭，直接伸出舌头往她嘴里钻。

司逸直接将她压倒在沙发上。

“在沙发上试试，嗯？”他声音低沉，轻轻往她耳朵里吹气。

顾逸迩实在受不了他手指的逗弄，低吟道：“不好。”

“不好？”司逸喘着气低笑，“那你搬过来吧。”

顾逸迩不明白这两者间有什么关系。

“你搬过来，怎么都好了。”他吻了吻她的额头，“阳台，沙发，书桌，浴室，哪里都好了。”

“白日宣淫可是犯法的。”顾逸迩撑着他的胸口要将他推开。

司逸一把抓过她的手，咬住了她的手指，语气慵懒：“我有的是办法让你服软。”

接着，他不知道从哪里掏出来一件白袍，又戴上了眼镜，变成了那个眉目雅致，清贵骄矜，谪仙一般的司医生。

一双桃花眼里潋着波光，圈圈清漪都是致命的诱惑。

“这位患者，请问你哪里不舒服？”司医生懒懒地撑着下巴，嘴角泛起坏笑，声音喑哑。

顾逸迩最后还是屈服于司医生的淫威，勉强同意了同居。

嘉源总部大厦。

与高盛银行的融资谈判在18层大型会议室举行，高盛方派来的工作人员还未到场。

门外伺候茶水的两个员工窃窃私语着：

“你觉得咱们小顾总能赢吗？”

“这么大的融资案，董事长全权交给小顾总，不就是对她放心吗？”

“但是高盛是出了名的抠门啊。”

“实在不行还能用美人计嘛。”

另一个员工扑哧笑了出来：“那个副执行官能吃小顾总那一套吗？”

“我们小顾总要颜有颜要身材有身材还怕配不上他？”

两个员工越说越起劲，直到站在对面的部门主管用力咳了一声。

“来了。”

沉稳有力的脚步声响起，一群西装革履的人朝会议室走来。

为首的那个亚洲面孔，就是传说中的副执行官，Wayne Fu。

男人一身提花黑色西装，内搭同纹马甲，灰色衬衫和格纹领带显得禁欲矜贵，挺翘的鼻梁上架着一副银色无框眼镜，从容不迫地走在人群最前方。

站在会议室门外的员工恭敬地弯了弯腰：“Wayne先生好。”

“你们顾总到了吗？”男人声音清冷。

“到了，在会议室等您呢，请进。”

会议室门被打开，能容纳几十人的长椭圆形会议桌的最上方，顾逸迩正坐在那儿用投影仪看PPT。

她今天穿着Gucci条纹西装外套，搭配白色衬衫七分西装裤，踩着黑色高跟鞋，长鬈发被扎成了高马尾，减龄大方，也比上次见面的时候正式了许多。

“Wayne先生来了。”顾逸迩笑着走了过来，伸出右手，“幸会。”

付清徐礼貌地伸手回握：“幸会。”

“坐吧。”顾逸迩让助理带一行人入座，自己则是指向了座位旁边的中年男人，“这是 IBNC 的谈判官陆先生，由他来主持这次的谈判，以保证谈判的平等互利。”

“早就听说高盛出了个年轻有为的副执行官，今天终于一见庐山真面目，Wayne 先生一表人才，不愧是 HBS 出身的顶尖金融人才。”谈判官礼貌恭维。

付清徐微扬嘴角：“要说金融人才，顾总出身沃顿，自然是高我一截。”

“不比 Wayne 先生，华人想要在华尔街闯出名堂来，我明白其中的不易。”

互相恭维到此结束，可以开始谈判了。

双方为了避免在谈判中可能发生的因为利益要求差距太悬殊而导致的达不成协议的尴尬局面，提前对对方的金融组织和自身的利益目标制定了一个比较精准的市场估价。

完全公平是不可能出现在与金钱挂钩的利益圆桌上的，因此求大同存小异成了双方的重要谈判原则。

陆先生一开始就抛出了嘉源这边的利率要求。

作为奸商的顾逸迩自然是怎么赚得多怎么要求。

“顾总是不是太欺负人了？”付清徐面色不改，“这个利率我要是同意了，融资合同和我的辞退信恐怕都是同步下发的。”

“Wayne 先生也知道，国内经济最近萎缩得厉害，各个市场都在紧缩成本，我们作为民营企业，必须要跟着国家政策来。”顾逸迩苦口婆心，诉说着企业的心酸与无奈。

这栋耗资巨大的总部大厦才竣工不久，他们嘉源缺钱个屁。

双方开始唇枪舌剑。

顾逸迩一边吵一边在心里头把付清徐骂了个狗血淋头。

帮着美国人赚中国人的钱，他可真够出息的。

谈判进行了两个小时，双方不相上下，大家心知肚明，今天是吵不出个结果的。

中途休息期间，不少人都去洗手间了。

顾逸迩喝了口茶，缓缓说道：“付清徐，我们商量个事儿吧。”

她叫了他的中文名，说明已经不是在正式谈判了。

“你说。”

“你答应我的条件，林尾月你开个价，我给你。”

付清徐手里的杯子晃动了一下：“你不用这么急着证明你的奸商本质。”

“你要不答应，”顾逸迩挑眉，“我明天就给尾月安排相亲，后天就捆她去民政局。”

“你可以试试。”付清徐很淡定。

顾逸迩敲了敲桌面：“付清徐，你现在是外籍华人，就算你想回国定居，也需要时间吧？几个月的时间总需要吧？尾月她爸爸就盼着她能早点结婚，尾月孝顺你是知道的，要是这一段时间里出现一个各方面条件都不错的男人，你猜他们还会考虑你这个外国人吗？”

杯子里的水颤了一下，差点洒出杯面。

“顾总，你很适合去华尔街发展。”

“过奖了。”顾逸迩得意地笑了。

“不过不可能。”付清徐抬眸看她，语气清冷。

顾逸迩点头：“那行，明天我就给尾月报名‘非 × 勿扰’。”

“司逸给我发微信，说晚上要跟我喝一杯。”付清徐面无波澜，“或许可以选在酒吧。”

“随意。”

“听说本市有个 The King 酒吧，很有名。”

顾逸迩面色一冷。

“听说现在最受欢迎的亚洲男人类型就是司逸这种。”付清徐淡淡一笑，“换句话说，司逸他男女通吃。”

上完洗手间回来的员工听得一头雾水。

两个 boss 在说什么玩意儿呢。

怎么跟刚刚严肃的画风完全背道而驰？

无奈他们又不敢出声，反正听着也比谈判有趣，就坐在座位上面做出毫不在意的样子一边津津有味地听着。

整个上午就这么过去了。

一直到会议结束，等所有人都出去了以后，顾逸迩撑着下巴，口干舌燥地说道：“付同学，你念我们同学情谊一场，就答应了吧。”

付清徐蹙眉：“顾逸迩，你摸着良心说，你开的价是不是抢劫？”

“是抢劫没错，但是是把美国的钱抢到中国来，我简直就是英雄好吧？”

真是厚颜无耻得理所应当。

“谈判明天再继续吧。”付清徐起身就要走。

“对了，那天我想问你的问题，你还没有回答我。”顾逸迩也跟着起身，“你为什么会突然回来？”

“不是突然。”付清徐淡淡说道，“我每天都在计划着回来。”

“你和尾月怎么样我管不着，但是作为她最好的朋友我必须问一句。”顾逸迩语气沉了下来，顿了顿才开口问道，“她不会再有危险了吧？”

付清徐回答得很快：“不会。”

她松了口气，又问道：“你妹妹她，跟你一起回来的吗？”

其实当年他和付清莱一并消失，就不难猜到两个人是一起出国了。

“没有。”付清徐声音微冷。

顾逸迩走到他面前，仰头望他：“我不知道你这些年在国外是如何生活的，但是尾月这些年一直过得很辛苦。你的名字一直是个禁忌，只有喝了酒才能毫无顾忌地说出来，作为你的朋友，我很高兴你能回来，但作为尾月的朋友，我不希望她能这么快就原谅你。”

付清徐没有说话。

“你们之间空了十年。”顾逸迩轻声说着，每一个字都在扎他的心，“一句原谅，是补不回来的。”

付清徐目光深沉：“我知道。”

“既然你回来了，咱们也该聚聚了。”顾逸迩笑着拍拍他的胳膊，“总之，欢迎你回来，老同学。”

他一直都知道。

他们都没有变，变的只有自己。

谈判终于告一段落，顾逸迩揉着肩靠在办公椅上发呆。

她的办公室前有一面巨大的落地窗，从这里向外眺望，能够将市中心的繁华景象尽收眼底。

助理适时地送了一杯茶进来。

“Anna，你说，我今天上午给出的条件，是不是对于高盛那边，苛刻了些？”

助理愣了愣，有些犹豫：“顾总，您需要我说实话吗？”

“说。”

“那个资金估价，确实是高了。”助理咬唇，心中狂跳着说出了实话。

“我知道。”顾逸迩微微一笑，“自己有些任性了，不该把私人恩怨放进公事里。”

助理有些好奇地小声问道：“是上午您和 Wayne 先生说起的那个人吗？”

“是啊。”顾逸迩叹了一声，“她过得太不容易了，我不想她再受委屈了。”

她不知道付清徐究竟发生了什么，就只能站在尾月的角度上想问题。

若是换作她，可能真的会一巴掌扇过去吧。

又或许，付清徐比尾月更辛苦。

这是她这个外人永远也不会知道的。

“啊，今天好烦，不想工作。”顾逸迩站起身，“Anna，我要提前下班了。”

“那用帮您准备车子吗？”

“不用。”顾逸迩摆手，“新车到了，我自己开。”

开着那辆新买的保时捷 boxster，顾逸迩直接往医院奔去。

她按照医院地图终于找到司逸所在的科室后，溜了一圈却没发现他的人。

顾逸迩皱眉，难道今天扑空了？

她不死心，随便抓了个小护士打听。

小护士告诉她，今天司医生有台手术，大清早就进去了，现在还没有做完。

“他开始做手术了？”顾逸迩皱眉。

“司医生很受主任赏识的。”小护士崇拜地捧着脸，复又问道，“小姐，你是他的什么人啊？”

“我是他朋友。”顾逸迩挑眉，“谢谢你啦，可爱的护士小姐。”

说完，她就潇洒地转身离去。

余下淡淡的香水味。

小护士微微红脸，有些害羞地抿唇。

有点不想承认被一个女人撩到了。

顾逸迩就坐在手术室门口等司逸出来，手术进行时的灯还亮着。

据小护士说，这台手术已经进行了五个小时了。

她也不清楚自己到底等了多久，只知道手术结束后，家属匆匆走上前询问手术结果。

听说这台手术的病人是脑瘤晚期，瘤细胞扩散得很快，手术其实希望不大，但家属和病人都表示愿意一搏。

最先出来的那个医生她并不认识，也听不清他说了什么。

但家属却蹲在地上哭了起来。

她抿唇，有些不敢看。

医生们陆陆续续地走了出来，顾逸迩一个一个看过去，终于看到了熟悉的他。

司逸穿着手术服，戴着口罩和手术帽，但她还是一眼就发现了他。

他似乎没有注意到自己，眼神涣散地朝角落里走去。

顾逸迩跟了过去。

司逸靠着墙缓缓蹲下。

他捂着额头，像个孩子一样，在角落里抽动着肩膀。

顾逸迩握了握拳，走了过去。

她蹲在他身边，轻轻喊他："司逸。"

司逸猛地侧头看她，一双眼睛里布满了血丝，看上去憔悴极了。

良久，他的声音透过口罩传了出来。

"耳朵，病人死了。"

奇怪的是，她明明与那个病人素不相识，却因为他的这句话，对于这个生命的流失，升起了一股难以言喻的悲伤。

顾逸迩和司逸并肩坐在休息椅上。

"怎么这么早就上手术台了？"她问他，"我以为你还要再适应一段日子。"

"适应是需要在手术台上适应的。"司逸靠在椅背上，说话声很轻，"主任早先就给我做了思想工作，但我还是有些承受不住。"

术前明明还笑着对他们说麻烦医生了的病人，历经大出血，呼吸心跳都一点点地消失，最后在手术台上永远闭上了眼睛。

就这么眼睁睁地看着一个人死了。

“生死无常，这不是你们医生能决定的。”顾逸迩轻声安慰，“回家好好睡一觉吧。”

“二更已经在准备手术了。”司逸忽然侧头看她，挤出一个苦笑，“如果不出意外，是主任主刀，我二助。”

顾逸迩有些奇怪：“二更不是几年前已经做过手术了吗？”

“脑膜瘤已经接近三厘米，并扩散至耳部，建议手术处理。”

顾逸迩咬唇：“成功率高吗？”

“颅后手术平均存活率六年。”司逸顿了顿，又说道，“二更的姐姐，没有熬过六年。”

“不会的。”顾逸迩出声打断他，“二更不会的。”

司逸抿唇，闭眼，忽而换了个话题：“让你看到我刚走出手术室那一下，好害羞啊。”

“我觉得你很帅气。”顾逸迩绽开笑意，“是十七岁那年，坚定着跟我说要当医生的你，也是现在会为了病人的离开而感到悲伤的善良的你。谁规定医生就必须要有一颗钢铁之心，医生也是凡人，拥有七情六欲，怕生病怕死，怕亲近的人离开，但只要一日站在手术台上救回了一条人命，你们就是伟大的。”

司逸嘴角含笑，就那样温柔地看着她。

“这就是我一个外人，对医生的理解，司医生，好好加油。”顾逸迩比了个大拇指，“你说过，二更的命由你来救。”

司逸想起学生时代，他穿着白袍，和众多医学生一起，大声宣誓的场景。

“我决心竭尽全力除人类之病痛，助健康之完美，维护医术的圣洁和荣誉，救死扶伤，不畏艰辛，执着追求。”

“耳朵，这几个月我会很忙。”司逸抓起她的手，“我要尽快适应手术台。”

“你忙吧。”顾逸迩拍拍他的肩膀，“最近公司忙着融资，我也会很忙。”

“好想回到读书的时候啊，总能抽点空出来。”他轻声感叹。

“你都读了那么多年了，还嫌不够吗？”顾逸迩打趣。

司逸摇头：“最美好的日子，是怎么都过不够的，比如和你在一起。”

“忽然的骚，闪断了我的腰。”顾逸迩痛苦地捂着腰。

司逸低笑一声：“帮你揉揉？”

“少来。”

司逸揉揉她的头：“去看看二更吗？”

“好啊。”

两个人相携来到二更的病房。

从玻璃口那里望去，病房里除了二更，还有俞子袖。

两个人似乎有些不愉快。

顾逸迩小声问：“咱们该进去吗？”

“等等吧。”

两个人也不知道等了多久，忽然病房门被打开，二人下意识地后退了一步，没有等到人出来，却听见了二更的声音。

“我不可能跟你结婚。”

离他们近一点的女声带着哭腔说道：“浑蛋！”

随即门被打开，俞子袖满脸泪痕，哭着跑了出来。

“你们来了啊。”俞子袖咬唇，“我先回去了。”

留下一个落寞的背影，俞子袖就这么离开了。

二人对视一眼，一起走了进去。

二更急忙用纸巾胡乱地擦了擦脸，然后随意地丢在地上，冲他们笑道：“你们怎么也不说一声就来了啊。”

“来看看你。”司逸坐在他身边，低声问道，“怎么吵架了？”

“我不想结婚。”二更吊儿郎当地说道。

顾逸迩讽刺地笑了：“那怎么不分手？”

“我说过了。”二更垂眸，苦笑，“刚检查出复发那天，我就跟她说了。”

结果那个傻丫头，红着眼睛说不要，第二天就买了对戒，和他求了婚。

真傻啊。

“你就这么没自信吗？”顾逸迩咬唇，语气不由得变得凌厉，“这么不相信自己能活下来？”

“我赌不起。”二更的笑意僵在嘴边，“她是个好姑娘，不该守着我这么一个病秧子，结婚对她来说不公平。”

六年前的那场手术，他原以为一切尘埃落定。

等逸哥回来，他能笑着和他开玩笑，你看啊，你没回来，我就全好了。

然后再和子袖说，学妹，等你一毕业我就以身相许，用这辈子来报答你。

而现在他说不出这些话了。

他的姐姐，在两年前的那个秋天，刚做完手术，医生说很顺利，所有人都松了口气。

三天后，她在凌晨的时候，悄悄停止了呼吸。

亲戚朋友们送来的花束还沐浴着清晨的阳光，花瓣上滴着水珠，生机勃勃地开放着，而花束的主人却离开了。

她的命，还不如盛开期三天的花。

后来花枯萎了，被丢弃在医院的垃圾桶里。

他和姐姐永远地分开了。

她熬了那么多年，这一走，也不知是痛苦还是解脱。

尔知秋，出生在秋天，离开在秋天。

父母终于可以专心地照顾他，他却一点也不高兴了。

小时候，爸妈总是往医院里跑，弄得他很不开心，现在那个跟他抢爸妈的姐姐终于走了，他可以独占了，却更不开心了。

他们也曾为了抢夺看动画片的权利大打出手，他也曾和姐姐一起在爷爷家嬉戏打闹，看着夏天的蝉出生，再看着冬天的银杏叶从盛放到凋零。

姐姐也抱怨过，说他出生以后，就抢走了父母的宠爱。

所以她用生病来夺回宠爱。

然后她又抱着他哭，说宁愿永远和他吵架，也不想离开他。

她离开的前一天，和他约好，等两个人病都好了，就一起再去爷爷家玩，哪怕爷爷嫌弃他们姐弟俩，也一定要赖着不走。

第二天，这个不守信用的骗子就走了。

年过九旬的爷爷在葬礼上哭得像个孩子。

脑膜瘤复发时，他承认，自己再也乐观不起来，就连勉强的笑容也很难再挤出来。

“下辈子，我不想叫尔更绿了，叫了这名字，被笑了这么多年，结果还是没躲过去。下辈子，我要反其道而行之，叫尔更凉，这样我肯定能活到八十。”

他看着司逸，声音悲凉，却依旧笑着，只是笑得实在是太难看了。

司逸伸出拳头想要像以前一样给他一个栗暴，却在中途缩回了手。

“你这辈子还长着呢，别想下辈子了。”司逸皱眉，忽然用力地抱住了他，“这辈子你也能活到八十。”

二更回抱住他，终于在他肩上泣不成声：“逸哥，我怕死。”

他怕再也看不到每日初升的太阳，吃不到喜欢的烧烤和麻辣烫，怕自己永远消失在这个世界上，等过个几年，他再也没有痕迹存留在这里，所有人都会将他忘掉。

笑了二十几年的超级马大哈尔更绿终于哭了。

场面怎么看都滑稽。

顾逸迩转过身，咬着手指，用力憋着眼泪。

人就是这样，看似坚强，却又无比脆弱。

等二更终于哭完了，司逸的白大褂也湿透了。

“我得去换一件。”司逸起身，有些嫌弃地看着他，“你一个大男人怎么这么能哭。”

二更有些窘：“没控制好。”

司逸离开了。

二更有些不好意思地挠头：“逸姐，别笑我啊。”

“笑不出来。”顾逸迩代替司逸坐在了他身边，“跟你说个开心的事情吧。”

“什么？”

“付清徐回来了。”

二更睁大了眼睛，欣喜地反问她：“他真的回来了？”

“嗯。”

“那敢情好，咱们总算是凑齐了。”

“所以，你一定要好起来。”顾逸迩用力拍了拍他的肩膀，“不然子袖一个人单着太可怜了。”

二更抿唇，有些犹豫：“我和子袖……”

“感情从来不是无私的，你以为你给她的是最好的，但其实是逼她做了她不想做的选择，本质上还是自私。”她语气温和，轻言轻语，“看似是你无私选择放手，却并没有给她思考的余地，在感情上你一直享受着主导权，被自己的无私感动，却不考虑她会不会接受，若你真想为她好，不如放手让她自己做决定，无论对错，至少她可以自己承担选择的后果。”

“好，但我还是不会和她结婚。”二更垂眸，语气坚定，“至少在手术之前。”

第八章

/ 别再让我离开你 /

因为忙碌，生活开始变得昏天黑地。

嘉源和高盛的融资谈判进入了最后的阶段，双方都在为自己争取最后一点蝇头利。

顾逸迩都快忘了，有多久没见到过司逸了。

所谓同居，不过是同睡一个屋，睡觉的时间不一样，还是等于一个人住。

顾逸迩的办公室内，她正和谈判官商讨最后一次谈判，该用什么招数让付清徐认输。

“如果实在抓不到高盛的弱点，不如试试抓个人的弱点。”谈判官给顾逸迩出主意。

顾逸迩皱眉，付清徐的弱点她只知道一个，那就是林尾月。

她又不可能绑架林尾月来威胁付清徐。

“你能看出他有什么弱点吗？”顾逸迩按着眉心，语气有些烦躁。

谈判官也很无奈：“以他的铁血手段，年纪轻轻就坐上副执行官的位置，我想很难找到。”

“这不就行了嘛。”顾逸迩叹了一声，“从他兜里抠点钱出来可真不容易啊。”

“不过也许可以从他的家人那边下手。”谈判官将一份资料摆在她面前。

顾逸迩了无兴趣地打开资料：“无非就是他的父母了。”

果然，第一页就是付爸爸的资料。

“Wayne 在三年前脱户加入美籍，他的父母却没有反对。”谈判官抛出自己的判断，“他是付氏的继承人，按理来说想要自立门户没有那么简单。”

“他不是养子吗？”顾逸迩皱眉。

谈判官点头：“但付氏夫妇确实只有这么一个养子了，就算是养子也应该是有感情的。”

顾逸迩皱眉：“只有一个养子？他们不是还有个亲生女儿吗？”

谈判官似乎有些惊讶，笑着说道：“顾总，你和他不是老同学吗？怎么比我了解的还少啊？”

“什么意思？”顾逸迩问道，“难道付清莱也脱户了？”

“付清莱在几年前已经去世了。”谈判官翻到有关于付清莱的那一页资料，“当时是上了新闻的，这里还有一些记录。”

顾逸迩不可置信地低头仔细看每一个字。

中文资料上，付清莱的生死情况上写着简单的“已故”。

英文资料上，有当时新闻的部分摘取。

顾逸迩只觉得遍体生寒，握着资料的手都在发颤。

“据当时所说，她跳楼的时候，Wayne 也在房间里，陷入了重度昏迷。”谈判官语气平静，就像是在说一个简单的故事，“他醒来后，就被送到了医院，出院后准备高考，考入了 HBS，在拿到金融硕士学位的第二年进入高盛，三年前加入美籍。”

顾逸迩无法想象。

这短短几句话，付清徐熬了多少年。

“那他父母呢？”顾逸迩敛眉垂眸，语气疑惑，“现在还在清河市吗？”

“已经移民了。”谈判官语气平静，“几年前付氏出了财政危机，付英越将企业所有的股份都抛售了出去，夫妻二人出了国，一直没有再回来了。”

“这么干脆？”

“据说是被人使了绊子，不过他们也算运气好，抛售的价格不算太亏，卖掉的钱肯定能够保障下半辈子的生活了。”谈判官用手点了点资料，意味深长地笑了，“所以我觉得，这位 Wayne 先生一定不是普通人。”

顾逸迩仰头，语气调侃：“当然不是普通人，普通人在遭受那样的变故后，有几个能重新站起来的？他不但站起来了，还爬到了那样高的位置上，我这个老同学，可怕得很啊。”

从一开始见面，她就隐约察觉到，付清徐变了很多。

纵使脸还是那张脸，还是那副少言寡语的样子，但完全不再是高中时的付清徐。

高中时的付清徐，很少笑，却也是一个正常的十几岁男生，和朋友在一起时，会有不那么明显的情绪波动，至少是可以从他的眼睛里看出他的喜怒哀乐。

时间再往前推一点，他曾经和普通的男生没有两样。

或许比司逸还要活泼一点。

但现在，她已经完全看不透他了。

他那双眸子就如同一潭死水，唯一可见的波澜就是林尾月。

“我已经抓不住他的把柄了。”顾逸迩轻轻叹气。

只能祈祷，他是真心喜欢尾月。

“顾总？”谈判官的声音将她从飘远的思绪中拉了回来。

“陆先生，你先回去吧。”顾逸迩笑了笑，“这几天你辛苦了，回去好好休息，明天是最后一场谈判。”

谈判官起身理了理西装，点头：“顾总也别太辛苦了，我见您最近神色都憔悴了不少。”

“谢谢。”

送走了谈判官，顾逸迩才端起手边的咖啡，却发现已经凉了，她皱起眉头，让助理进来重新换了一杯。

新鲜的咖啡冒着白色的热气，顾逸迩看着面上一圈圈的波纹，最终还是选择打了通电话给林尾月。

“逸迩，有什么事吗？”

顾逸迩放轻了语气：“你在做什么？”

“在学校整理学生资料。”

“最近，付清徐有来找你吗？”顾逸迩试探着问道。

“没有啊，你不是经常和他见面吗？谈判成功了吗？”

顾逸迩舒了口气：“还没结束，他很难对付，尾月，我问你，我和他，你选哪一个？”

林尾月愣住了。

这个问题，就好像是问渣男，到底选哪个女人一样。

不过林尾月的选择很坚定："当然是你啊。"

"为什么不选他？"顾逸迩扬了扬嘴角，"我以为大多数人都是重色轻友的。"

"你是我最好的朋友，我没理由为了他而忽视你。"林尾月语气调皮，"再说了，他不是等谈判完了还要回美国的吗？"

顾逸迩咬唇，还是问出了口："尾月，你究竟喜不喜欢他？"

"我……"林尾月奇异地顿了一下，语气有些结巴，"你怎么忽然问这个？"

"他对你是什么想法，你我都心知肚明，现在我需要知道，你是否也喜欢他。"顾逸迩垂眸，看着桌上的那份资料，"还是说，你只是感激他而已？"

林尾月的声音很轻："我不知道。每次看到他，我就会想起那个下雨天，想起他不顾一切为我挡了刀，在想他的时候，我没有办法思考任何事情，我不知道这算什么，也不清楚这是不是喜欢。"

感情这种东西，实在是太复杂了。

她清楚自己和付清徐之间的差距，他的父母，他的妹妹，那都是她不敢跨过的禁区。

林尾月承认，自己是一个胆小鬼。

顾逸迩心情复杂。

她不知道该不该同情付清徐，他的满腔深情，其实还是没有彻底打动林尾月。

在不对等的感情里，先动心的人输得最惨。

这样也好，起码尾月一定不会受伤。

"按照你自己的想法去做吧。"

顾逸迩挂掉电话，靠在椅子上憩了一小会儿，又给司逸打了通电话。

那边传来机械冰冷的女声，提示对方的手机已经关机。

对了，他在忙。

顾逸迩开始渐渐懂了司逸的担心。

回来了，还不如没回来的时候，他们都太忙了。

而这种忙，比第三者还要可怕。

“司医生，司医生。”

蒙眬间有人推了推自己，司逸勉勉强强睁开了眼睛。

叫他的是和他同科室的李医生。

李医生有些无奈：“怎么不回办公室睡？”

司逸恢复了意识，周围的环境渐渐变得清晰了起来，他记起自己为什么会睡在这里。

上一台手术足足进行了六个小时，他一直保持着精神高度集中去学习主任的手法和技巧，等走出手术室那一瞬间，眼睛瞬间就失去了焦点，整个脑子一晕，就这样坐在手术室外，睡了过去。

迷迷糊糊间有人握住了自己的手，说了句谢谢医生。

他站起身，语气还有些散：“我睡了多久？”

“一个多小时了吧，都是时候吃晚饭了。”李医生拍拍他的肩膀，“一起去？晚上咱俩一起值夜班。”

肿瘤科很少有急诊病人，因此他们科室的医生经常拉郎配被安排到别的科室值夜班。

好不容易睡了过去，一个电话或是紧急铃响起，他们就必须从睡意中醒来，用凉水洗洗脸，强打着精神去看情况。

“好。”司逸按了按眼球，“我顺便去买杯咖啡。”

“你不是不喜欢喝速溶咖啡吗？”

“哪还有心思喝手磨的？”司逸苦笑一声，“能抽出点空喝杯咖啡就不错了。”

“我还以为你个大少爷是绝对不会妥协的呢。”李医生调侃地笑了笑，“咱们女同事可都把你当钻石王老五看，你这速溶咖啡一喝，人设就崩了啊。”

司逸挑眉：“你从哪儿看出我是少爷的？我明明就是民工。”

“民工开 SL400 戴卡地亚？真以为我不识货啊？”李医生指了指司逸穿在白大褂里面的那件白色衬衫，“光这件衬衫，就是咱们一个月的工资了吧。”

司逸微微有些愣，他是真没有注意到这些。

原本就一直不缺钱花，工作了以后自然还是按照原来的爱好买东西。

“抱歉，是我没注意。”

李医生不在意地摆了摆手："开个玩笑，我当然能看出来你家庭条件肯定不错，这个各人有命，羡慕嫉妒都是无济于事的。不过我想问你，既然你家条件不错，你为什么要当医生啊？"

司逸不知道被多少人问过，为什么要当医生。

他的答案一如既往："救人命啊。"

李医生啧啧了一声："情操够高尚的。"

其实一开始，只是想救二更的命，后来接触到的病人多了，就想着能用自己这双手拉一个病人从鬼门关回来，他读医的时候吃的那些苦就不算白费。

那些病人生病了，想活着，所以把性命交给了医生。

而他比病人更希望他们能够活着。

这就是他当医生，既辛苦又劳累，却又不愿放弃的理由。

值完夜班时，天已经快亮了，司逸准备回家睡个回笼觉。

刚走到更衣室，就发现好几个人在外面围着。

他走过去，不知道他们在看什么。

只见有人拿出手机在拍什么。

"你们在干什么？"

一个医生回头冲他比了个嘘："神经科的老袁睡在更衣室里头了。"

他往里看去，果然看见恰好能容纳一个人的衣柜里，老袁在里头睡得天昏地暗。

"他刚做完一台手术，直接睡死过去了。"

"这都能睡着，服了。"

"只要想睡觉，哪里都是床。"

司逸无奈地笑了笑，好不容易挤了进去，原是不想吵醒老袁的，但他的衣柜和老袁的挨着，他开柜子的时候不可避免地把老袁给吵醒了。

"司逸啊。"老袁伸了个懒腰，"我怎么在这儿睡着了呢？"

其他人笑着打趣他："我们都拍了，发朋友圈了。"

老袁怒了："你们侵犯我肖像权！"

其他人笑嘻嘻地给他看照片，老袁看着自己睡得那一副傻样，自己都笑了出来。

"哎，真怕有一天从手术台上下来，就直接一睡不起了。"

司逸眼神紧了紧，倒是其他人先一步骂他说不吉利的话。

“赶紧呸了！也不怕忌讳！”

老袁摸了摸鼻子，呸了三声，招呼人陪他去食堂买个面包吃。

司逸换好衣服，直接叫了辆网约车回了家。

回家时，在换鞋处看到了耳朵的高跟鞋，他猜耳朵应该还在睡觉。

司逸眯了眯眼，打算进卧室偷袭她。

结果打开卧室门，里面没有人。

司逸顿觉不对，下意识地走到书房门口，敲了敲房门，没有动静。

他干脆直接打开房门走了进去。

书桌上的护眼台灯还亮着，耳朵就这样趴在桌上睡着了。

台灯下，她的侧脸柔和，眼睛下方有隐隐的乌青。

她这么爱美，却还是不可避免地忙出了黑眼圈。

司逸叹了口气，走过去轻轻拍了拍她的脸，人睡死过去了。

他直接将她横抱了起来，抱回了卧室床上，又给她盖好了被子。

花了二十分钟洗了个澡，司逸用吹风机随便吹了吹湿发，也懒得管睡醒了会不会头疼，钻进被子里揽过她，跟着一起沉沉地睡了过去。

他没做梦。

可是双眼实在太重，察觉到她好像起床了，她好像摸了摸自己的头发。

她爬下了床，拿过了吹风机，按了最小功率，轻轻的呼呼声让他的意识更加模糊了，却能感受到温热的风吹在自己头上，还有她细长的手指一点一点地理顺他的短发。

司逸闭着眼享受。

顾逸迩窸窸窣窣地收拾了半天，又给他把边边角角的被子给拢好，悄悄溜出了房间。

房门啪嗒一声，被关上了。

也不知过了多久，司逸终于战胜了疲劳，睁开眼睛看着天花板发呆。

今天也没能和耳朵说上话。

谈判会议上，顾逸迩按着眉心，语气有些低沉：“Wayne 先生，这是嘉源最后的让步，再低的话，我们可就是义务劳动了。”

一身灰色西装的付清徐端坐在椅子上，双手交叠，终于点了点头：“我同意了，合作愉快。”

幸福来得太突然，顾逸迩都不敢相信他居然就这样妥协了。

“你再说一遍？”

付清徐耐心地重复了一遍：“我同意了，合作愉快。”

谈判官的语气也充满了惊疑：“Wayne 先生，你确定这个数字成交吗？”

付清徐摇头：“不。”

嘉源这边的人集体翻了个白眼。

“按照两天前的那个数字成交。”付清徐抬眉，语气清冷。

谈判虽然艰难，但嘉源拿到了自己想要的数字，并且出乎意外地在某种程度上赢了。

所有人都兴高采烈地走出了会议室，准备下班后好好庆祝。

而高盛这边，除了付清徐，其他几个白人倒也没有表示出不愉快，反倒和他们主动握了手，用英文说了句合作愉快。

顾逸迩心里头总觉得一拳打在了棉花上，赢得很不痛快。

感觉付清徐就是在让着她。

她果断地把付清徐拦住了。

“付清徐，你在玩过家家吗？”顾逸迩仰头看他，“哪有你这么草率的？”

“其实这个数字，对高盛来说已经达到目的了。”付清徐垂眸，面无波澜，“从一开始拟订的企划案里，我就没有想过要压融资资金。”

顾逸迩皱眉：“那你这几天在跟我谈个什么？”

付清徐微微一笑：“为了对付我，你们查了我不少资料吧。”

“你什么意思？”顾逸迩语气渐冷，顿了顿才伸手指着他，一副不可置信的样子，“你故意让我查你？”

“其实你想知道什么，大可直接问我，我不会隐瞒。”付清徐低头看她，声音却柔和了一些，“如果她也和你一样，愿意知道这些事。”

顾逸迩不懂他这话的意思。

“你在说什么？”

“我从不打无准备之战。”付清徐语气阴鸷，“不论是做生意还是其他的。”

付清徐离开了。

顾逸迩撑着桌子勉强保持住了身形。

她拿起手机，哆嗦着给林尾月打了个电话。

“逸迩？”

顾逸迩咬牙：“林尾月，你离付清徐远点，你会被他吃得连骨头都不剩！”

林尾月想了好几天。

她不知道所谓吃得连骨头都不剩是什么意思。

连带着坐办公室和人聊天的时候，她都出了神在想那句话。

直到辅导员不耐烦地咳了咳：“林老师，你到底有没有听我说话啊？”

“啊。”林尾月后知后觉地抬起了头，“你说什么？”

辅导员翻了个白眼：“我说相亲啊，相亲，这个周末给你安排了相亲。”

“哦。”林尾月低头，攥着手指，“不用麻烦了，我最近不想相亲。”

“为什么？”辅导员有些不解地看着她，“难道你喜欢上次在酒店见到的那个副执行官？”

林尾月用力摇头：“不是因为他！”

“林老师，你也老大不小了，别嫌弃我说话难听。”辅导员抱胸，苦口婆心地劝道，“你和他不是只是高中同学吗？现在你们差得这么多，根本不可能在一起啊，况且他谈完生意肯定是要回美国的。”

林尾月苦笑：“我知道啊，我没想过要在一起。”

“好了，这个周末的相亲就这么定了，我都跟人说好了，你不来不合适啊。”辅导员拍拍她的手，就这样替她做了决定。

林尾月想了想，还是放弃了反抗。

反正，她总是要结婚的。

自从上次付清徐把自己送回了宿舍后，他就没有再联系过自己了。

或许，是她自己自作多情了。

例行下班，林尾月带着一大堆要处理的资料打算拿回宿舍加班。

结果回了宿舍，还是一脑子糨糊。

林尾月烦躁地揉乱了自己的头发。

算了，还是去洗个澡冷静一下。

热水终于让她稍微忘记了那些烦心事，林尾月闭着眼睛暗示自己把付清徐这个人从脑子里抛出去。

等洗完出来，林尾月哼着歌拿起手机准备刷刷微博，却见手机显示有五通未接电话，全部来自付清徐。

她正思考着要不要回拨，手机又响了起来。

林尾月用力地吸了一口气，接起了电话：“喂？”

那边是他清冷的声音：“怎么不接电话？”

“在洗澡。”林尾月刚回答完就觉得自己这个答案有些尴尬，顿了顿，眼神不自觉地到处乱飘，“有什么事吗？”

“我在你宿舍楼下。”付清徐话语简洁，“下来吧。”

林尾月猛地跑到阳台上，身子稍稍探出往下看。

楼下停着一辆巨型商务车。

有不少学生和老师在旁边叽叽喳喳的。

林尾月暗叫一声不好，赶紧换了衣服，连头发都来不及吹干，就跑下了楼。

她敲了敲车窗，主驾驶的车窗缓缓降了下来，露出了一张英俊的白人面庞。

男人用英语对她笑道：“Miss，could you please sit in the back seat？”

她愣愣地点了点头，打开了后车门。

果然，付清徐就坐在后面。

他正在看笔记本电脑。

见她来了，他轻轻笑了笑：“上来吧。”

林尾月机械地上了车，车子便发动离开了宿舍楼。

“你这是，要带我去哪里啊？”

付清徐侧头看她：“约会。”

林尾月咽了咽口水：“你可以不要面无表情地说出这两个字吗？”

“那我该是什么表情？”付清徐挑眉，薄唇微启，“林小姐，你愿意跟我约会吗？”

林尾月像做梦一样被带到了餐厅。

“这一家很贵的。”

下车的时候，林尾月悄悄扯了扯付清徐的衣袖。

付清徐脚步一滞，连自己都不曾察觉的，语气柔软了下来：“不用想着帮我省钱。”

“啊，你请客吗？”林尾月后知后觉地问了一句。

付清徐低头看她：“不然呢？”

“我以为AA呢。”林尾月尴尬地摸了摸鼻子，“事先声明，我很能吃的。”

“我知道。”付清徐毫不在意，径直领着她就往里走，“所以我今天把餐厅包了下来。”

林尾月神色复杂：“你怎么和逸迩一样，有钱烧的？”

顾逸迩也特别喜欢包餐厅，虽然知道她不缺钱，但就是觉得，吃个饭而已，没必要包场。

“不想有人打扰我们。”付清徐给出了充分的理由。

两个人面对面地坐在精心布置的餐桌上，侍应生从前菜开始，一道一道地上菜。

林尾月中西通吃，既喜欢吃高级牛排，也喜欢吃家常小菜，只要是合她胃口的，她没有不喜欢吃的。

小时候是怕长不高，所以逼着自己不挑食，长大了以后就再也没有忌口的了。

比起付清徐的斯文有礼，细嚼慢咽，把西餐吃成了一幅画，林尾月就显得正常多了。

她也从没勉强自己要融入什么上流社会。

一个半小时后，终于吃完了。

林尾月擦了擦嘴巴，就打算告辞。

结果，付清徐先开口了：“下一家。”

林尾月啊了一声，又问：“什么下一家？”

西餐厅的暖暖灯光下，付清徐的五官显得柔和又深邃：“我们去吃下一家。”

“你不怕胖吗？”林尾月有些担心地问他。

“我每周会固定去健身房。”付清徐语气淡淡，“不用担心。”

林尾月叹了一声：“但是我怕啊。”

“你太瘦了。”付清徐轻轻蹙眉，“需要多吃一点。”

林尾月虽然个子不高，但体重绝对是正常水准，不存在“瘦”这个字。

于是，她很有骨气地拒绝了。

“好吧，那我们改天。”付清徐没有勉强她。

车上，二人坐在后座，林尾月没有玩手机的心思，偏偏付清徐不知道在处理什么，一直盯着笔记本看。

她忍了半天，还是好奇地凑了过去：“你在看什么？”

付清徐也没避讳她，直接把笔记本往她这边挪了挪：“嘉源的资料。”

页面的左侧是自动目录，林尾月看到了一个小标题，是顾逸迩的名字。

“这是逸迩的资料？”她指着那三个字。

付清徐点开标题，接着页面就成了顾逸迩的个人资料。

从毕业院校到家庭情况应有尽有，就连顾逸迩从小到大拿过的大奖小奖都写在上面。

林尾月并非什么都不懂，她明白付清徐为什么会看这个，只是……

“你在回国前，就知道要见逸迩吗？”她轻声问道。

付清徐点头：“对。”

“那你为什么不提前说。”林尾月咬唇。

“就算提前说了，也只是让自己更加心急。”

“你一直都知道我们的情况，你知道逸迩继承了嘉源，你也知道怎么联系她，但是这些年来，你杳无音信。”林尾月皱眉，语气渐渐地有些激动，“你没有联系我们，尽管你可以。”

付清徐将笔记本盖上，眸色渐沉：“我不可以。”

“为什么？”

付清徐不再说话。

林尾月一急：“你究竟有什么难言之隐？”

“我曾经和你说过。”付清徐轻轻启唇，“我没有你想象得那么好。”

“我不管你好不好，我只想知道，你为什么这么多年一直不回来，又为什么忽然回来。”林尾月抓住他的胳膊，神色复杂，“你不是让我原谅你吗？如果你不说清楚，我怎么原谅你？”

“原来她没有告诉你。”付清徐忽然意味不明地说了一句。

林尾月不解：“什么？”

“顾逸迩在警惕我。”付清徐轻叹了一声，“她做得再对不过。”

他这种从地狱里爬出来的人，有什么资格接近太阳。

他此次回来的目的本就不单纯，顾逸迩知道了他的目的，所以才不愿

意配合他，把事情告诉林尾月。

就在车内的气氛逐渐紧张的时候，前座的司机忽然说了句："Sir，it is time to take medicine.（先生，到吃药的时间了）"

"Not until I return to the hotel.（等回酒店再吃）"

林尾月质问："吃什么药？"

"你不需要知道，我送你回学校。"付清徐没有回答她。

"付清徐！"林尾月头一次对他吼出了声，"我们不是朋友吗？"

付清徐忽然看向她，眸子里的光忽明忽灭："我从来不觉得我们是朋友。"

林尾月不可置信地看着他。

"我喜欢你。"付清徐皱紧了眉头，语气低沉，"这十几年来，我想的不是怎么和你重新成为朋友，而是怎样让你成为我的人。"

林尾月呆滞地望着他，说不出话来。

她想起那年的摩天轮。

她坐在里面，一边眺望着风景一边感叹，真希望永远和朋友们在一起。

他问她，那我呢？

哎？你也是朋友啊。

当时眉目清秀的少年，蹙着好看的眉毛，说，我不是你的朋友。

她有些受伤，绞着手指嘟囔，我以为我们早就是朋友了。

付清徐的声音清冽，却又带着点着急，我们以前是，但现在不是了。

林尾月嘟嘴，为什么啊，我哪里做得不好吗？

少年苍白的脸上，也不知是不是因为霓虹的映照，泛起了浅浅的薄红。

是你做得太好。

少女张着嘴，半晌后才迟钝地啊了一声。

付清徐不耐地啧了一下，接着起身坐到了她的旁边。

他的手非常快速地在她唇边点了一下。

付清徐轻轻问她，懂了吗？

她懂了。

那时候，她根本没有余地去思考他。

可随后，他便消失了。

林尾月终于彻底明白，她为什么恨他，纵使顾逸迩和司逸他们都已经看开了他的不辞而别，而她却依旧耿耿于怀。

他这个告白完，就拍拍屁股离开的浑蛋！

林尾月冷笑一声："你喜欢我是吗？那你告诉我，这些年你经历了什么？为什么不联系我们？"

"你不会想知道的。"付清徐苦笑一声，撇过了头没再看她。

林尾月用手掰过他的头，逼他和自己对视："我想知道。"

付清徐有些惊讶地睁大眼睛，眸间意味不明，语气低沉："小太阳，你可以不这么好吗？"

"那你可以不这么好吗？"林尾月咬唇，"不要请我吃饭，不要送我回家，也不要替我挡那一刀子，让我这么多年来都忘不了你。"

"我给你最后一次选择的权利。"付清徐覆上了她的手，体温冰凉，"不要再问，或是……"

"我选后面一个！"林尾月开口打断了他的话。

"如果你后悔的话，"付清徐望着她，"我会把你绑起来，再也不能离开我。"

"我不后悔。"

付清徐轻轻笑了，朝司机说道："Go to the hotel.（回酒店）"

付清徐将她带到了酒店套间里。

这是他回国后的暂时居所。

林尾月咽了咽口水，局促不安地站在客厅。付清徐脱下西装，解开领带，走到厨房泡咖啡。

"这里只有酒店的手磨咖啡，你喝吗？"

林尾月猛地回身看他："哦，随意。"

几分钟后，付清徐给她端了一杯咖啡。

他先一步在沙发上坐下，指了指旁边："坐吧。"

林尾月挪了过去，拘谨地坐下。

"你不用怕，我不会做什么的。"付清徐喝了口咖啡，说出了她担心的事情。

林尾月小脸一红，苍白地反驳："我没怕！"

付清徐没说话。

她喝了一小口咖啡，苦得她龇牙咧嘴的。

“要加糖吗？”付清徐体贴地问。

“没事，无糖咖啡不长胖。”林尾月把咖啡杯放到了茶几上，正襟危坐，“你把我带到这里来做什么？”

“你想知道这些年我经历了什么。”付清徐微微一笑，“你问吧。”

林尾月犹豫了一会儿，小声地问了个最基础的：“你是一个人回国的吗？”

“是的。”

她眨了眨眼，声音更小了：“那，你妹妹呢？”

付清徐垂眸，喝了口咖啡，声音淡淡：“死了。”

林尾月没有理解他的话，反问道：“死了是什么意思？”

“从这个世界上离开了。”

林尾月惊疑：“怎么会！？”

“我当时用一条命来换自由，她用她的命又重新将我束缚了起来。”

他迷迷糊糊被送到了美国，起初，公寓里只有照顾他的人，和准时的一日三餐。

他以为，自己自由了。

直到付清莱出现在公寓门口。

他放弃了挣扎，每日躺在床上，像一具行尸走肉。

原来，温暖这种东西，真的不是他该奢望的。

直到那天，付清莱喝得醉醺醺的，付清徐忍着恶心将爬上床的她推开。

付清徐用力压抑住反胃的冲动，内心的愧疚和无助像洪水一样席卷了他的神经。

他不要这样，就算是死，也要逃出去。

时间久了，他的意识也开始渐渐剥离开来。

恍惚间，他想起了清河市的点点滴滴。

来到付家之前，他没有父母，但每天有老师有朋友，一起玩跷跷板，一起玩滑滑梯，倒也算开心。

直到那一对打扮高贵的夫妇将他接走，他过了一段非常开心的日子。

他穿好的，吃好的，用好的，而且还能学钢琴，学书法。

付清徐从来没有这么感激过，自己的幸运。

后来，付清莱出生了，头几年，他还是幸福的。

多了个朝夕相处的妹妹，从此空旷的家里，父母不在时，他有了伴。他跟同学炫耀，自己有个可爱的妹妹，而且特别听话，特别依赖他。

哪里知道，这也是悲剧的开始。

他放弃了热爱的篮球，放弃了课后的活动，也放弃了和同学朋友之间的正常交流。

只为了付清莱能放过他们。

后来，他上了高中，遇见了另一帮人。

他们实在太可爱了，明明内心告诫自己，不要和他们交朋友，不要害了他们，可还是忍不住靠近他们，亲近他们，和他们玩笑，和他们享受平静而又欢乐的高中生活。

他前桌的那个女孩儿很特别。

她笑起来的时候，眼睛会眯成月牙，她软软小小的，总是嘟囔自己矮，却从来不知道，对于他来说，无论高矮胖瘦，都是无比可爱的存在。

喜欢这种情绪实在奇怪，让人恼，又让人欢喜。

纵使知道，她不喜欢自己，他生气，但也没办法干涉。

毕竟，只要能喜欢她，就已经是一个巨大的惊喜了。

可能是他太贪心遭到报应了，付清莱还是没有放过她。

也没有放过他的这帮朋友。

美好的日子，终是要结束的。

他一直身处地狱，上天赏脸给了他一束光，他就以为那是属于他的。

年过半百的付氏夫妇终于在唯一的亲生女儿死了后，后知后觉地忏悔起来。

他们抱着他，对他说，等他好了以后，就接他回国。

他不过是替身，从来没得到过这对夫妇真正的爱。

不知道是在哪个夜晚，他梦到了林尾月。

梦里，她依旧笑得开心，像一道温暖的阳光，在他心间的每一处洒下了光芒。

他什么都没有了，只有她。

他曾经想，如果会让她受到伤害，那么宁愿自己永远活在黑暗中。

或许是劫后余生，他的想法改变了。

既然怕她受到伤害，那就把一切的阻碍都解决掉，再回去找她。

我的太阳，你等我。

出院，念书，上大学，拼命地活下来。

他终于能够独当一面。

对于重新蜕变后的付清徐来说，父母已经不再是父母，而是他需要挣脱的枷锁。

既然他们用钱来养育自己，那他就用钱来报答他们的恩情。

付清徐让他们穷途末路，却又在最后时刻，将这几十年他们在自己身上所花费的钱，数倍还给了他们。

让我脱户，从此以后我们不再是亲人。

这是他唯一的要求。

穷途末路的夫妇，唯有钱能够拯救生活，纵使万般不愿，终究还是点了头。

他又变得孑然一身。

再也没有什么能够伤害他的太阳。

“我身上背着一条命。”付清徐喝完了最后一口咖啡，“一直到我死，都没办法挣脱。”

林尾月看着自己那杯已经变得冰冷的咖啡，轻轻说道：“那不是你的错。”

“或许我一开始就不该来到那个家。”付清徐垂眸，睫毛在眼睑下方打上了一层阴影，“没有我，也许他们会是幸福的一家三口。”

“那跟你没有关系。”林尾月起身，“从头到尾，做错的人都不是你。”

付清徐看着她，苍白地笑了笑：“谢谢你。”

林尾月不知道该说些什么，这个时候，任何话都变得徒劳。

“我送你回家吧。”付清徐走到她身边，揉了揉她的头。

他转身就要打电话。

忽然，背后被一个温暖的躯体抱住了。

和十几年前一样，就是这副躯体，把他从绝望的边缘拉了回来。

他站在满是玻璃碴的地上，前方是万丈悬崖，跳了，就彻底解脱，不跳，就继续承受着痛苦。

她告诉他，痛苦终将结束，让他坚持下来。

“你太狡猾了。”林尾月语气哽咽，“你明知道，我没办法丢下你。”

付清徐转过身，更加用力地将她抱在了怀里。

纵使他再次陷入地狱，也绝对不会再放手。

“试着喜欢我一下好不好？”付清徐轻声请求，“别再让我失去你了。”

“好。”她点头答应。

付清徐放开她，无比克制地在她额上轻轻印下一吻：“小太阳，谢谢你。”

时间已经很晚。

“你今天晚上住在这里吧。”付清徐冲她笑了笑，“我不会对你做什么的，你可以放心。”

林尾月有些扭捏：“我没担心这个呀。”

付清徐没再继续纠结这个问题，让她先去洗个澡，明天再回学校。

她乖乖地走进浴室去洗澡了。

看着镜子里的自己，林尾月叹了一声。

明明说好不要这么轻易原谅他的，可还是没招架得住。

她衣服都脱了，忽然想起自己今天已经洗过澡了。

她有些尴尬地又把衣服穿上，悄悄走出了浴室。

付清徐已经不在客厅，林尾月有些奇怪，穿过客厅，来到了房间门口。

只有一间房间是亮着灯的，门是虚掩着的。

付清徐正坐在桌前，打开了一瓶药，娴熟地倒出了药片，就着水吃了进去。

林尾月打开门，直接问他：“你在吃什么？”

他难得脸上出现了一丝惊慌，急忙将桌上的几瓶药丢进了抽屉，站起身走过来问她：“这么快就洗完了吗？”

“我今天已经洗过了。”林尾月皱眉，又问，“你怎么吃那么多药？”

“没事，都是维生素片而已。”他笑笑。

“哪个正常人会吃那么多维生素片啊！”林尾月又红了眼睛，“你身体没事吗？”

“没事。”付清徐伸手按在她的头上。

他的衬衫袖口挽起，露出了洁白的手臂。

林尾月猛地拉过他的手，手臂上有好几条刀疤。

“这是什么？”

付清徐缩回手：“以前划的口子，现在已经好了。”

林尾月忽然“哇”的一声哭了出来，用力抱紧了他：“我以后一定会加倍对你好的！”

他笑了笑，将下巴撑在她的头顶上，语气温柔：“拭目以待。”

周末的相亲，林尾月思索再三，总要给辅导员一个交代，于是瞒着付清徐去了。

结果刚坐下,“你好”都没来得及说,某个男人就神不知鬼不觉地出现了。

辅导员惊讶得说不出话来。

付清徐面无表情道：“麻烦以后不要再给我太太介绍男人了，她已经有我了。”

太太？太太？？太太？？？

相亲的男人气急败坏地走了，辅导员怨恨地瞪了一眼林尾月：“都怪你，我好不容易给我老公建立起来的关系网！”

林尾月气笑：“你用我给你老公搭人际呢？辅导员，你可真会打算。”纵使她再好的脾气，也根本忍不了。

付清徐不急不慌地问辅导员：“请问你丈夫在哪家公司就职？”

男人长得太好看，辅导员下意识地就说出了那家公司的名字。

“了解了。”付清徐点头，“那你的丈夫可能要换一家公司了。”

林尾月被带走了。

车上，林尾月气急败坏：“我什么时候成了你太太了！我还没答应你的追求呢！”

付清徐淡定地工作着，没理她。

车子来到了民政局。

“进去一趟，出来就是了。”付清徐微微一笑，“请吧。”

二更手术前一个礼拜。

四个人终于集体在医院为他加油鼓气。

二更看着他们几个人，感叹：“当年叱咤全校的年级前四啊，居然都成了我的陪护，光荣！”

“别贫了。”司逸白了他一眼，“头发都没了还有力气贫嘴。”

二更摸了摸自己光溜溜的脑袋：“都说光头是检验一个人五官的绝对利器，我这样是不是帅呆了啊？”

司逸没理他。

顾逸迩和林尾月尴尬地笑了笑。

二更嘟嘴问付清徐：“老付，你不会撒谎，你说。”

“你既然知道我不会撒谎还问我？”付清徐微微挑眉。

“哇！你们都变了！”二更哇哇大叫，“我再也不是团宠了。”

“你什么时候是了。”司逸叹了声，“是不是得脑膜瘤都引发出妄想症了？”

二更委屈巴巴地哼了一声。

“好了，陆嘉和王思淼会在你手术前一天赶回来的，到时候咱们七个人一起给你打气。”

二更傲娇地撇头：“这还差不多。”

几个人又聊了会儿，顾逸迩忽然想去上厕所了，就强行拉着林尾月一起去了。

几个男人面面相觑，为什么女生不论什么年纪上个厕所都一定要拉着别人。

顾逸迩把林尾月扯到门外，眯着眼睛问她：“你跟付清徐好了？”

林尾月红了红脸，扭捏道：“还没有，不过快了吧……”

顾逸迩仰天长叹，果然啊，她是阻止不了的。

小白兔是干不过大尾巴狼的。

此时病房内。

“每天吃那些药，我都要烦死了。”二更抱怨，“是不是做了手术，我就不用吃了？”

“你这该吃的不吃，”司逸指了指付清徐，“他这个不用吃药的天天找药吃。”

“啥？”二更没听懂。

司逸睨了一眼付清徐：“你说你快三十的男人了，你又不缺钙铁锌硒，你找那么多维生素片吃个什么劲儿？”

付清徐很淡定：“强身健体。”

有钱没地方使吧。

术前的最后一次医生会议。

刘主任在安排人手时，低头思索了一会儿，指着后排的司逸说道：“司逸，这次你当一助。”

司逸抬头，眼神有些不解。

他刚接触手术不久，一助这个位置，对他来说显然有些高了。

一直到会议结束，他没有立即离开，刘主任似乎也知道他在想什么，关掉了投影仪后也没有急着走。

“你想问自己为什么这次手术是一助？”

司逸点头：“是的。”

刘主任微微一笑：“这些日子，你连家都很少回吧？”

手术上有太多东西是读书时学不到的，为了压缩时间，司逸申请了连续值夜，白天巡房观摩手术，晚上坐诊重新翻书，才渐渐地开始得心应手起来。

“尔更绿的手术难度并不大，但我知道他对你来说很重要。这些日子，他的病例病程和各项的诊疗化验、检测记录你都没有假他人手，对于我来说，你是最合适的一助。”

“如果这次手术顺利，我打算让你去一趟协和，学习更成熟的手术经验。”刘主任欣慰地笑了笑，“这不是我对你的优待，而是你值得。你是一个合格的医生，有足够的实力，也有一颗医者之心，如果你没有辜负我和你导师的期望，你将会是附二院最年轻的主任医师。”

司逸微微眯眼，低声道：“谢谢主任。”

“谢谢你。”刘主任感慨地捏了捏他的肩膀，“成了一名医生。”

师徒二人并肩走出了会议室。

刘主任最后调皮地冲他眨了眨眼睛：“也别光顾着工作了，个人生活还是要有的。”

他愣了愣，有些无奈：“主任，您别开我的玩笑了。”

“不用说，我都知道。”刘主任指了指他的右手，“一下班就把戒指给戴上了，也就那些姑娘只顾着看你的脸，真以为我没注意？你也老大不小了，打算什么时候请我们喝喜酒？”

司逸恍惚了一下。

结婚啊。

“没那个时间啊。”他苦笑。

这个时间点，确实很不适合结婚，光是工作就足够让彼此焦头烂额，哪里还有心思去想结婚这么复杂的事情。

“你们不比我们当年，我们那时候谈恋爱，就是奔着结婚去的。”刘主任呵呵一笑，打趣道，“不以结婚为目的的谈恋爱都是耍流氓。”

司逸有些无奈：“主任，我没耍流氓啊。”

“我又没说你耍流氓，行了，你去看看那小子吧。”

去到二更的病房时，俞子袖也在里面。

他站在门口，没有进去。

“学妹，你就非这么着急吗？”二更有些不情不愿，“手术以后咱们再商量这个事儿不好吗？”

俞子袖果断拒绝：“我不，要是结果不好，那你又不肯跟我结婚了。”

“我这是为你好啊。”二更摊手，“要是我死了，你不成寡妇了吗？现在没结婚，以后你还能迎接下一段感情，现在的男人很霸道的，二婚的女人对他们来说就是二等档次的，你长得这么漂亮，工作也好，没必要。”

“那你为什么就不能对我霸道一些呢？”俞子袖很委屈，“我只想嫁给你。”

二更叹气：“结婚这事儿很重要，我只是希望你能想清楚。”

“我想得很清楚。”俞子袖语气很坚定，“就因为结婚很重要，所以我才只愿跟你结婚，你一天不答应，我就天天求一次婚，直到你答应我为止。”

沉默良久，二更最终认输：“小丫头片子，还挺霸道的。”

司逸靠在门边，嘴边不自觉地露出一抹笑容。

他还是不进去了吧。

这两个人估摸着也快了。

他掏出手机，给付清徐打了个电话。

“出来喝酒。”话语简洁，而且是命令语句。

付清徐倒也没拒绝：“地址发给我。”

他找了间安静的酒吧，和付清徐两个人并排坐着喝酒。

“二更也快要结婚了啊。”司逸埋在柔软的沙发里，灌了口酒。

付清徐语气冷淡："你这是羡慕还是嫉妒？"

"又羡慕又嫉妒。"司逸侧头看他，"你不会也这么快就结婚吧？"

"等她彻底接受我。"

司逸有些奇怪："她不是早就接受你了吗？"

"我说的接受。"付清徐眸色清浅，"是指愿意和我共度一生。"

"难道她现在不愿意？你只要使点招数她就乖乖就范了吧。"司逸皱眉。

"这样没有意义。"付清徐垂眸，将手中的酒一饮而尽，"对于结婚这件事，我不想用骗的。"

他本来就用了不光彩的手段，才让她原谅了自己。

接下来，他不希望自己再去逼迫她做什么。

至少，该让她欢欢喜喜地点头答应。

不过是时间线拉得长一些，他有足够的时间去弥补她。

司逸又给他倒上了一杯酒："小学生遇见你，也不知道是倒霉还是幸运。"

付清徐挑眉："倒霉吧。"

他倒是很有自知之明。

"你们怎么都这么深情啊？"司逸忽然感叹，"我都快感动哭了。"

"你不是吗？"付清徐侧头望他，"你能想象，去爱顾逸迩以外的女人吗？"

他愣住了，爱其他人？

司逸很快就否定了这个问题。

两个人又陷入了沉默。

"所以你打算什么时候回美国？"司逸忽然问道，"你和耳朵已经谈好了吧？"

"谈好了，等二更手术结束后就回去。顾逸迩会跟我一起去，再把融资细节对一下。"

"她跟你一起去美国？"

付清徐点头："你不知道？"

"她没跟我说。"

又或者说，她根本没机会说。

他都半个月没回家了。

司逸烦躁地按了按太阳穴：“忙手术忙到什么都忘了。”

“你们很像。”付清徐用自己的酒杯轻轻碰了碰他的，“就连对待问题的方式都很像。”

因此在一方选择忽视时，另一方也默契地选择了忽视。

昏暗暧昧的灯光下，两个英俊的男人一杯一杯地喝着酒。

有女人端着酒杯过来搭讪。

司逸心里有事，直接无视了女人，而付清徐只是给了女人一个冷淡的眼神，便让她讪讪地离开了。

走出酒吧时，已经是深夜。

付清徐叫来了司机，问他：“回医院还是回家？”

司逸扶着额，微微启唇：“回家。”

因为半个月没回家，公寓都显得陌生了。

司逸在玄关处换了鞋，脚步有些虚浮，直接往卧室走去。

“司逸？”

他抬头，顾逸迩站在书房门口有些惊讶地看着他。

她洗了澡，穿着睡衣，一张不施粉黛的脸在灯光下显得清丽柔美。

半个月没见她了啊。

她走过来扶住他：“你怎么忽然回来了？”

她身体的香味钻进了他的鼻腔。

司逸一把抓过她的胳膊。

顾逸迩有些疑惑地看着他，紧接着，他一个低腰，将她横抱了起来。

顾逸迩有些被吓到：“干吗？”

他的额头抵住她的，用带着酒气的声音说道：“我很想你。”

醉意总是最好的催情剂。

他嘴里还残余着美酒，唇齿交融间，让她也平白多了一丝醉意。

司逸将她放在床上，一颗一颗解开她的睡衣扣子。

司逸用手指描绘着她的五官，有些低落：“结婚不好吗？”

“什么？”

“和我结婚。”司逸又将结婚二字重复了一遍。

顾逸迩有些结巴：“你喝醉了。”

“对不起，很久没回家了。”他轻叹一声，将头埋进了她的颈间，语气喑哑，“就连你要去美国，我都不知道。”

顾逸迩身子一颤：“付清徐告诉你的？”

“我记得跟他喝酒，却不记得问你，最近你好不好，有没有按时吃饭按时睡觉。”司逸自嘲地笑了笑，“我好像还是没从两地分隔的状态中走出来。”

他们早已习惯了在没有对方的环境里生活，靠着电话和网络纾解思念。

有时候忙起来，长时间不联系的情况也是有的。

如今终于能天天在一起，却好像习惯了分离的状态。

他们总是在鼓励对方，就算我不在你身边，你也要好好生活，努力工作，努力学习。

他们将这句话执行得很好，以至于不见面，不联系，也渐渐没觉得有什么。

这样的状态太可怕。

分隔两地的人，最怕的就是这种状态，不知不觉间，有没有对方，其实都不会影响生活了。

爱也开始渐渐消散。

等再次相逢，那种浓烈的爱意已经荡然无存。

“司逸。”顾逸迩忽然问道，“你说我们之间没有七年之痒，是不是因为隔得太远，连架都不敢吵。”

二十三岁那年，是他们在一起七年的日子。

他们隔着一个大洋念书。

打电话的时候，彼此还很得意，说七年之痒这种东西，在他们身上不存在。

其实根本不是这样，他们只是不敢吵架，不敢冷战。

拥有了距离这道隔阂，再吵就彻底完了。

看似同样要强的两个人，在面对感情时，像所有普通人一样，会陷入迷茫和无措。

他们也只是拥有七情六欲的普通人而已，多年的分离，看似稳固的感情其实也在慢慢崩塌，只是彼此间不愿面对。

“或许吧。”司逸苦笑一声。

“我习惯了。”顾逸迩望着天花板，眼神涣散，“我习惯没有你的日子里，想哭就看一场悲情电影狠狠哭一场，想发泄就去商场疯狂购物，遇到困难了就自己咬牙挺过去，习惯了我的喜怒哀乐里没有你的存在。”

他们之间没有第三者。

这是岁月给予他们的惩罚，离心。

他们不适合结婚。

就算结了婚，也还是和现在没有两样。

双方终于将华丽光鲜的外表撕下，深处里全都是因为这些年的分离而残留下的空洞和灰尘。

“怎么办？”顾逸迩终于哭着问了出来。

“别说那两个字。”司逸用力抱紧她，“算我求你。”

“那你告诉我。”顾逸迩费力地呼吸着，哽咽着问道，“我们怎么回到之前？”

回到那个无忧无虑的学生时代。

“我不知道。”司逸像泄了气一般，语气苦涩，“如果我知道，我不会放任这些日子就这样浪费。”

“司逸，我以为，我们和其他人不一样。”

她以为异地恋这种东西根本无法压垮他们。

“我们确实和其他人不一样。”司逸撑着胳膊，看着身下的她，忽然笑了，“耳朵，除了你，我没有办法再去爱另一个人了。”

他的爱已经太久了，久到已经深入骨髓，和自己同生同死。

他从不觉得自己深情。

自己只不过是始终如一地爱着十五岁时喜欢上的那个姑娘。

顾逸迩也跟着笑了，眼泪流得比刚刚还凶。

“我们好好的，把这道坎给迈过去。”司逸亲亲她的鼻子，眼神温柔，“再忙，也要记得给对方报备最近吃得好不好，睡得好不好。”

很细的小事，他们却很久都没做过了。

“好。”顾逸迩点头。

他们会好的。

第九章

/ 所有人都值得被温柔以待 /

二更手术前夕。

病房内，二更的父母把时间留给了年轻人。

二更被花海包围着，表情恼怒。

“你小子以为给我送这么多花来赔罪我就会原谅你吗？”

“哎哟，我的二更哥哥，我是真的临时有事啊，我机票都买好了，这前公司一堆烂摊子，我辞个职都用了大半年，现在就差最后一道流程了，你就饶了我吧。”

手机屏幕里，陆嘉双手合十，不断讨饶。

“这好不容易付清徐都回来了，你和王思淼算是怎么回事儿啊？”二更冷哼一声，语气不满。

标准硬汉长相的陆嘉也有些不好意思，冲着屏幕外边喊了声：“班长，班长大人，你快过来帮我说说话，求求情。”

屏幕里出现了一个面容清秀的女人。

王思淼早在读大学的时候就换上了隐形眼镜，又学会了打扮，一副腹有诗书气自华的才女模样，她能看上陆嘉并且主动表白，当时着实把这群老友给吓了一跳。

“就是他的错，连累我也要推迟回清河市。”王思淼语气淡淡，“等他回来揍他一顿死的。”

陆嘉大叫："你怎么能这么对你的亲亲老公！哇！"

王思淼非常冷静地回了一句："亲你个头。"

这对夫妻的相处模式真的很魔幻。

挂断电话后，二更瘫倒在床："这个老婆奴。"

"学长别气了。"俞子袖顺了顺他的胸膛，"给你顺顺气。"

二更一脸享受："学妹你真好！"

没结婚就已经有老婆奴倾向，还好意思说别人。

众人有些看不下去了，默契地起身准备离开。

"等等啊你们。"二更忽然叫住他们，"我有话对你们说。"

林尾月问道："什么话啊？"

"你们先坐下。"

四个人不知道他葫芦里卖的什么药，但还是又坐下了。

万年厚脸皮的二更脸上居然奇迹般出现了一抹红晕，他不自在地咳了咳，像是在起势，接着一个急转直下，用蚊子一样的声音低声说了句："这辈子有你们真好。"

顾逸迩听到了，故意皱眉问道："什么？"

"这辈子。"二更豁出一张老脸，"有你们真好！"

大家都笑了。

司逸起身走到他身边，伸手摸了摸他的小光头："那就加油吧，二更同志。"

二更红着脸，用力点了点头。

"我才不舍得离开你们呢。"

不能再打扰病人今天的休息了，四个人起身，这次是真的准备离开了。

司逸今天不用值夜班，但因为明天一大早要做手术，就干脆歇在医院了。

他把其他三个人送到医院门口。

"你们两个先回去吧。"司逸揽过顾逸迩肩膀，"我和耳朵有话要说。"

付清徐不置可否，侧头对林尾月说："我送你回去。"

林尾月点头，冲他们挥了挥手："那我们先走了。"

凉爽的秋风中，医院的林荫小道显得很是寂静。

司逸和顾逸迩并肩坐在长椅上。

顾逸迩恍惚间想起，他们真的好久都没有这样在外面安安静静地坐着发呆了。

自大学毕业后，就再也没有这样的机会。

好不容易相聚，结果却因为工作原因，不要说悠闲地散步，就连单独出去约会都没有过。

这段关系只要细想，确实很奇怪。

顾逸迩轻声说道："好久都没有这样了。"

原来时间过得这样快。

司逸笑了笑："现在感觉如何？"

"恍如隔世。"顾逸迩侧头看他，"原来长大真的是一瞬间的事。"

"耳朵。"司逸柔柔地叫了她一声。

"嗯？"

她看着司逸，夜色下，他的侧脸精致柔和，一袭白袍，如同夜空中的那抹明月，俊逸尔雅，淡然沉静。

岁月越久，将他这坛酒酝酿得也越发醇美香浓。

他已然退却了少年时的那股桀骜和疏狂，不再是将校服外套系在腰间的小男生，年岁渐长，不论是对待多年好友还是素不相识的病人，他的善良依旧没有变，与此同时，也多了一份成熟和内敛。

意气风发的少年郎长大了。

可他依旧是她爱的模样。

"你还记不记得，很久之前，你曾经问过我一个问题。"司逸看着她，眼波潋滟却又温润似水，声音清冽，"你问我，人的感情是不是真的说变就变的，现在我重新回答你一遍。"

她没有说话。

"或许我的喜欢不能移山海，也无法使沙漠变成绿洲，更无法令雨天放晴，令落叶重回树枝。

"可我会主动朝她的方向走几步，再走几步，如果她笑了，那么我会飞奔到她的面前，不会成为她的负担，也不会成为她掉眼泪的原因。"

那是十五岁时，司逸的回答，也是二十八岁时，司逸的回答。

他的笑宛若舒展的微风："这些日子我想了很多，发现誓言容易许诺，却难做到。"

顾逸迩喃喃出声："你已经做到了啊。"

“我希望你在面对我的时候，没有负担，只是简单的快乐。”他语气轻轻地说，“你相信我吗？”

“我当然相信。”顾逸迩靠在他的肩上，“这样的快乐，除了你，不会再有人能给我。”

司逸笑着揉了揉她的脸：“什么时候出发？”

“明天中午的飞机。”顾逸迩反问他，“你呢？什么时候去首都？”

“比你晚一点，还要看二更的手术结果。”司逸仰头看着月亮，有风吹起他的额间碎发，“等这次回来了，我们去约会吧。”

“去哪儿约会？”

“去任何可以约会的地方。”

“司逸，我有没有跟你说过，”顾逸迩抓起他的手，和他十指紧扣，“除了你，我也没有办法爱上另一个人。”

司逸低笑：“你刚刚说了。”

“感动吗？”

“不太感动。”司逸动了动肩膀，掐住她的脸，“你这是抄袭。”

“I can not fall in love with another person except you.”

“中译英，差评。”

顾逸迩鼓鼓嘴：“要求不要这么严格啊，司老师。”

他无奈地笑笑，伸手轻轻抚上她的发丝，将它们缠绕在指尖，黑色发丝与白皙的指尖，形成了一副交缠又暧昧的景象。

司逸眼里的那抹温柔秀色，仿佛能浸润整个凉爽的秋夜。

“你啊。”

她笑着接道：“我啊。”

“谢谢你，”轻轻的吻落在她的发间，“爱我。”

她也曾说过，谢谢他喜欢她。

只是这次，道谢的成了他。

说那句话的成了她：“那就用一辈子来报答我吧。”

“好。”

“看到那个月亮了没？”顾逸迩伸出小指头，“拉钩。”

“好。”他也伸出小指。

他们互相感谢，在大千世界中，能够一如既往地爱着对方。

这一夜，过得很快。

二更被推入手术室之前，尔妈妈握住他的手："儿子，你一定可以好起来的。"

"必须的啊。"二更反握住她的手，又看了眼母亲后面从刚刚开始就一直一言不发的父亲。

从小到大，他一直扮演着严父的角色，让青春期的二更一度很讨厌自己的父亲。

后来生病了，就觉得，无论严父慈父，都是他独一无二的父亲。

"爸，如果有下辈子，我还想当你儿子。"

双鬓斑白，神情威严的尔爸爸终于微微红了眼。

"这辈子还长着呢！就想着下辈子了！"

二更没心没肺地笑了："你这么凶，除了我谁还愿意再当你儿子啊。"

"不孝子！"尔爸爸扬起手掌，就要教训二更。

换作平时，二更肯定就哎哟一声往旁边躲了。

但他今天没有，反而笑着看着那一巴掌落下来。

想象中的巴掌并没有到来，一只厚重的手抚上了他的脸，像他小时候那样。

尔爸爸轻轻拍了拍他的脸，红着眼哽咽道："儿子，爸不能没有你。"忍了好久的眼泪终于掉了出来。

二更遮住眼睛，语气烦躁："知道了，别说了。"

俞子袖一直在偷偷地抹眼泪，待二更要被推进手术室了，才上前小声说了句："学长，我会等你出来的。"

"怎么说得好像我要坐牢似的。"二更笑笑，"小学妹，跟我做个约定吧。"

"什么？"

二更指了指自己："我醒来后的第一眼，如果向你求婚，你一定不要拒绝我。"

俞子袖透过那双模糊的眼看到了他嘴角边的笑意。

她郑重地点了点头："好。"

手术进行时的警示灯亮起。

麻醉之前，二更仰头看着司逸。

司逸戴着口罩，看不清全脸，但二更却能看见他眼里的担忧。

“逸哥，我的命就交给你了。”二更闭眼，喃喃道，“我想活着。”

司逸点头：“放心吧。”

头顶的手术灯亮起，二更迷迷糊糊地睡了过去。

飞机划过天空，留下一道飞行的痕迹。

将天空分成了两半。

顾逸迩望向窗外，今天天气颇好，云层之上，也依旧是晴空万里，蓝天无垠。

“也不知道二更怎么样了。”

付清徐坐在她身侧，语气平静：“等下了飞机，就能知道了。”

“都说傻人有傻福。”顾逸迩自我安慰，“他肯定没事的。”

付清徐关上笔记本，起身离开了座位。

“你去哪儿？”顾逸迩皱眉，“你这个冷血的银行家。”

付清徐面无表情：“银行家也需要上厕所。”

付清徐走到洗手间门口，显示里面有人，他也不着急，就站在门口等。

忽然又想起了尔更绿。

他垂眸，忽然笑了。

高中时缠着他问物理题，总是跟在司逸身后逸哥逸哥地叫着的笨蛋，怎么可能会有事？

毕竟他们这群朋友当中，最不能缺少的就是尔更绿了。

他从地狱爬出来，也更加能够明白生死之间的真正意义。

从来没有不舍这个世界，只是不舍身边的这群人。

这就是人。

洗手间的门被打开，他微微侧身让里头的人先回座位。

“付清徐？”

付清徐抬眼，看着眼前这个有些陌生的男人。

男人一头简单利落的短发，穿着皮夹克，用惊诧的眼神望着他。

付清徐微微皱眉：“你是？”

“不记得我了？”男人笑笑，“我是岳泽茗，我们是高中同学。”

付清徐记起来了。

他们从高一开学的第二月开始同班，但付清徐一贯冷淡，所以多年未见的同班同学，不记得名字长相也实属正常。

他记得岳泽茗，是因为眼前这个男人在高中的时候曾和顾逸迩一起参加过省赛。

当时岳泽茗和顾逸迩一样，拿了高中组的一等奖。

隐约还记得，司逸并不喜欢他。

“你在哪儿高就？”岳泽茗寒暄道，“真是好多年都没见你了，刚刚差点以为喊错人了。”

“在美国工作。”付清徐敛目，“我先去趟洗手间，顾逸迩就坐在那边。”

眼前的男人愣住了，良久后，他才用不确定的语气沉声问道：“顾逸迩吗？”

付清徐没有注意他的表情，微微点头，随后便侧身走进了厕所。

顾逸迩正百无聊赖地拿着平板电脑，撑着下巴看着窗外发呆。

“顾逸迩。”

剑眉星目的男人一身帅气的皮夹克、牛仔裤和马丁靴，五官轮廓分明深邃，嘴角还噙着一抹笑。

顾逸迩有些勉强地叫出了他的名字：“岳泽茗？”

眼前的这个男人，真的很难和高中那个沉默寡言、清秀瘦弱的男生重合在一起。

“你还记得我啊。”男人声音爽朗，“不枉我暗恋你那么多年。”

刚走出厕所的付清徐恰好听到了这句话。

他嘴角微勾，终于知道为什么司逸不喜欢他了。

醋缸又要开始酿醋了。

手术室内的司逸打了个喷嚏。

刘主任有些紧张：“怎么了？”

“没事。”司逸吸了吸鼻子，“可能感冒了。”

“继续缝针。”刘主任又低下了头。

司逸点头，转头对身旁的护士说道：“帮我擦个汗好吗？”

护士点了点头，赶紧用纸巾擦去了他额间的汗水。

差点就失手了，好险。

这可是二更的脑袋啊。

司逸后怕地想着。

顾逸迩坐在咖啡厅里，用勺子搅动着咖啡。

她的对面坐着岳泽茗。

顾逸迩不安地动了动身子。

“不用觉得不自在。”岳泽茗微微一笑，“老同学叙叙旧而已。”

“跟你无关。”顾逸迩勉强地笑了笑，看向岳泽茗身边的付清徐，“你在这儿做什么？”

付清徐神色淡淡：“帮司逸监督你。”

顾逸迩咬牙切齿：“你是不是受司逸传染了？”

“我先回银行了。”又喝了一口咖啡，付清徐站起身理了理西装，“等下我会让司机来接你。”

顾逸迩跟送佛一样：“赶紧走吧付大爷。”

付清徐离开了。

岳泽茗眼中带笑：“你和司逸，这些年还好吗？”

“挺好的。”

“那你们结婚了没有？”岳泽茗忽然问道。

顾逸迩摇头：“还没有。”

“他的速度有些慢啊。”岳泽茗意味不明地笑了，“我还以为，你们会一毕业就结婚。”

“你怎么会这么觉得？”她和司逸看着像是急着结婚的样子吗？

岳泽茗顿了一会儿，扶着下巴回想道：“毕竟被校草仇视不是什么舒服事儿啊。”

“他仇视你？”顾逸迩皱眉，“他为什么要仇视你？”

“男人之间的嫉妒吧。”岳泽茗眨眨眼睛，“毕竟有段时间我们不是朝夕相处吗？就省赛那会儿，天天在一起练习。”

顾逸迩想起来了，她那时正和司逸吵着架，所以有的时候就算遇见了也刻意装作没看到。

“那个时候我看到了。”岳泽茗挑眉，语气调侃，“某个人站在音乐教室外面，冷着脸往里看。”

“还有这种事儿？”顾逸迩很惊讶。

那时他隐约注意到，有视线总是从门外传进来。

他看向顾逸迩，她正毫无察觉地拉琴，他当然不会告诉她，司逸来了。

那天晚自习下课，他照常收拾了书包准备回家，结果在下楼转角处看到了司逸。

司逸靠在扶梯上，一手挂在上面，双腿交叠着，声音清冽。

岳泽茗那时候身高已经接近一米八了，不如司逸个子高，因此只能微微抬头才能看到司逸的双眼。

“别喜欢她。她很坏的，喜欢她对你没有好处。”

“没有好处你还喜欢她做什么？”

“谁跟你说我喜欢她了？”

岳泽茗无奈地笑了。

眼前的这个男生，听说从初中开始，就是女生们的首选告白对象，在男生们眼里，他学习好长相好，又会打篮球，见人总是一副温和有礼的样子，只是温和中又透着点疏离，让人无法靠近。

从来没人觉得他幼稚。

但岳泽茗却觉得，司逸简直就像是幼儿园的小朋友。

是年少时懵懂无措的心动，让司逸大乱阵脚，从而在这里拦住他，笨拙地警告他。

简直就是温室里养出来的花骨朵儿。

他个子不如司逸高，身体也不如司逸强壮，但心理年龄却比司逸大了不知道多少。

岳泽茗忽然有些恶意地说：“我初中就开始注意她，比你认识她的时间还要久。”

司逸皱眉：“所以呢？”

“在你还没有发现她的光芒时，我就已经发现她有多好了。”

司逸抱胸又重复问道：“所以呢？”

岳泽茗说出最后一句话：“在你为别的女孩子驻足时，我眼里就只有她一个人。”

司逸没有再继续问了。

岳泽茗果然说中了。

虽然大人总以为小孩不懂，但不论年岁多少，如果身边有足够优秀的人，总会忍不住分出目光去看，或许那算不上暗恋，但说是好感绝对绰绰有余了。

他不信司逸在十五岁之前没碰到过这样的女孩儿。

而他知道，顾逸迩不会因为他喜欢得比较久，就会礼貌性地也选择喜欢他。

毕竟感情，是这个世界上最没道理的事情。

"虽然很不想承认，但多亏了司逸。"岳泽茗指了指自己，"为了赢过情敌，大学期间我几乎是天天在泡健身房，身子骨终于硬朗起来了。"

顾逸迩看着眼前的男人，五官没有怎么大变，只是气质神态完全变了。

"我被父母管到十八岁，什么都是按照他们说的来，但其实我一点也不喜欢，现在来了美国，终于不用偷摸摸地看赛车比赛了。"岳泽茗咧嘴笑了笑，语气里似乎还有些不甘心，"司逸应该还是高中时那副斯文样吧？"

也是奇怪，司逸明明态度嚣张，傲慢又幼稚，却生得一张出尘绝世的好脸蛋，让人总以为司逸是个风度翩翩的真君子。

顾逸迩回忆起司逸穿白袍的样子，有些不好意思地点了头："好像比高中的时候看着还要斯文一些。"

岳泽茗了然一笑："打算什么时候结婚？"

"还没考虑。"顾逸迩低头嘬了口咖啡。

"到时候记得在高中群里说一声，我一定带着大红包过来参加。"

顾逸迩反问他："你呢？你结婚了吗？"

"没呢。"岳泽茗眼波流转，声音忽然轻柔了起来，"毕竟，很难再找到当年暗恋你的那种感觉了，而且我很感激自己当年喜欢上的是如此优秀的你。"

他喜欢的人是那样耀眼，哪怕不属于他，也值得将这份心情放在心底时刻骄傲。

顾逸迩垂眸，淡淡笑了："谢谢你。"

"我该谢谢你，还有司逸。"岳泽茗指了指她，又指了指自己，神色悠悠，"我记得高中毕业那会儿，孙杳在台上说，谢谢司逸让她变成了更好的自己，我当时也是想上去的，只是没有这个胆子。现在见到你了，就当着你的面向你们两个道个谢，谢谢你们俩，让我不断地努力前进，成了自己最满意的大人。"

也谢谢自己，在最好的青春年华里，喜欢上了最优秀的女孩，遇见了

最优秀的男孩。

纵使这段感情没有结果，但那份心情，却让他的高中岁月无比美好，至今想起来，也不觉有遗憾。

喜欢这种心情，本就是苦辣酸甜都有，有人因此消沉，有人因此不安，也有人因此，变得优秀。

两个人走出咖啡厅，打算就此告别。

顾逸迩忽然想到了什么，轻咳一声，犹豫半晌还是问出了口：“刚刚你跟我说高中时发生的那个事，你说你一句话就把司逸给堵住了，是不是说明，他真的在遇到我之前有其他在意的女孩子？”

她问得小声极了，羞赧的表情和她现在的职业女性打扮非常违和。

岳泽茗有些泛酸。

所以，他点头了：“从我的角度来看，是这样没错。”

“好吧。”顾逸迩点了点头，不难听出那一瞬语气里的低落。

岳泽茗笑了：“他现在都是你的人了，就算之前有什么也是未遂啊。”

“你不懂。”顾逸迩抬眼看着他，眼神中流露出一丝无奈，“我这人，挺小气的。”

原来她也有这样的小女儿家姿态啊。

岳泽茗心里头更酸了。

所以他不打算帮司逸说话了，就让他跪榴梿谢罪吧。

二更是在手术后的第二天早晨醒过来的。

他悠悠转醒，眼睛还没习惯刺眼的白光，动了动手指确保自己恢复了神智，视线的盲点才开始渐渐消退。

纯白色的天花板。

“醒了？”一个男声将他神游的灵魂拉回了躯体里。

二更稍稍侧头，看到了熟悉的那张脸。

他张了张嘴，嗓子有点哑：“逸哥？”

“嗯。”司逸将手中的水性笔收回衣兜，语气很轻，“活过来了吗？”

二更眨了眨眼，语气有些试探：“我，没死吧？”

“废话。”司逸轻描淡写地睨了他一眼，“你死了，那我是什么？”

二更吊儿郎当地笑了，嘴角一疼，笑的弧度太大有些拉着了：“这么说，我尔更绿能活到八十了？”

“傻人有傻福。”司逸笑了，“应该可以活到一百吧。”

二更不可置信地伸手指了指自己的脑袋：“那这瘤子？”

“很幸运，因为并没有成放射状扩散，还算剔除得干净。”司逸挑眉，懒懒地说道，“接下来，就看你自己的恢复了。”

二更忽然就哭了，眼泪哗啦哗啦地往外流。

“逸哥！”他大喊一声。

司逸后退一步：“干吗？”

“我要陪着你一起活到一百岁！”

司逸哭笑不得：“哦。”

也许是听到了病房内的动静，尔爸爸尔妈妈匆匆走了进来，语气急促：“更绿醒了？”

二更哭得更大声了，快三十的大老爷们，哭得比幼儿园的小孩还要凶，一把鼻涕一把泪的。

“爸妈，我能代替姐姐给你们养老了。”二更哭着笑了，看上去滑稽无比。

尔妈妈也跟着哭了：“那就好，那就好。”

尔爸爸捂着眼睛：“臭小子，净说些傻了吧唧的话！”

二更嘿嘿一笑，又问道：“小学妹呢？”

“上班。”司逸歪头，语气调侃，“说好的求婚，还求不求？”

“求求求，一定求。”二更擦了擦脸上的眼泪鼻涕，“逸哥，你帮我个忙，现在就去珠宝店买一个钻戒回来，要五克拉的，哦不，五克拉太小气了，十克拉的！”

他是不是以为十克拉的钻戒是菜市场按斤称的小白菜，去了就能买到的？

二更瘫倒在床上，像是卸下了所有的重担，大声地笑了起来。

姐姐，你看到了吗？

上天还是眷顾我们的。

司逸不再打扰他们一家团圆，转身离开病房，将所有的笑声和幸福留给了他们。

他轻轻带上门。

走在医院走廊上，司逸下意识地就笑了。

等他再抬眸时，有两个小护士正盯着他发呆。

他摸了摸鼻子，收敛了笑容，快步走回了办公室。

进门时，他碰上要出去巡诊的刘主任。

刘主任见他一副窃喜的样子，也跟着乐了："那小子醒了？"

"醒了。"司逸冲刘主任鞠了一躬，"谢谢主任。"

"不用道谢。"刘主任拍了拍他的肩膀，"这就是咱们做医生的职责啊。"

"主任。"司逸抿唇，神情认真，"也谢谢您，成了一名医生。"

刘主任微微一愣，鼻尖一酸。

"如果要谢的话，该谢谢这世上所有从事医疗事业的人。"刘主任语气一哽，随即大笑一声，"有了他们，多少死别，只是人生路上的一道坎罢了。"

这就是医生的意义。

"一个礼拜后的会议，我会正式提出，让你去协和参观学习的事情。"刘主任语气又认真了起来，"你要好好准备啊，司医生。"

司逸回到办公室，第一想法就是赶紧把这个好消息告诉耳朵。

她那边应该还是晚上。

视频通话倒是接通得很快。

手机里出现了穿着浴袍，一头湿发，不施粉黛的顾逸迩。

司逸稍稍愣了一下，问道："刚洗完澡？"

"嗯。"顾逸迩点头，"是来跟我说二更的情况吗？"

"二更他没事了。"司逸一一汇报，"手术很顺利。"

"哦。"顾逸迩将手机放在桌上，但是自己却没坐下，司逸只看得到她的浴袍腰带。

"你怎么不坐下来？"司逸皱眉，"给我看你的脸啊。"

"哦。"顾逸迩冷淡地应了一声，乖乖坐下，撑着下巴也没看镜头，把侧脸对着他。

司逸察觉出一丝不对劲。

她心情不好。

又想起她出国前两个人的约定，司逸耐心问道："怎么了？工作不顺利吗？"

"顺利。"顾逸迩微微嘟嘴，像个河豚，"感情不顺利。"

是指他？

“哪儿不顺利？”司逸当然要刨根问底了。

“知道了一件不太爽的事情。”顾逸迩瞥了镜头一眼，又赶紧瞥回去了，声音懒懒的，没什么精神，“我问你件事。”

“你说。”

顾逸迩沉默了好久，最后嘟嘟囔囔地问了一声：“你觉得我漂亮吗？”

司逸一愣。

那边似乎还有些不好意思了，催他：“说啊。”

当了三年的校花，四年的系花，到头来问他这么没有技术含量的问题吗？

“漂亮啊。”

“那你认识我之前，有没有遇见过更漂亮的？”顾逸迩咳了一声，怕他不懂又补充了一句，“让你印象深刻的。”

司逸想了想，他对女孩子向来不上心，看女孩子跟看萝卜似的，因此没什么外貌印象。

但要说印象深刻的，倒还真有那么一个。

“有一个吧。”司逸一边回想一边说道，“小学的时候……”

“不要说了。”顾逸迩皱眉，语气烦躁，“我要睡了，拜拜。”

视频通话戛然而止。

司逸一脸茫然。

这是怎么了？

他想了几分钟，决定还是联系一下付清徐。

付清徐那边接得很快，一听他说明来意就露出了了然的神色。

“在飞机上，碰到岳泽茗了。”付清徐淡淡说道，“至于说了什么，她不让我听。”

司逸蹙眉，语气低沉：“岳泽茗？高中那个？”

“嗯。”

虽然在打电话，司逸却感觉付清徐好像有点高兴：“你是不是挺高兴的？”

付清徐顿了一下，语气难得有些轻盈，“喜欢看热闹。”

这次算是真情敌了吧。

该死的女人，她就不能停止散发自己的魅力吗?

因为马上要动身去首都了,开不完的会巡不完的诊,司逸实在心余力绌，只好每天值夜班的时候，悄悄拿出手机，溜进高中群查探有关于岳泽茗的情况。

群里每天聊天的也就陆嘉那几个话痨，岳泽茗属于那种一旦群主@全体成员了，才会出来喊一声“收到”的小透明，司逸点开他的头像，地址显示在美国。

头像也是某个欧美演员。

终于在某一天,司逸按下了“添加到通讯录”键,备注那一栏什么都没写，他不信岳泽茗有胆子拒绝。

果然，岳泽茗同意了。

司逸嘴角一扬，赶紧点进他的朋友圈。

“朋友仅展示最近三天的朋友圈”。

司逸扔下手机，趴在桌上怀疑人生。

“司医生？”有人推了推他的胳膊，“一起去吃夜宵吗？”

司逸抬起头，是同科室的李医生，也是关系和他最好的。

“可以走吗？”

“没事没事，有老袁看着呢。”李医生大方地摆了摆手，“走，我请客。”

司逸没拒绝，打算换件衣服就跟着他去，李医生又补充了一句：“还有璐璐和小琴。”

璐璐和小琴是他们科的女护士。

司逸眯眼：“你不是有什么目的吧？”

“我能有什么目的啊？”李医生揽过他的肩膀，“都是同一个科室的，就当交个朋友喽。”

四个人随便找了家医院附近的餐厅，据说这里的党参汤是一绝，非常适合经常值夜班缺气血的医生护士。

两个女护士有些拘谨地把菜单推到司逸面前，道：“司医生，你想吃什么？”

司逸抬头，微微一笑，道：“你们点就好。”随即又低下头看自己的手机去了。

璐璐和小琴露出陶醉的神情。

李医生喝了口茶，侧头看了眼司逸，心想有脸的就是不一样。

司逸在跟岳泽茗聊天。

几分钟前，岳泽茗发过来一条信息。

【加我有何贵干？】

司逸思索了半天，才回复。

【叙旧。】

那边发了个“你在逗我吗”的表情。

【我们除了在走廊上那一次谈话，好像没有什么旧可叙了。】

司逸气结，只要一想起自己十五岁那一年的智障操作，就觉得胃疼。

【你见过耳朵了？】

【耳朵是指顾逸迩？她跟你说了？】

【付清徐。】

【所以付清徐真的在帮你监督她啊？】

司逸一下子就原谅了前几天付清徐的幸灾乐祸。

算他小子还有点良心。

【你跟她说了什么？】

那边发来一个“你猜呀”的表情，司逸直接回了个“你信不信我把你掰断”的表情包。

岳泽茗可能也是被这个直白的表情包给吓到了。

司逸挑眉，觉得这表情包还不错，他今天是第一次用。

趁着等菜这段时间，他心情颇好地给二更发了一张。

那边回了个“你好骚啊”的表情包。

忘了，尔更绿也是个骚货。

他给陆嘉发了一张。

陆嘉有过之而无不及，回了个“你这是在玩火”。

可以，一个胜一个骚。

司逸又给付清徐发了，等了两分钟，没回应。

他发了个问号过去，绿框下面一排小字——

对方已拒收你的消息。

司逸愣了两秒，笑了出来。

同桌的其他三个人不知道他在笑什么，都好奇地看了过来。

司逸收敛了笑容，但眼底里的笑还未全部褪去，潋滟波光藏在其中，让人不禁愣住。

“在和女朋友聊天，这么高兴？”李医生打趣问道。

司逸摇头：“和朋友。”

“在聊什么？”

“在斗表情包。”

两个年轻女孩都有些惊讶，原来司医生也喜欢玩这个。

这时菜被端上来了，几个人拿起筷子和勺子准备开吃。

司逸很少吃夜宵，出来吃完全就是偷着放松一下，他盛了一碗汤，就小口小口地喝了起来。

因为从小养成的习惯，司逸吃饭很斯文，而且没有声响，嘴唇抵在勺子的端口处，稍稍一倾斜，一小勺汤就流进了嘴里。

他喉结微动，接着再喝下一口。

两个女孩儿坐他对面，盯着他喝汤的样子出了神。

眉目清俊的男人，低眉敛目时，额前碎发有些遮住那双眸子，只看得见挺拔的鼻尖和一张薄唇微微开口，顺着完美的下颌线一直到他的锁骨那里，精巧得让人屏息。

他今天穿了件灰色羊毛衫，里面搭了件白色衬衫，俊逸尔雅。

实在是好看。

司逸不知道两个小护士在盯着他看，只是又把那张表情包发给了耳朵。

然后，他就把手机放在一旁，一边喝着汤，一边又时不时地瞥一眼手机屏幕。

“哎，别盯着人家了。”李医生伸手在两个女孩儿眼前挥了挥，“再看人也不是你的啊。”

璐璐有些不服气地嘟嘴：“你怎么知道？”

“你要能把人泡到手，早就泡到了，还用得着拜托我？”李医生刚说完这句话就自觉说漏了嘴，默了几秒后假装失忆，“司逸，你自己说，医院有没有看上的？”

司逸的手机屏幕忽然亮起来了。

他拿起手机，漫不经心地回答：“没有。”

李医生挑眉看着两个护士。

两个护士失落地叹了口气。

“那司医生，你谈过恋爱吗？”璐璐又不死心地问了一句。

司逸抬眼看她，点头：“当然。”

果然，这种男人就算前二十几年一直在学校里读书，肯定也是不乏追求者的，怎么会没谈过恋爱。

“司医生，你对你女朋友应该很好吧？”小琴撑着下巴想象道，“肯定特绅士，特体贴，特温柔。”

“你怎么会这么想？”司逸有些不解。

“因为司医生你给人感觉就是这样啊。”小琴掰着手指头细细分析道，“很少发脾气，对谁都很温和，但是总让人觉得，不是太亲近，你这样的男人，应该是把所有的温柔都给了女朋友吧。”

“没有。”司逸笑着摇了摇头。

两个小护士好奇地睁大了眼睛。

“在她面前，我也是个小孩。”司逸垂眸，笑容浅浅，“会吃醋会生气也会恶作剧。”

李医生有些牙疼：“司逸你这话说得我牙疼。”

“抱歉。”司逸抿唇，看着两个小护士，“如果你们的男朋友偶尔有些幼稚，还请不要嫌弃他。”

小护士们脸红了，心里都软成了一摊水。

司逸说完这句话，就又低头去看刚刚来不及看的消息了。

大洋彼岸的顾逸迩扔下手机，趴在桌上降温。

她抬起头来，双手捧着脸，有些生气地故意不看手机。

但是没几分钟，一只手又慢慢地挪了过去，猛地将手机抓了过来。

【司医生，我还在生气。】

顾逸迩要提醒一下他，不然他太得意了。

【耳朵，我吃醋了。】

顾逸迩挑眉，他还好意思说他吃醋了？

紧接着，他的下一句话就发了过来。

【你是不是因为碰见岳泽茗就冷落我了？】

顾逸迩愣住，原来司逸也还是记得岳泽茗的。

不用想，肯定是付清徐告诉他的。

顾逸迩咬唇，很嚣张地回复。

【是又怎么样？】

气死他。

【不怎么样，我就是告诉你，我生气了。】

【哼，所以呢？】

【所以等你回来以后，阳台还是浴室，你自己选一个吧。】

顾逸迩神色一赧，回了个不要脸过去。

【不要脸，要你。】

“流氓。”顾逸迩低斥一声，按下锁屏键，不打算回他了。

手边的文件，上面的所有英文单词仿佛都飘了起来，飞到半空中，化作一个巨大的爱心。

心里头轻飘飘，软乎乎的。

司逸等了半天也没有等来她的回复。

大抵是害羞了吧。

他不自觉地扬起嘴角，将手机放在一边，继续喝汤。

只是这次，他喝汤喝得有点魂不守舍了，嘴里喝着汤，眼睛却盯着手机看。

李医生有些奇怪：“司医生，你一直盯着手机做什么？”

璐璐打趣笑道：“手机里有宝贝吧？”

司逸没反驳，点头承认：“是有个宝贝。”

他不知道，说这句话的时候，他的语气有多温柔。

没把他自己酸到，反而把在座的其他三个人给酸到了。

一行人吃完夜宵准备回医院继续奋斗，司逸的手机终于振动了起来。

他赶紧解锁，却发现不是耳朵发来的，是岳泽茗发来的。

【顾逸迩是不是跟你生气了？】

【嗯。】

岳泽茗发了个得意的表情过来。

【原本不打算告诉你，但是看在你放下面子主动加我，就告诉你吧。】

司逸挑眉，岳泽茗还真是胆子肥了，明明高中的时候是个瘦弱小豆丁来着。

司逸看着他接下来的消息。

夜晚十一点半的清河市，夜生活才刚刚开始。

附二医院的周围，却提早陷入了沉寂。

昏黄路灯下，树影打在水泥地上，有光斑透过缝隙落了下来，洒在司逸的身上，像一道道细细小小的光圈，即使是在如此模糊的光线下，依旧将他唇边的笑意越映越大。

哦，原来是吃醋了。

当天，医院总群又热闹了起来。

璐璐最先说明了今天晚上有幸跟司医生一起去吃夜宵，了解了他不为人知的一面。

群里其他女同事纷纷表示羡慕嫉妒恨。

璐璐又有些失落。

【不过我听司医生的话，我和小琴应该是没希望了。】

其他单身女同事哈哈大笑，表示司医生是大家的。

【我听说司医生马上要去首都了？】

【对，去协和，相当于交流学习吧。】

【那他会参加今年的“十佳青年医生”评选吗？我看到公众号有他的名字了。】

【那个不是省级的吗？去首都的话应该参加的是全国级的。】

【今年全国的是第一届吧？要求可能没那么严，提名的大多都是年轻医生，司医生能选上也说不定。】

往届各省份的“十佳青年医生”一贯都对医生的学术造诣要求特别高，虽说是青年医生，但医生这个职业原本读书时间就比较长，省级历年来最年轻的十佳医生也有三十五岁了。

今年全国的选举是头一次，选举条件对这方面没有硬性规定，只要是品德优良，医术精湛，有一定成绩的医生都可以由各医院自行选出代表，参加全国投票，这其中群众投票占了很大一部分。

【那还等什么啊！肿瘤科的赶紧出来一下，把司医生的名字提上去啊，他可是咱们附二的门面担当！】

【肿瘤科的表示，早就提了，今天晚上十二点一过，就可以投票了。】

【各位转发朋友圈啊！我们附二医院扬眉吐气的日子终于到了，今年把协和干翻在地！】

第二天，司逸起了个大早。

他站在镜子前一边刷牙一边看手机。

然后，他被朋友圈的刷屏姿势给吓到了。

【我刚刚在“全国十佳青年医生”选举上为“清河大学附属第二医院肿瘤科医师司逸”投了一票，你也快来参加吧！】

【我们院最帅的医生，各位亲朋好友麻烦点进去，关注一下公众号就可以投票了，52 号支持一下！】

【为司医生“打 call”，亲们帮忙点一点投个票！】

齐刷刷的一片。

司逸点进去，他的一寸照片看上去打眼极了。

他扶额，稍微难为情了那么几秒钟，悄咪咪地给自己投了个票，然后果断转发给顾逸迩。

【你男人，帮忙投个票。】

搞完这件事后，司逸就没管了。

等中午吃饭的时候，李医生告诉他，现在他的票数是第一了。

司逸惊了。

赶紧点进去，他的票数果然以一骑绝尘之势把其他竞争对手牢牢甩在了后面。

“果然这是个看脸的世界啊。”李医生感叹道。

司逸不相信，医院这么多医生，他又不是每个科室的都认识，绝对不可能这么快就赶超。

他内心有个大胆的想法，有些小心翼翼地再次点开朋友圈。

林尾月：麻烦投一下 52 号司逸，我们高中校草，长得超帅的，各位老师同学帮帮忙，感激不尽！

二更：逸哥逸哥我爱你！就像老鼠爱大米！亲朋好友们！你一票，我一票，明天逸哥就出道！

陆嘉：52 号 52 号 52 号，我偶像，大家快投！！！

俞子袖：我姐夫！52 号，大家快帮忙投个票啦，么么哒！

王思淼：52 号，投一下，谢谢，不投拉黑删好友。

这还不是最高能的。

老妈：我儿子帅呆了！大家快投我儿子！

高哥：请大家投我妹夫一票，52 号，谢谢。

嫂子：大家快投我妹夫！！！不投我只能微博上大号拉票了！！

还好没加耳朵他爸妈，不然画风简直不敢想象。

最绝的还是这两个人。

付清徐：除了 52 号，随便投。

顾逸迩：我男人，投一下，得了奖请全公司吃饭。

就算得了第一名，他好像一点也高兴不起来。

司逸当选了。

整个附二医院的尤其是肿瘤科的都很高兴，恨不得锣鼓喧天鞭炮齐鸣的那种开心。

他们不但打败了老对手附一医院，这次还把远在天边的北协踩在脚下，扬眉吐气。

就因为他们医院出了个帅得惊天动地的司医生。

但是司逸本人非常不开心。

从小到大，他都一直秉承着靠脑子吃饭的原则，原因是小时候跟着保姆出门买零食，去路边摊用那种投个两块钱硬币就会闪七彩灯唱歌的智商检测机测智商，结果打败全国百分之九十九的人，称号智商小霸王。

所以，他一直觉得“花瓶”这两个字跟自己是无关的。

现在不行了，主任医师没当上，手术台上还没主过刀，就成了附二一枝花，每天被各种同事、同事家属、病人、病人家属围观。

他又不能去找亲友团那帮人算账，毕竟人也是真情实感帮他拉的票。

“领奖那天记得穿帅一点，给咱们附二争光。”

刘主任在他出发去首都之前，拍着他的肩一副语重心长的样子。

在他出发去首都的前一天，顾逸迩和付清徐回来了。

“给逸哥办个欢送会吧？”二更提议。

司逸又想起很久以前，大家还在上高中的时候，司逸因为要去首都参加培训，二更当时也是这么提议的。

时间兜兜转转，没想到第二次欢送会居然隔了这么久。

只是这一次，司逸没有再抱怨，只是去一段日子，又不是永远不回来了。

多年前这样说，谁知等他再回来，一切真的不再完整，人生太多的未知和不确定，让他不敢再去轻易地说出以后两个字。

他只想，趁着人生尚且美好时，珍惜每一分一秒，珍惜每一个人。

他们这一群人，从校服到职业装，从青涩到成熟，纵使不可能再像那时笑得无忧无虑，但起码，还拥有彼此。

二更豪掷千金定了个 SVIP 总统包厢。

据他说，是因为好久都没来过 KTV 唱歌了，今天一定要把扁桃体唱出来才行。

司逸原本是到了点下班就该走的，但临时有个病人出了点状况，只能和二更打电话说会迟一会儿。

KTV 里，二更挂掉电话后，跟到场的几个人说："医院临时有事，逸哥可能要晚点到了。"

陆嘉满不在乎地一边吃水果一边说："太正常了，自从逸哥学了医，我就没指望过他能够准时赴约。"

俞子袖有些好奇："司学长他真的那么忙吗？"

"学医的这辈子都在熬，念书的时候在熬，工作了也在熬。"陆嘉将手搭在沙发靠垫上，语气似笑非笑，"医生这个职业又不是说当就能当的，你见过多少换工作的能从别的领域换到医学这块儿？有天赋还不行，得肯花功夫念书，花了功夫也不够，还要花功夫练手，练了手也还不够，必须得在医院见识过各种各样的生离死别、医患矛盾，把心练成铜墙铁壁，基本上就天下无敌了。"

俞子袖了然地点了点头，但二更嘴边的笑意却消失了。

司逸那样好的数学天赋，若不是自己的身体出了问题，现在司逸该在自己的领域做着自己喜欢的事情吧。

他眼看那个人人夸赞的数学天才，放弃了保送去学了医，也开始熬夜学习通宵做实验，就觉得是自己让一颗明珠蒙了尘。司逸不该在这个年纪没日没夜的值夜班做手术，等一个职称等一面锦旗，以司逸的天赋，他应该站在更高的位置，享受着更多人的崇拜。

一直没说话的王思淼捅了捅陆嘉的胳膊。

陆嘉意识到不对劲，咳了一声转了话题："不过现在逸哥得了十佳，也算是走上了人生巅峰的第一步了。"

“他值得。”二更仰头，闭眼，KTV 里的舞台灯照在他晦暗不明的脸上，“还值得更好的。”

俞子袖捏了捏他的胳膊，给予他无声的安慰。

“逸迩他们怎么还没到？”林尾月有些不安地看了眼腕表，“他们也加班？”

“他们俩忙着呢，高盛入股 ICBC，付清徐调到国内，现在一整个资产管理链都暂时由他做主，嘉源因为拿到了高盛的融资，已经开始着手在美国开拓商业版图了，这两个人，已经不能用厉害来形容了。”陆嘉耸耸肩，话锋一转，调侃道，“想你男人了？”

林尾月撇头：“想逸迩而已。”

说曹操，曹操就到了。

门被打开，顾逸迩先侧头往里面看，笑道：“都在等我们吗？”

“哎哟，我们顾总来啦！”陆嘉搓着手就上前迎接，一脸的巴结样，“好久不见好久不见，顾总你真是越来越漂亮了！”然后又猛地抱了一下付清徐，“付总！多年不见！付总风采不减当年啊。”

二更看不下去了，嗤道：“陆嘉，别把你谈生意那副狗腿样用在这里行吗？”

顾逸迩非常受用：“陆同学，这是刚回清河有事需要我帮忙？”

“那是那是。”陆嘉挠挠头，“你也知道我们搞房地产这一块的，换了个城市就相当于从头开始啊，以前的客户源都帮不上忙了。”

“好说好说。”顾逸迩点头，“待会儿机灵点，要是少喝了一杯酒，我可就不帮忙了。”

“好的好的。”

其他人看不下去了，把头撇了过去。

果然再纯洁的友谊，只要和金钱挂了钩，也会变得世俗。

付清徐扶了扶眼镜，淡淡说道：“银行那边有不少闲钱在手等着投资的客户。”

陆嘉双眼立马放光，握住付清徐的手，语气激动：“付总！如果你愿意，今天咱俩就结拜为异姓兄弟，怎么样？”

付清徐只敛目轻轻笑了下，没说话。

王思淼皱着眉问坐在旁边的林尾月：“他们俩什么时候这么老奸巨猾

了？”

“学金融的心都脏。”林尾月小声说道，表情复杂，“而且我觉得他俩心一直就没干净过。”

和陆嘉聊完，顾逸迩踩着高跟鞋就直接往林尾月旁边走。

林尾月原本是往旁边挪了挪，等着顾逸迩坐下，又看见顾逸迩身后的某个人镜片正泛着光，看不清眼神，但是气场很可怕。

“逸迩，你坐过去点吧，待会儿跟司逸坐一起。”林尾月讪讪地说道。

顾逸迩转头看向付清徐，微微眯眼。

“你算老几？”顾逸迩抱胸，“尾月是我的女人。”

“是谁的，由她来说。”付清徐垂眸看向座位上坐立不安的某个人，“小太阳。”

林尾月红了红脸，声音细若蚊吟：“我是我自己的女人。”

陆嘉属于典型的看热闹不嫌事大，坏笑一声说道：“哟，林尾月你不刚刚还说只想顾逸迩一个人吗？”

顾逸迩挑眉，冲付清徐勾了勾下巴。

付清徐很淡定，径直走过去，坐在林尾月的身边，清冽的气息一下子就贯入她的身体，让林尾月想起了某个晚上。

“不想我？”付清徐凑到她耳边，声音低沉，尾音略微上翘，带着勾人的意味。

林尾月顶着一张似天边晚霞的脸站起身来，语气结巴：“我……我去上个厕所。”

顾逸迩看着林尾月落荒而逃的背影，不用想，肯定又被调戏了。

真是没出息啊。

她恨铁不成钢地摇了摇头。

“司逸呢？”顾逸迩终于后知后觉地发现还有个人没来。

“医院临时有事。”二更招呼她坐下，“咱们先吃点水果等等他吧。”

“不用了，直接开场。”顾逸迩脱下外套，拢了拢长发，问道，“你们要唱吗？”

看她这架势就是要开场的，谁敢抢？

大家纷纷摇头。

顾逸迩点了首莫文蔚的金曲《他不爱我》。

别人开场都是什么《好运来》或者《最炫民族风》，偏偏她一开始就点这么伤的情歌。

她声音本来就好听，说话时就宛转悠扬，只要唱歌找得到调，基本上不会难听到哪里去。

洋洋盈耳但是却又悲戚哀怨。

“我看透了他的心，还有别人逗留的背影，他的回忆清除得不够干净……”

这是咋了啊？司逸这是做了什么伤天害理的事情把人伤成这样？

一首歌而已，其实没必要这么发散思维，但是大家总觉得，顾逸迩这种啥都不缺的白富美，唱这种歌，肯定是因为感情出了问题。

“抱歉，我来晚了。”

司逸单手拿着外套，一脸薄汗，很明显是急着赶过来的。

他还微微喘着气，此时正好一曲完毕，所有人都看向了他。

司逸看着顾逸迩手里拿着麦克风，心里有种不好的预感。

果然。

二更皱眉看他：“逸哥，老实交代，是不是做什么对不起我们逸姐的事儿了？”

司逸看向顾逸迩，后者连一个眼神都懒得给他，走回座位了。

这个阴晴不定的女人，前不久还跟他在微信上斗表情包撩骚，今天提起裙子就开始搞他这个老情人了。

“没出轨，这辈子只爱顾小姐一个人。”司逸面无表情，语气也很机械化，“她如果刚刚唱了什么唾弃负心汉的歌绝对是因为最近又看了什么狗血小说，跟我没有半毛钱关系。”

好娴熟的“洗白”姿势，就好像在私底下排练过无数次一样。

司逸有些头疼，该怎么向耳朵解释他跟小学时遇到的那个女孩儿什么都没发生过呢？

等林尾月回来了，所有人都在沙发就座，除了麦霸二更坐在高椅上唱《生如夏花》，以庆祝他又重新活了过来这一伟大盛事。

“玩点什么吧？”王思淼提议道。

顾逸迩挑眉，勾唇：“国王游戏怎么样？”

在座的除了林尾月和俞子袖基本都是老司机了，没人反对。

由顾逸迩负责洗牌发牌，动作娴熟手指灵活，把在座的人看得一愣一愣的。

“逸迩，你怎么这么熟练？”

“在美国玩多了。”顾逸迩给每个人都发了一张牌，“老规矩，拿到JOKER牌的是国王，可以指定任意点数的做任何事，做不到的，三杯啤酒伺候。”

大家都没意见。

顾逸迩一拿到牌就笑了，语气懒散：“JOKER是我。”说完就将手中的牌甩到了桌上。

所有人内心都升出一股不好的预感。

希望别被她抽中。

“梅花5。”顾逸迩念出这倒霉蛋的牌，“来一首*Are you OK*吧？”

“梅花5在哪儿啊？”二更自己没拿到，就幸灾乐祸地到处找这个倒霉蛋。

林尾月大叫一声：“是付清徐，哈哈哈哈哈！”笑容极其嚣张。

付清徐面色铁青地看着顾逸迩。

“你出老千？”他眯眼沉声问道。

顾逸迩慵懒地靠在沙发上，朝他比了个请的手势：“请吧，付总。”

天道好轮回，苍天饶过谁。

他付清徐，总是要付出代价的。

司逸暗暗舒了口气。

好歹耳朵还是给他留了点尊严的，不舍得在这么多人面前搞他。

纵使付清徐在生意场上压她一头，以顾逸迩这种睚眦必报的个性，也是要在其他方面讨回来的。

“付总，你在美国待了那么多年，总不可能这种歌都唱不了吧？”顾逸迩还嫌他不够难堪，啧啧两声，语气调侃。

其他人默默不说话，这时候只要看热闹就好了。

付清徐闭眼，太阳穴重重地跳了两下，端起桌上的酒，也顾不得什么斯文，唰唰唰就解决了三杯。

林尾月笑得很欢畅。

有种大仇得报的爽快感。

顾逸迩自然知道付清徐绝对不可能扔下包袱唱歌，他喝了酒，她的目的就已经达到了。

付清徐侧头看了眼林尾月，镜片下的眸子流淌着令人害怕的神色。

林尾月收敛了笑容，讪讪道："愿赌服输呀。"

他意味不明地笑了。

在场的人都知道顾逸迩会出老千了，谁都不想再中她的招，扑克牌是肯定不能继续玩了，二更直接拿起桌上刚刚喝空的酒瓶，提议："这样吧，转酒瓶，瓶口对着谁，谁就对在场的某个人说句心里话，必须是平时不好意思说出口的。"

大家都没什么意见，只是觉得这游戏好像太没有意思了。

结果第一场就转到了俞子袖。

俞子袖深吸一口气，将灼灼目光看向二更。

二更下意识地咽了咽口水。

"尔更绿。"俞子袖郑重地念出了二更的名字。

"嗯。"二更后怕地点点头。

俞子袖拿过自己的包包，掏出了一个小盒子，当着所有人的面单膝跪地。

什么操作？

俞子袖掀开盒子，KTV 灯光下，一对钻戒就这样躺在天鹅绒上，每一个切面都熠熠生辉。

"学长，以前我跟你求过一次婚，现在你病也好了，不用担心会耽误我了，我就索性再求一次吧。"俞子袖一张小脸通红，大声喊道，"学长！嫁给我吧！"

脸皮如城墙般厚的老油条二更脸红了。

司逸"扑哧"一声笑了出来。

顾逸迩被这个邻家妹妹的行为给吓了一跳，随即又反应了过来，带头鼓起掌来，还起哄着喊"嫁给她"。

其他人也跟着喊"嫁给她"。

二更红着脸哇哇大叫："喊反了！谁嫁谁啊！"

众人才懒得理他，反正这时候谁像小媳妇儿扭扭捏捏谁就负责出嫁。

俞子袖语气有些弱了："学长，你不愿意嫁给我吗？"

二更扶额："傻丫头啊，是你嫁给我啊！"

俞子袖后知后觉地意识到自己说错了，吐了吐舌头："看电影都是男人求婚，顺口就说了。"

"尔更绿，你看看你那点出息！全世界的都知道求婚这种事儿应该男人来，你偏偏让学妹代劳，我鄙视你！"陆嘉数落道。

二更语气懊恼："我订的钻戒还没到啊！怎么求！"

俞子袖呆萌地啊了一声。

司逸笑着替他解释："我证明，他订的克拉数太大，要调货过来。"

俞子袖有些尴尬，但又掩不住内心的高兴，心里头简直就是冰火两重天。

"傻丫头啊，求婚这种事得男人来啊。"二更无奈地摸摸她的头，"算了，等真正的求婚戒指到了，我再跟你求一回。"

俞子袖笑了，转而又有些失落："那我买的这对戒指呢？"

"一三五戴你买的，二四六戴我买的，星期天随便戴。"二更扶她起来，"这样可以吗？"

"嗯！"俞子袖笑着看他，忽然一踮脚在二更的脸上重重亲了一口。

二更摸了摸自己的脸，低头小声在俞子袖耳边说："回家亲，随你亲多久。"

"回家亲啊！"陆嘉不知道何时凑到了他们面前，听了个一清二楚，"好肉麻的小情侣哦！"

"陆嘉你给我过来！老子今天废了你！"二更张牙舞爪地朝陆嘉扑了过去。

众人大笑。

大家举了个杯，继续开始下一轮。

瓶子这回转到了王思淼。

在场的人都很期待班长大人会说出什么话来。

王思淼没急着说话，猛灌了一口酒，看向陆嘉："陆嘉，你老实说，当初大一的时候接受我的追求，后悔吗？"

她知道，那是赶鸭子上架，其实当时陆嘉对她并没有多少好感。

陆嘉愣住了。

在他眼中，王思淼一直淡定沉稳，遇事冷静，两个人在首都打拼，每次他遇到工作上的瓶颈时，她总能悉心开导自己，从来没觉得他幼稚，也没觉得他作为一个男人，还需要她这个女人来操心，简直是丢脸。

他也喝了一口酒，一改往日的吊儿郎当，语气认真："我问你，你觉得我力气大吗？"

陆嘉体型健硕，看着就是一副大男人样子，从高中开始就是校篮球队成员，到了大学也一直是这样。

怎么可能力气不大。

王思淼点点头。

"如果当时我想推开你，我还没那个力气吗？"陆嘉微微笑了，"你拧我耳朵，打我揍我，我不反抗，是因为我不想反抗。"

如果低你一截，能让你在学习工作之余展露笑容，那我甘之如饴。

王思淼忽然笑了，眼角有光。

"老婆，那时候我不过是有些害羞。"陆嘉仰头，似乎在回想当时的那段场景，"总是数落我的班长，居然喜欢我，真是做梦都没想到。"

其他人听着二人对话，没有出声打断。

每个人都是自己故事里的主角，在他们的故事里，总有各种花好月圆，只有他们自己能体会。

半晌后，二更终于开口："还玩吗？"

"玩啊。"陆嘉挑眉，"今天就来个煽情大会。"

酒瓶继续在桌上转动着。

转到了二更。

众人都开始期待二更会有什么意想不到的发言。

真的令他们难以想象，二更也一改往日的形象，没有继续耍宝。

二更看向司逸，举起酒杯朝他干了一杯，语气有些复杂："逸哥，放弃你最爱的数学，值得吗？"

这个问题，一直像一块石头，牢牢卡在二更的心间，上不去，下不来，让人胸闷，让人愧疚难安。

司逸也跟着喝了口酒，笑了："值得。"

"为什么？"二更皱眉又问了一句，"你明明，可以不用活得这么辛苦。"

"这世上，辛苦是和回报成正比的，我从来没打算窝在一个安逸的环境里，就这样过一辈子。"司逸声音温润，"我用这双手，救了你，以后也会救更多的病人，这条路，我走得一点也不后悔。"

二更声音有些哽：“对不起。”

“谢谢你。”司逸扬唇，朝二更举杯，“是你让我找到了自己真正想做的事情。”

“逸哥，我爱你。”二更擦了擦眼泪，情真意切地“告白”了。

司逸将杯子抵在唇边，无奈地笑了：“免了吧。”

眼前这个空瓶子，将所有人藏在心底里，不敢说出来的那些话，统统都勾了出来。

他们的任性，在这么多年都没有被讨厌，不过是因为另一个人懂得苦衷，懂得珍惜，懂得谅解。

纵有争吵和矛盾又如何，一夜过去，再多的不愉快不过是发生在昨天，新的一天里，还是有人陪伴在身侧。

所有人都值得被温柔以待。

那个空瓶子还在转着，等待着下一个人，说出他一直藏着的话。

“到你了到你了不许害羞！快说！”

“啊不公平怎么老是指着我啊！出老千吧！”

“转个瓶子出个屁的老千啊！赶紧说。”

气氛又渐渐变得欢乐了起来。

最后一轮，瓶子转向了付清徐。

所有人都屏息期待着。

付清徐喝了不少酒，白皙的面庞上已浮现出淡淡的红晕，看上去秀色可餐，只是那双眼睛，却依旧亮如繁星。

“那个晚上，你后悔吗？”他声音清冷，语气却带着一丝灼热。

二更啊了一声：“问谁呢你？”

“废话。”陆嘉用嘴努了努脸瞬间通红的某人，“你说呢？”

“哦——”二更了然一笑，秒懂。

林尾月握着酒杯，皱着眉，一口灌进了喉咙里，喃喃道：“我才不会后悔呢。”

所有人都看见了，在她说出不后悔的下一秒，付清徐就笑了。

仿佛泠泠清辉下，微波漾漾的湖面，泛起一圈一圈的涟漪。

他语气难得轻快，对众人举杯：“谢谢你们。”

你们都是我生命中的阳光，照亮了我灰暗的人生。

大家也不知道他谢什么，只知道万年冰山付清徐今天终于融冰了。
为了庆祝冰山融冰，所有人也跟着举杯。
“为我们的友谊，干杯！”

第十章

/ 你是我的独一无二 /

这场局足足持续到凌晨一点半。

所有人都喝了酒，没一个人能开车送众人回家。

没法，只能叫代驾了。

付清徐今天是坐顾逸迩的车来的，司逸因为赶着来怕路上塞车，所以也没开车过来。

陆嘉和二更他们已经先走了。

顾逸迩叫的代驾还没到。

她的车拿去保养了，今天开的还是那辆劳斯莱斯。

顾逸迩欣慰地拍了拍车头："还好今天开的是老爸的车。"

林尾月赶紧阻止她："这么贵的车，别给拍坏了！"

"我又不是变形金刚，还能拍坏？"顾逸迩笑了，转头对付清徐说，"你的小太阳这些年省吃俭用，等你把她娶回家了，要对她好点，知道吗？不然我不会放过你的。"

付清徐喝了酒，难得的没有反驳顾逸迩的话，点点头应道："知道了。"

顾逸迩眯着眼握了握拳："你知道我的手段的。"

"顾总好手段。"付清徐懒得和她计较。

司逸按着太阳穴，有些晕，今天是给他开的欢送会，这帮人到后面就一个劲儿地给他灌酒，要不是读书的时候把酒量锻炼出来了，估计今天就横死街头了。

代驾司机终于赶来了，看着四个衣着精致都有些醉意的男女，无奈地摇了摇头。

这帮年轻人哦。

顾逸迩笑笑："来啦，就这辆。"说完就拍了拍车子。

司机看了眼黑得发亮的劳斯莱斯，咽了咽口水。

所以即使是深夜，公路上宽敞无比，又没有红绿灯，司机还是很遵守规则地该改道改道，该限速限速，比多年前考科目三还认真。

司逸坐在副驾驶上，开着窗解酒。

其他三个人坐在后排，林尾月已经醉得连胡话都说不出口了，靠在付清徐肩膀上重重喘气。

原本是先回学校，车子一直开到岔路口那里，付清徐忽然开口："她跟我去酒店。"

顾逸迩皱眉看他："司马昭之心。"

付清徐也没反驳，掐了掐林尾月的脸："小太阳，跟我回酒店吗？"

林尾月抱着他的胳膊，咧嘴笑了："回回回，我要跟我们家小徐徐在一起！"

真是喝大了吧，说话都不过脑子了。

车子开到酒店，付清徐横抱起林尾月，带着她回酒店了。

酒味终于稍稍散了一些。

司逸的公寓离市中心不远，十几分钟的路程而已，半夜不堵车，一下子就到了。

他头疼得紧，只想回家赶紧洗个澡睡觉，又怕顾逸迩穿着高跟鞋走路不稳会摔着，为了节省时间，索性就蹲了下来。

"干吗？"顾逸迩警惕地后退了一步。

"背你回家。"司逸皱眉，"高跟鞋脱了。"

顾逸迩鼓嘴，乖乖地脱下了高跟鞋。

司逸将她背在背上，站在门口等电梯。

他忽然从电梯门的反光那里看到了自己和她露出的半个头。

"我终于知道，什么叫背着整个世界了。"

顾逸迩咬了一口他的后颈："你说我胖？"

“不是。”司逸缩了缩脖子，眼神还稍许有些清醒，只是语气懒懒的，“是说你，是我的整个世界。”

顾逸迩不说话了。

两个人终于回到了家。

司逸打开灯，换了拖鞋就走到沙发那里将她放下。

刚转头，就看见她捂着脚后跟。

司逸坐在她旁边，问道：“是不是磨出血了？”

顾逸迩点点头。

“那就别穿这一双啊。”司逸蹙眉，起身往卧室走去，“等着，我去给你拿药箱。”

“你懂什么？这叫为美牺牲。”顾逸迩小声反驳，没让他听见。

家里有个医生就是这点好，药品齐全，小病基本上都能在家里找到药。

他提着一个小药箱回来，坐在她身边，将她的脚放在自己的膝盖上，轻声道：“用络合碘先消消毒吧。”

黄色的液体涂在她的脚后跟处，感觉冰冰凉凉的，顾逸迩下意识地缩了缩脚。

司逸皱眉，打了一下她的脚：“缩什么？又不疼。”

“谁说不疼。”顾逸迩扬眉，“又不是擦在你伤口上，你当然随便说喽。”

司逸叹了口气：“好好好。”低头在她的伤口处吹了吹。

温润的气息在伤口上激起一阵痒意，顾逸迩这回忍住了，没好意思矫情地说疼了。

最后贴上创可贴，大功告成。

司逸将药箱整理好，嘱咐她：“这两天先穿宽松的鞋子，听到没？”

“不穿高跟鞋我会死的。”顾逸迩皱着鼻头，一脸心不甘情不愿。

司逸捏住她的鼻子：“为你好，你怎么还不听话呢？”

“不穿就不显高，就不好看。”顾逸迩一本正经地解释，“你是男人你不会懂的。”

“你怎么都好看。”司逸将手按在她的头上，“听话，我去洗澡了。”

“你等等。”顾逸迩忽然拉住他的衣服。

司逸又坐下了：“怎么了？”

“你，还给别人这么处理过伤口吗？”顾逸迩口齿不清地问了出来。

“肿瘤科的不负责这种皮外伤。”司逸不知道她问这个到底是什么目的，但还是回答了。

“不是，我是说，你当医生之前，就，念书那会儿。”顾逸迩只好又把问题细化了一点。

司逸点头：“有过。”

顾逸迩眯眼：“给谁？”

“给你啊。”司逸笑了，“忘了吗？高中那会儿还是我背你去医务室的。”

“再早一点呢？”顾逸迩有些不甘心，继续刨根问底，“比如初中，小学。”

“我那个时候喜欢打架，都是别人给我处理伤口。”司逸站起身，解开衬衫扣子，“等我洗完澡你再问吧，一身的酒气难受死了。”

司逸去洗澡了。

顾逸迩泄气地拿过沙发上的抱枕用力捶了捶。

她今天喝得有些多，但又不至于醉倒，所以做事都格外大胆。

比如现在，她站在浴室门口，敲了敲门：“司逸。”

透过淋浴的水声，浴室里，他的声音显得有些悠远：“干吗？”

“我们一起洗吧。”

司逸经过热水洗涤，早就清醒了大半，顿了顿，语气有些奇怪：“你喝醉了吧？”

“没有啊，我清醒着呢。”顾逸迩语气很正经。

“……那你进来吧，门没锁。”

顾逸迩小心翼翼地打开浴室门。

一阵白汽冲着脸上扑来，怪热的，顾逸迩用手将白汽挥散，又问了一句：“我进来了哦？”

“嗯。”司逸语气很淡定，“拿衣服了没？”

“没有。”

司逸正在打沐浴露的手顿住了。

她今天真的好奇怪啊。

实在是觉得不对劲，司逸关上淋浴头，将隔间浴室门打开，就看见她正鬼鬼祟祟地做出要扒门的姿势。

司逸皱眉：“你洗澡不脱衣服的吗？”

“哦，不急。”顾逸迩眨眨眼。

司逸又指了指她身上那条裙子："你这裙子能沾水？我记得你说过是特意定制的。"

因为淋浴头关上了，没有热水出来，司逸又打开了隔间门，所以白汽渐渐消散，顾逸迩看清了他现在一丝不挂的样子。

他的身体很匀称，不瘦，但绝对算不上胖，锁骨精致，肌理白皙，从肩颈开始划出两条完美的线条直到腰腹，腰部精瘦，小腹处的几块肌肉正随着他的呼吸若隐若现。

再往下，她实在是看不下去了。

司逸注意到她的视线，酒气又有些上涌，撑着门低头问她："你到底是想洗澡还是想跟我做点别的？"

"我只想采访你几个问题。"顾逸迩泄气道。

"不能等我洗完澡问吗？"

"我忍不住了。"顾逸迩抬眼问他，"你以前是不是喜欢过别的女孩儿？"

司逸愣了一会儿，随即笑出了声："小醋缸子，果然在想这件事呢。"

"有意见吗？"顾逸迩凶巴巴地反问他。

司逸咳了咳："没有。"

"那你快回答。"

"没有啊。"司逸挑眉，"只喜欢过你一个人。"

"那小学那个，是怎么回事？"顾逸迩不死心。

"那个女孩儿只是我小学的时候参加过一个音乐比赛认识的，她跟你一样，都是学小提琴的。"司逸耐心解释道，"那个时候我很排斥学钢琴，努力练习就是为了考级和拿奖。后来那个女孩子在台上拉了首《夜曲》，就是我们都喜欢的肖邦的那个，我是因为她才喜欢上这曲子的，所以对她印象比较深刻，我连她长什么样都不记得了。"

顾逸迩果然没有那么生气了，反而表情还有些微妙。

"什么音乐比赛？"

"就是省级的中小学生乐器大赛啊，你没参加过吗？"司逸垂眸问她，"你不可能没参加过吧，你比我还喜欢拿证书。"

"那女孩穿什么颜色的衣服？"

"白色公主裙吧，问这个做什么？"

顾逸迩抿唇，神色复杂。

“你慢慢洗吧，我不打扰你了。”她转身就要走。

司逸一脸茫然：“不生气了？”

“不生气了……”

奇了怪了，平时可没这么好哄啊。

他心里头又有些不爽了。

难道她对自己已经不那么爱了吗？

司逸觉得自己也有些矫情，关上门打住了自己的胡思乱想，先洗澡了。

顾逸迩径直走到卧室，“啪”的一声倒在了床上。

太丢脸了，死都不要告诉司逸真相。

她居然吃她自己的醋，说出去都笑掉大牙。

顾逸迩咬唇用力蹬了蹬腿，又用手在柔软的床垫上重重捶了几下，红着一张脸埋进了枕头里。

也不知道这样待了多久，反正司逸都洗完回卧室了，她还在床上趴着。

司逸喊了她一声：“耳朵，去洗澡。”

“嗯，马上。”她嘴里说着马上，但身体丝毫没有要起来的意思。

“怎么回事啊？”司逸将她翻了个面，摸了摸她的额头，“你是不是发烧了？脸怎么这么红？”

顾逸迩捂住脸：“你别管我了。”

“我不管你谁管你。”司逸转身又要把医药箱拿出来，“量量体温先。”

顾逸迩一屁股坐起，拉住他的睡衣：“没发烧。”

“那你怎么了？”司逸坐在床边，有些担忧地看着她，“是不是还在生气？”

顾逸迩摇摇头，推开他就要下床：“我去洗澡了。”

“耳朵，咱们不是说好了吗？有什么问题都要当面说出来，这样才能两个人一起解决。”司逸微微蹙眉，拦住她不准她离开，“到底怎么了？”

她烦躁地把头发揉乱，吼道：“害羞！行不行！”

司逸更奇怪了：“明明是你提出要跟我一起洗澡的，我以前说你都直接拒绝的。”

顾逸迩鼓嘴，懒得理他了：“去洗澡了。”

司逸有些无奈。

只能等她洗完澡回来再解释一遍了。

等他都把头发吹好了，耳朵还没回来。

因为喝了很多酒，到这个点，他实在是有些撑不住了，本来想躺着等她洗好，结果躺着躺着就睡着了。

迷迷糊糊间唇上有软软的触感，司逸没睁眼，也没反抗，随她折腾，直到她跨坐在自己身上。

司逸要是还不明白她的意思那就白当男人了。

他一把握住她的腰，将她反压在床上，反客为主地吻上她的唇。

可能是动作有些粗暴，她有些不适地嘤咛出声。

司逸放慢了动作，手指轻轻勾了勾她的下巴，语气低沉："别生气了，这辈子我只喜欢你一个。"

"我知道。"顾逸迩嘟囔着说道。

"知道还别扭什么呢？"司逸眯眼，刮了刮她的鼻子。

"就是觉得自己好喜欢你。"顾逸迩一本正经，"有点不好意思。"

司逸顿了很久。

黑夜中，他的低笑声像是蛊惑神智的烈酒，勾得她魂魄全都不剩。

"这有什么不好意思，我也好喜欢你。"司逸低头，蹭蹭她的鼻尖。

接着，他从她身上离开，一气呵成地将她抱起，从卧室走了出去。

打开浴室灯，司逸将她放在冰凉的洗手台上。

"干吗？"她害怕地缩了缩脖子。

"别怕。"司逸温柔一笑，"今天试试这儿。"

"不行。"顾逸迩皱眉拒绝，"刚洗了澡。"

"那待会儿，再试试浴缸，顺带给你重新洗个澡。"他有的是办法。

第二天。

纵情欢愉过后，问题很大。

"你没做措施！"顾逸迩指着他的鼻尖斥责。

司逸垂眸，语气有些漫不经心："怀了就结婚。"

顾逸迩气急败坏："滚蛋吧你。"

她摔门而出。

司逸也有些生气了，昨天晚上还情意绵绵你侬我侬，今天一穿衣服立马就不认人了。

女人的嘴，骗人的鬼。

顾逸迩一边气冲冲地开车，一边猛按喇叭。

“会不会开车啊！”

忽然手机响起，顾逸迩接起蓝牙，语气烦躁：“干吗？”

林尾月的声音小小的：“逸迩，昨天付清徐跟我求婚了，他连钻戒都买好了……”

顾逸迩语气平淡：“我们先绝交三天吧，拜拜。”

她扔下蓝牙耳机，又按了下喇叭，催着前面的车快点开。

男人都是大猪蹄子。

不是，只有司逸是大猪蹄子。

司逸，医学博士，现任清河大学第二附属医院肿瘤科主治医师，曾参与协和医院、同济医院多项脑肿瘤的课题研究。发表 SCI 论文 7 篇，第一及其第二作者发表论文 3 篇，多次在国际、国内学术会议上发言。

公众号上刚刚发表了“全国十佳青年医生”获奖者之一，司逸的个人简历。

司医生从首都凯旋，为了给他庆祝，肿瘤科的同事们决定在希尔顿酒店好好撮一顿。

车上，璐璐和小琴还有另一个实习护士脑袋挤在一起，低头看着公众号文章，互相交头接耳说着悄悄话。

只可惜，司医生刚刚说他有女朋友了。

璐璐对司医生的女朋友好奇极了。

虽然知道名草有主，但打听打听条件应该不过分吧。

“那司医生，她漂亮吗？”

司逸回答得不假思索：“漂亮。”

因为猜到了，所以璐璐没觉得惊讶，又继续问道：“那她性格好吗？”

司逸没有再说话了。

他们期待着司逸会怎么形容女朋友。

而他们不知道的是，此刻司逸脑海中闪过有关于耳朵的种种。

但他还是觉得只有那个字适合拿来形容她。

司逸失笑一声，语气轻柔：“不好，她很坏。”

其他几个人都被他的形容词愣住了。

明明坏这个字是贬义的，但是他这样温柔地说出口，非但没觉得是骂人，反而让人觉得，这是含杂着宠溺和无奈的评价。

司医生拿女朋友的坏毫无办法的那种陷入骨子里的宠溺，让他们酸了。

看来她们是彻底没机会了。

三个护士同时喟叹了一声。

李医生挑眉："听你的口气，她应该是个性格强势的大美人吧？"

"嗯。"司逸轻轻一笑，"很精确的形容。"

车子开到酒店门口，由侍应生负责开进停车位，他们四个人刚下车，刘主任那辆车也到了，一群人集合一起往酒店大厅走去。

璐璐凑到小琴身边，小声继续着刚刚的话题："司医生的女朋友，家庭条件肯定很好吧？"

"司医生父亲都是那种地位了，对方肯定不是普通家庭出生。"

几个人猜测着司医生女朋友的身份。

走在最前面的司医生却忽然停了下来。

众人也跟着停了下来。

只看见，迎面走过来一群西装革履的人。

为首的那个年轻女人，步履自信，妆容精致，长发及腰，一身 Prada 职业装，正和旁边的中年男人说着话，似乎还没有注意到这边。

女人转头，瞳孔微张，也停下了脚步。

然后，两群人就以干架的队列同时停住了。

一直到司医生略有些匆忙地将女人拉走，所有人都还处在茫然状态。

此时穿着西装的那群人已经很快反应过来了，绕过他们就往门口走去。

擦身而过时，隐约听见有个年轻女人小声问道："那个帅哥是谁？"

"你不知道？小顾总她男朋友，是个医生，之前小顾总用私人微信给他男朋友拉票来着。"

"我没加小顾总私人微信啊。"

"加没加都一样啦。小顾总精得很，说什么男朋友拿了奖请我们吃饭，现在她男朋友拿了奖，谁都不敢开口让她履行承诺。"

肿瘤科的其他人坐上了电梯。

李医生皱眉思索："刚刚那个女人，好眼熟啊，在哪里见过来着。"

有人脱口而出："《当月金融》，嘉源的千金，光她手下就有两个基金会，其余的不动产就更不用说了。"

"司医生跟她是什么关系啊？我从来没看过司医生那么可怕的表情。"

"还能是什么关系？明摆着男女朋友关系呗。"那人挑眉，"不过也确实门当户对。"

其余人都沉默了。

一行人在包厢就座，主人公还没来，刘主任也没有要上菜的意思，大家就干脆叽叽喳喳地又闲聊了起来。

不知怎么就又说到了司医生头上了。

"所以司医生其实根本不是钻石王老五？他一直有女朋友啊？"有个女医生开口问道。

璐璐举手："刚刚我们几个坐司医生的车，听他说了。"

只是刚刚在楼下还在猜，没想到就这么直接撞上了。

聊得正起劲时，包厢门被推开了。

众人往门口看去，瞬间沉默了。

司医生冷着脸站在门口，身后跟着刚刚在楼下碰到的那个女人。

女人表情有些心虚。

"我给大家介绍一下。"司医生面无表情，"这是我女朋友，顾逸迩。"

女人稍稍点了点头："大家好。"

"司医生，你也太不厚道了。"李医生哇哇抱怨，"有女朋友还这么藏着掖着，早就应该带过来给我们看看嘛！"

司逸扯了扯嘴角："她不给我名分，没办法。"

顾逸迩用手肘推了推他，示意他别乱说。

司逸垂眸轻飘飘地看了她一眼，从鼻子里发出一声闷哼。

这是生气了。

肿瘤科的几个人头一回见司医生生闷气，跟看马戏似的盯着他。

两个人就座了。

刘主任呵呵一笑："你就是司医生的女朋友啊。"

司逸向顾逸迩简单介绍了刘主任。

顾逸迩礼貌地微微弯腰，点头笑道："我听司逸提起过您，刘主任，谢谢您在工作上对司逸的照顾。"

“哪里，是他自己努力。”

“主任，怎么您一点都不惊讶吗？”李医生好奇地问，“难道您早就知道了？”

“知道，但是也没见过庐山真面目。”刘主任眨了眨眼。

“司逸，你告诉主任不告诉我，咱们还是不是朋友了啊？”李医生有些不满。

刘主任摆手：“不是他告诉我的，是我发现的。”

“什么？”

“他手上的戒指。”

李医生这才发现，司逸的右手中指上，戴着一枚白金戒指。

“哎？你什么时候戴上的？”

司逸用左手转动了一圈戒指：“出来的时候。”

他是外科医生，为以防万一，上班期间手上是不戴任何东西的。

所以他从没刻意隐瞒过，是其他人没发现罢了。

既然人已经到齐，就可以边吃边聊天了。

大家都对司医生的女朋友很好奇，拉着他问东问西的，问问题还不够，还要端着酒杯问，答完就得喝。

众人嚷嚷着女朋友也必须喝。

大家虽然嘴上说得严重，不喝不给面子，但到底是不敢太为难女同志的，喝了两三杯后就把注意力重新放在司医生身上了，集体围攻他一个人。

司逸知道，自己今天不醉，他们是不会放过自己的。

眼见他温玉一般的白皙面庞渐渐染上粉雾，又见他清明如洗的眸子开始变得雾蒙蒙的，顾逸迩担心他再喝下去胃会不舒服，等又一杯酒过来的时候，她下意识地就替他接了过去。

“我帮他干了，大家别再为难司逸了。”顾逸迩举杯。

众人起哄，气氛更热闹了。

她仰头就要喝下。

一只手却从她手中拿过了酒杯，司逸轻轻将酒杯放在桌上，随意拿起桌边的一罐凉茶，食指扣住拉罐口打开，将凉茶推到她面前，语气淡淡：“你喝这个。”

顾逸迩有些愣住了：“我可以喝。”

“耳朵，听话。”司逸仰头将那杯酒干掉，又伸出舌尖轻轻舔舐掉唇边的酒渍，勾唇笑了，“酒我来喝。”

有人耳尖地发现了突破口：“司医生，你们之间还叫爱称的呢？真是好甜蜜哦。”

司逸的眼里有星星：“叫了十多年了。”

他眼中带笑，抓住她的手，在她手心烙下一吻。

顾逸迩的手心都快融化了。

饭局结束后，已经是晚上八点半了。

他们一共只开了两辆车过来，顾逸迩也喝了酒不能开车，干脆就联系司机过来接她。

李医生提议：“我开司逸的车先把几个女孩子送回家，最后再送司逸回家吧。”

顾逸迩没意见，她今天晚上还有工作，得早点回家。

司逸坐在副驾驶上，李医生给他系上了安全带，重重地叹了口气，到头来还是自己当司机。

司逸靠在椅背上，闭目养神。

车窗外的霓虹影影绰绰地映在他的醉颜上。

忽然，他的手机振动了起来，吵醒了他。

司逸皱了皱眉，接起电话：“喂？”

那头是二更有些兴奋的声音：“逸哥！戒指到了！”

“哦。”司逸脑子很蒙。

“你的也到了，送到我这边来了。”二更转而问道，“我什么时候拿给你啊？”

临近年末，所有人都在进行着今年最后的收尾工作。

这座城市，终是迎来了它的又一个冬季。

料峭的寒风中，吹不折的树枝屹立在宽阔的马路旁，灰色的天空让颜色各不相同的路砖透出沉闷，穿着大衣瑟缩着肩膀的行人手中捧着一杯热奶茶，白雾徐徐飘向天际，与空气化作一体。

顾逸迩站在落地窗前，喝着热咖啡，吹着暖气，看着外头的一片萧瑟。

她忽然轻声问道："Anne，你说，是不是快要放假了？"

助理笑笑："顾总，已经放假了，这个点除了高三生，基本上所有的学生都放假了。"

"是吗？"顾逸迩心中一叹。

她读高中那会儿，真的已经过去好久好久了。

"今天难得的周日。"顾逸迩看向助理，"别让这种好日子浪费在加班上，工作明天再处理也不迟，你回吧。"

等助理离开后，偌大的办公室里就只有她一个人了。

这个时候，她忽然很想打电话跟司逸聊聊天。

哪怕只是说些废话都行。

心里头这么想了，手就立马去找手机了。

或许就是心有灵犀，司逸的电话恰巧在同一时间打了过来。

"耳朵，我给自己放了个小假。"司逸的声音听上去很轻快，"你想不想也放个小假？"

"怎么放？"

"在公司等我。"

约莫半个小时，司逸告诉她可以下楼了。

顾逸迩收拾了东西，脚步有些匆忙地坐上电梯。

司逸的车就停在公司门口，顾逸迩冲车子里的他招了招手，打开副驾驶的门坐了进去。

"请问这位先生，我们的行程安排是什么呀？"顾逸迩笑着问道。

他今天一身长款的羊绒大衣，里头是灰色针织衫，成熟儒雅。

司逸侧头对她笑了笑："想不想来一场特殊约会？"

"怎么个特殊法？"

司逸解开安全带，倾身从后座拿来了两个袋子，将其中一个递给了她。

她以为是什么礼物，好奇地掀开袋子将里面的东西拿了出来。

蓝白相间的运动服，顾逸迩越看越熟悉，翻开衣服，在左胸口那处，看到了熟悉的校徽。

白色的和平鸽被金色麦穗包裹着，外圈是一排楷体字。

清河市第四中学。

她惊讶出声："这是四中的校服？"

“是啊。”司逸语气轻柔，“校服比起我们那时候穿的其实略有改动，不过颜色倒是一如既往的蓝白色，穿着这个，今天我们就只是背着父母偷偷出去约会的高中生，别的什么都不用考虑。”

“咱们穿这个，合适吗？”顾逸迩有些不好意思，“到底都快三十的人了。”

“人靠衣装。”司逸伸手揉了揉自己的头发，将梳到后面的刘海搭在额前，顿时就显得年轻了许多。

顾逸迩笑了。

既然他想要回到十八岁，那她就陪他一起。

“走，咱们做头发去。”顾逸迩拿出手机就要打电话给常去的那家美容院。

“我可不学那些小男生。”司逸有些抗拒，“把头发染成乱七八糟的颜色。”

“可是你现在就是小男生啊。”顾逸迩眨了眨眼，电话接通了，“啊，你好，我是顾逸迩。”

司逸根据顾逸迩给出的地址开到了那家美容院。

刚走进去，就有个打扮时尚的男人迎了过来，顾逸迩直截了当地说出了自己的目的：“让我们俩看上去年轻一点。”

男人愣了愣，看了眼她又看了眼司逸，有些无奈：“在同龄人当中，顾总你已经算是看上去非常年轻的了。”

“是要让我们看上去像十八岁。”顾逸迩纠正。

司逸轻咳一声，面色一赧。

男人笑了：“二位这是要？”

“回忆青葱岁月。”顾逸迩挑眉，“行不行？”

“我尽量，二位请跟我进来吧。”

经过好几个小时的折腾，一上午就这么唰的一声过去了。

司逸顶着那头微卷的头发，摸着光洁的下巴在沙发上等了四十多分钟后，顾逸迩终于也弄好了。

她没化妆，一头鬈发也洗直了，被扎成了一个高马尾，额前也多出了一片空气刘海。

顾逸迩年纪还小的时候，五官偏清丽，又因为从小学乐器和舞蹈培养了一身的好气质，整个人看上去非常出众脱俗，那时候司逸就觉得，她是确确实实的小仙女。

后来，她的五官长开了，那双妩媚多情的眼睛也越来越艳丽，红唇配美人，以前的小仙女也长大了。

眼前这个不施粉黛的顾逸迩，让他恍惚间又好像回到了很多年前。

临风窗下，她依旧还是那个没有长大的耳朵。

顾逸迩走到他面前，满意地点头："不错，很有那个时候的感觉。"

果然有刘海显年轻。

"你没化妆我还真是有点不习惯了。"司逸笑着打趣。

顾逸迩的笑意更明显了："化了，素颜妆。"

两个人干脆就在店里把校服给换上了。

刚开始还觉得这么装嫩挺不习惯的，被店员吹了一波后，等走出店的时候，脸皮颇厚的两个人已经无所畏惧了。

为避免被交警认为是未成年无证驾驶，司逸以最快的速度开到了四中。

司逸像是早就和门卫打好了招呼，居然就直接开门放行了。

顾逸迩像是做梦一样重新踏上了这片土地。

她看着眼前熟悉的大钟楼，十多年了，白色的钟面看着有些微微泛黄，但不减庄严肃穆。

四中的面积很大，走路远开车又没必要，司逸将车停在车位上，带着她直接走到教学楼楼下的自行车存放处。

司逸不知道从哪里掏出来一把钥匙，熟练地打开了其中一辆自行车。

他扶着把手，长腿一迈坐了上去，冲她挑了挑眉："上车。"

很帅气的姿势，如果这不是一辆双人协力自行车的话。

如果他坐上的不是后排座位。

顾逸迩沉默了几秒，开口问道："为什么是双人自行车？"

"现在的自行车都没有后座了，只能弄双人的来。"

"那你为什么不弄两辆？"

"怕没有我扶着你会摔死。"

有理有据，无法反驳。

顾逸迩忍无可忍，终于指着自行车的前座，咬牙切齿："那你坐在后面把前面留给我，是在羞辱我吗？"

司逸歪头："你的自行车还是我教的，现在验收成果。"

顾逸迩用手指比了个数字："你什么时候教的？都过去这么久了！我哪里还记得？"

"耳朵，你好像还很光荣。"司逸眯眼，"既然你驾照能一次通过，为什么自行车就不行？"

"四个轮子和两个轮子的能一样吗？"顾逸迩非常理直气壮地狡辩，"你坐前面，不然咱俩就等着一块儿英年早逝吧。"

司逸失笑："你说的还是人话吗？"

"不是人话你能听懂？"顾逸迩翻了个白眼，站在原地，双手插进衣服兜，一副你能拿我怎么样的表情。

司逸无奈，双脚撑在地上："要是倒了，我能撑住的。"

顾逸迩看着那一双长腿，摸着下巴想了想，觉得应该也挺安全的，就同意了坐前面。

她握上把手，语气严肃："我要出发了。"

"出发吧。"

"准备好了吗？"

"准备好了。"

"Let's go！"

"go！"

预备口令喊了好几遍，顾逸迩也没有半点要踩轮子的意思。

司逸哭笑不得："光打雷不下雨啊。"

"你让我缓会儿，我还没做好心理准备。"

雷厉风行的嘉源小顾总居然也能这么优柔寡断，自行车真是一件神器。

最终，顾逸迩终于将一只脚放在了踏板上。

她勉勉强强地开始踩了，司逸怕她踩得吃力，在后面默默地出力。

只是这自行车的S路线走得十分妖娆，十几米的距离硬生生被她骑成了一百米。

"哎哟，我这掌握不好。"

"别使劲啊，轻轻一转方向就过来了。"

"前面有块石头。"

"绕过去啊。"

两个人屁股同时一颤，老腰一紧。

果然身体还是老了。

顾逸迩颤颤巍巍地骑着车，原本这条小道还算平整，因此还没有要翻车的迹象。

直到骑到了一条小道上，小道的左侧是一个小池塘，因为天气冷了，上面飘满了浮萍。

“你别骑进池塘了啊。”司逸提醒她。

果然怕什么来什么。

她明明往右边转了，为什么车头往左边偏了。

这条小道好死不死又是有点坡度的。

司逸语气也有些急了：“右转啊！右转！”

“没用啊。”顾逸迩声音已经有些抖了，“司逸我们要死了！”

“死不了，你按刹车。”司逸重重叹了口气，“大冬天的我可不想跟你一起死在水里。”

她猛按刹车，司逸伸脚在地上摩擦，总算是停住了自行车。

两个人都大口地喘着气。

简直就是劫后余生。

“你驾照怎么过的？”司逸终于问出了这个问题。

顾逸迩按着胸口瞪他：“你是在怀疑我的开车技术吗？”

司逸没说话，用眼神告诉她，确实是在怀疑。

顾逸迩冷笑一声，又坐上车座，一副要冲刺的架势：“想死吗？”

司逸认输了：“顾逸迩女士，求求你做个人吧。”

最后还是由司逸坐在了前面。

顾逸迩不用掌握方向，人顿时就松懈了下来，连踩都懒得踩了。

司逸坐在前面也感受到了她的舒适，语气有些不爽：“耳朵，你就不能踩一下吗？”

“不行。”顾女士的气焰极其嚣张。

司逸猛按刹车，顾逸迩一个倾身，差点从车座上飞出去。

她语气很凶：“你干什么？”

“你要是现在不踩，今天晚上我就让你的腿不再是你的腿。”司逸语气低沉，眯着眼看着她，“信吗？”

“我踩。”

司逸满意地摸摸她的头：“乖。”

校园道上，偶有几个学生路过，目瞪口呆地望着这一对打情骂俏的顶风作案的“高中情侣”。

因为是冬天，所以他们踩得很慢，一路上将这过往的景色都清清楚楚地看在了眼底。

就像是踩着漫长的时光。

岁月倏然而过，有的不复存在，有的却历久弥新。

“司逸！是我们的教学楼！”顾逸迩指着不远处的那栋灰白色的大楼。

“去看看吧？”寒风将他的声音吹散，有些模糊。

两个人踩到教学楼下，记忆里熟悉的一砖一瓦都没有变化，只是历经风霜，显得有些老旧。

司逸将自行车锁住，牵起她的一只手往楼上走。

顾逸迩有些不好意思：“在上课吧？”

“这不是高三楼，学生们都放假了。”司逸给她打了一针强心剂，“走吧，去我们的教室看看。”

他们踏上熟悉的楼梯。

记忆中的楼梯，走过不知道多少回，曾因为迟到而急匆匆地三阶作一阶地爬，曾因为不想下楼做操一阶仿佛都能走上一年，大多时候，她都和同学们并肩上下楼，嘴上闲聊着，或许聊的是不久前刚结束的考试，或许聊的是最近学校里又发生了什么新鲜事。

如今她和司逸又重新踏上这道阶梯。

他们来到三楼，司逸笑着指着不远处的那间教室：“你看。”

司逸下课时最爱扶在走廊栏杆上望天，她下课时会挽着尾月的手一起去上厕所，墨绿色的教室门一年四季中除了春秋天总是紧闭着，因为大家都爱吹空调。

“我去上个厕所，你过去看看吧。”司逸揉揉她的头，转身往另一边的厕所走去了。

他似乎有些急，脚步很快。

顾逸迩刚想说教室门应该早就关上了，他就已经走进了转角消失不见。

算了，透过窗户看看里面也好。

她缓缓走过去，原是没想进去，却发现门被开了一条缝。

顾逸迩下意识地握住门把手，轻轻一推。

这一推，就仿佛时空穿梭，完全掉进了另一个世界。

熟悉的课桌椅，熟悉的黑板报，熟悉的教室正前方的名人画像和“好好学习，天天向上”八个大红字。

还有熟悉的人。

他们都穿着蓝白色校服。

她忽然眼眶一湿，以为自己在做梦。

林尾月从桌上抬起头，看到她来了，冲她用力招了招手：“逸迩，你怎么去厕所去了这么久啊？都快上课啦！”

她的双腿仿佛灌了铅，根本无法挪动脚步。

陆嘉吊儿郎当地跷起二郎腿优哉游哉地抖动着，王思淼用力拍了下他的背。

“哎哟，班长你怎么打人啊？”

王思淼抬了抬黑框眼镜，面无表情：“快上课了，给我坐好。”

顾逸迩抬了抬脚，往自己的座位走去。

在路过付清徐的桌子时，她低头仔细打量他。

付清徐似乎是感应到了这阵目光，抬眸望着她，镜片下看不清楚他眼里的情绪。

他只是无比自然地淡淡问了句：“怎么了？”

“付清徐，这道物理题我又不会了。”林尾月嘟嘴，将手中的练习册递过去。

“给我看看。”付清徐接过练习册，瞥了一眼，微微皱眉，“上次教过你了。”

“忘了嘛，再教一次吧？”

林尾月还是那个坐在付清徐前桌，总爱问他各种理科难题的小女生。

付清徐也依旧是多年前那个寡言少语，却从来不会拒绝林尾月求助的少年。

长大后经历过的所有苦痛，仿佛都不见了。

此时教室门口忽然传来一阵喊声：“逸哥！逸哥在吗！”

她猛地回头，发现二更正笑眯眯地靠在门边，半个身子都在往里探。

“二更,你跑过来干吗？都快上课了。”陆嘉翻了个白眼,语气有些鄙视。

“我找逸哥啊。”二更语气有些委屈,“他把重要的东西落在我这里了。”

“什么东西啊？”陆嘉好奇问道。

“不可说。”二更东张西望着，“他人呢？”

“上厕所去了。”顾逸迩下意识地回道。

二更愣了一下，又笑了：“逸姐啊，你来得正好，这东西是他送你的。”

说完，二更便直接走进了教室，朝她走了过来。

他从裤兜里掏出了什么，递到她的手里。

是一个丝绒质地的黑色小礼盒。

顾逸迩忽而笑了。

她看着二更刺刺的大平头，笑了：“你也起码买一顶假发啊，我看着你这发型太出戏了。”

二更抽了抽嘴角：“给个面子行不行？”

“穿帮了？”门口传来一个熟悉的声音。

刚刚去厕所的司逸双手插着裤兜走了过来。

顾逸迩翻了个白眼：“早就穿帮了好吗？我又不是傻子。”

“时间太紧了，不然我就让他们全都去做个保养，肯定够逼真。”司逸指了指她手中的盒子，问道，“知道这是什么吗？”

“不知道。”顾逸迩抿唇，摇了摇头。

司逸从她手中拿过盒子，轻轻打开。

很奇怪，在打开的那一瞬间，她明明就知道里面是什么，可是心还是狠狠颤了一下。

大颗钻石被六瓣枝状雪花形状的戒托嵌在最中央，熠熠的白金光与通透的钻石光芒相映生辉，纯净无瑕，璀璨耀眼。

扭臂设计的戒圈，婉约内敛，精致大方。

如雪花般纯粹的钻戒，就这样安静地躺在黑色天鹅绒中。

司逸轻咳一声，单膝跪下。

他张了张嘴，脸颊渐渐红了。

二更在一旁催促：“逸哥，是男人就不要尿啊，说台词。”

司逸咬唇，轻轻瞪了他一眼：“闭嘴。”

二更闭嘴不说话了。

司逸薄唇微启，似乎又想说什么，喉咙又哽了一下，最终还是什么都没说出来。

司逸摸了摸鼻子，声音轻轻："有点害羞，怎么办？"

"害羞也要说。"付清徐冷声开口，"我的时间都是按分钟算的。"

顾逸迩"扑哧"一声笑了出来。

见她笑了，司逸也跟着笑了，反而没那么紧张了。

他将戒指举到她面前，声音清冽，语气诚恳："耳朵，从十五岁到二十八岁，从年少懵懂到成熟稳重，我的青春和人生，都和你有关，如今，我希望我的未来，一直到我白发苍苍，一直到我永睡不起，都只和你有关。"

十三年，转瞬即逝，所有的事物都在发生着变化。

可他依旧没有变。

顾逸迩笑了，笑着笑着，眼睛又湿了。

"十五岁的时候，我想和你在一起；二十八岁的时候，我想娶你。"司逸目光温柔，仿佛盛满了一室的柔柔月光，"顾逸迩小姐，我爱了你十三年，给我个机会，让我们把这份爱情升华一下好不好？"

她哽咽着问道："怎么升华？"

"嫁给我。"

三个字，裹着浓浓爱意，和情真意切。

她蹲了下来，倾身在他鼻子上一吻。

司逸没反应过来，瞳孔微张。

"以后多多指教。"顾逸迩有些害羞地抿了抿唇，语气轻轻，"老公。"

司逸忽然用力抱住了她，像是要将她揉入骨髓。

他凑在她耳边轻声央求："再叫一声。"

"不要。"

"以后叫我一辈子。"

站着的其他人相视一笑。

这个忙，帮得太值得了。

毕竟是别人的教室，不能在里头待得太久，一行人完成了任务，就赶紧出来了。

此时正好碰上高三下第二节课的时间，零零碎碎的几个高三生走在校园里，大多脚步匆匆。

这一行七个人，简直打眼得不行。

顾逸迩忽然问道："我能问个问题吗？"

司逸走在她身边，目不斜视："你问。"

"这些校服，你是怎么弄来的？"

司逸似乎没料到她会这么问，有些蒙："钱啊。"

"这教室呢？"

"钱啊。"司逸想了想，又说，"还有校长。"

"刚听到逸哥这个想法的时候我都快吓死了。"二更扇了扇脸，"我一快三十岁的大老爷们穿校服，太羞耻了。"

二更穿校服倒是还好，这其中最违和的其实是陆嘉和付清徐。

前者实在太魁梧，像个基因突变的高中生，后者，脸倒是没怎么变，就是气质已经完全不像是高中生了。

也难为司逸逼着他们都把校服给套上了。

顾逸迩又悄悄地回过头看那两个人，没憋住，"噗"的一声笑了出来。

付清徐脸色很冷："看什么？"

"付同学，你现在是十八岁的高中生，麻烦你的表情也稍微靠近高中生一点好吗？"顾逸迩挑眉笑道。

"司逸。"付清徐转而就对司逸算账，"账单我会发到你微信上，按我的小时薪酬算。"

司逸有些无语："你这说的还是人话吗？"

"哎呀，算了嘛。"林尾月拉了拉付清徐的衣袖，"大家都是好朋友。"

付清徐扶了扶眼镜，反握住她的手，悄悄攥紧。

林尾月垂眸，害羞得不说话了。

真是纯情的十八岁高中生。

顾逸迩心里发笑，忽然往前跑了几步。

接着转身，她看着他们。

"谢谢你们。"顾逸迩深深地鞠了一躬，"谢谢你们这么多年都还在我身边。"

刚进教室的那一瞬间，她真的以为，回到了那一年。

最是无忧无虑，肆意张扬的那一年。

堆积成山的作业，打闹玩笑的朋友，悄悄萌芽的初恋。

是热烈而又欢乐的高中岁月。

是早已过去，却依旧被珍藏在心的宝贵回忆。

她笑得张扬可爱，就像是十五岁的那个顾逸迩重新回到了所有人的眼中。

十五岁那年，她顶着一双亮如繁星的眸子，嘴边挂着笑，闯进了所有人的十五岁。

“要不要去坡上面坐坐？”二更忽然指着教学楼旁不远处的一座小山，“那里风景一定很好。”

陆嘉问他：“那你的小学妹呢？她还在门口等我们啊。”

“我打电话叫她过来会合。”二更转头对顾逸迩解释，“她本来也想来的，但是考虑到低我们一届没有代入感，所以就在门口等我们。”

顾逸迩笑道：“那她也穿了校服？”

“当然啊。”二更点头，“今天我们几个陪着你们俩一起重回十八岁。”

学校的那个小山坡，一点都没有变。

依旧层层环绕着茂密的树，只能从石头小路上走。

众人在山顶处的石凳上坐下。

等了没多久，俞子袖就喘着气上来了。

她一上来就赶紧问：“成功了吗？”

“成了成了，可惜你没看到。”二更点头，“等我回家给你复述，逸哥的词儿真是肉麻到骨子里了。”

司逸脸一黑：“再说一遍？”

二更求生欲极强地改口：“感天动地，我都快哭了。”

俞子袖忽然提议：“我带了单反，要拍一张照片吗？”

“来来来，拍张照。”二更首先附和。

王思淼笑了：“我记得上一次大合照已经好多年了吧？”

“对啊，要不咱们来一张一模一样的吧？”陆嘉兴致勃勃地说道。

二更一拍大腿：“妙！大妙！谁手机里存了？”

所有人默契地说了句：“我存了。”

然后都笑了。

好吧，那用谁的手机都一样了。

二更作为指挥，给每个人分配站位，等所有人都站好了，就让俞子袖设了个定时，按下快门后赶紧跑回来准备合照。

“大家看镜头啊！一二三！”

岁月变迁，所有人都长大了。

或许代价残酷，或许并不完美，可却足够美好。

镜头里，穿着校服的八个人，褪去了少年模样，多了份成熟稳重。

但他们还是当年的那群人。

山前有路，山后也必相逢。

他们终于相逢。

天色渐晚，几个人走到大门口，门卫大叔走了出来，冲他们笑了笑：“成功了？”

二更用力点头：“谢谢大叔放我们进来！”

“不用谢，同学们以后也要开开心心的啊。”门卫大叔笑得慈祥，眼角皱纹也透着温暖，“常回母校看看。”

“好嘞。”二更替所有人回答。

一行人走出校园。

也不知是谁感叹了一句：“要是今天能碰上狮子老师就好了。”

“也不知道狮子老师结婚了没有。”陆嘉有些感慨，“记得那会儿，狮子老师超级受其他女老师欢迎的。”

“他一定结了。”林尾月也不知道哪里来的勇气，忽然大声说道，“他一定很幸福。”

顾逸迩和司逸没有急着回家。

两个人趁着众人回家，又重新溜了回来。

他们走到了碧翠亭。

碧翠亭重修了，周围也装了灯。

顾逸迩坐在亭子里，伸手朝向月亮，她抓不住那一抹微弱的月光，但无名指间的光芒却比月光还要亮。

“好看吗？”司逸低声问她。

“眼光真好。”顾逸迩侧头望着他，“很漂亮。”

“拖了关系订制还等了这么久，必须好看。”司逸哼了一声，语气得意。
顾逸迩忽然问他：“等了多久？”
“我跟二更一起订的。”司逸微微皱眉，“挺久了。”
顾逸迩抿唇：“所以你很早就打算求婚了？”
“是啊。”司逸像逗猫一样摸了摸她的下巴，语气低柔，“我一直跟你说结婚，是你自己老不答应，害我以为你不想跟我结婚。”
她皱了皱鼻子，偏头不理他了。
“然后又想了很久，该怎么跟你求婚。”司逸将头转了回去，微微仰头看着月亮，“看了不少小说和电影，但总觉得那些求婚不是独一无二的。”
“为什么要独一无二？”求婚方式又不设专利，用了还要授权。
“你对于我来说是独一无二的，所以对你的求婚也要独一无二。”司逸轻轻笑了，“足够回忆一辈子。”
顾逸迩摸着戒指问他：“你怎么会知道我喜欢这种方式？”
“和你异地那几年，我经常梦到咱们还在读书的日子。”他微垂着头，眉目雅逸，“这么一想，认识你以后，我的生活忽然就多了好多种颜色。”
谁能想到，学生时代的那一点朦胧的喜欢，到现在，已经变成了融入生命中的爱。
“举个例子？”
“粉色。”司逸歪头对她笑笑，“是甜甜的粉色。”
顾逸迩又问：“哪种粉色？”
他答：“是你嘴唇的颜色，是你害羞的时候脸颊和耳朵的颜色，是我看你的颜色。”
她悄悄看出了他的粉色。
顾逸迩伸手戳了戳他的脸颊：“你这里也是粉色的。”
司逸往后一缩，摸了摸自己的脸：“这都看得出来？”
“我怎么会不了解你啊。”顾逸迩坏坏一笑。
司逸眯着眼，语气低沉：“看来不收拾你是不行了。”
顾逸迩赶紧跳起来就往外跑。
“顾耳朵，你给我站住！”
“傻子才听你的！”
可惜司逸天生腿长，有身高优势，他很轻易地就抓住了她。

他将她抵在树上，眼神晦暗：“嘴巴张开，牙齿不准抵着我。”

顾逸迩用手捂住嘴。

“你以为你躲得掉？”司逸冷笑一声，将她的手掰开按在树上，用力吻上了她的唇。

这回她是怎么都躲不掉了。

树影摇曳，月色暧昧。

空气中都是甜腻腻的粉色。

距离司逸求婚已经过去半个月了。

最先开始急的是二更。

难道那天的求婚是个梦？

为了确定这到底是不是个梦，二更打了个电话给司逸。

司逸的声音听上去很疲惫：“干吗？”

“逸哥，你这求完婚都没有后续动作的吗？”二更旁敲侧击，“比如办个酒啥的？难道你要裸婚？”

“忙得连睡觉的时间都没有了。”电话那头的司逸深深地叹了口气，“你以为年末谁都跟你一样闲吗？”

二更愣了一下，嘟囔道：“那这不是国考都过了吗？我只能等明年的国考了啊。”

明年十月的国家公务员考试，还早得很呢。

“你大学毕业这么多年了一直当个闲鱼，你家小学妹都升主管了，你可真是没有一点危机感啊。”司逸轻轻嗤了一声。

二更理直气壮：“我愿意当学妹背后默默付出的家庭煮夫！逸哥你也别光说我，你也差不到哪里去。”

司逸语气沉沉：“你拿我跟你比？”

“你这个顾总背后的男人。”二更嗤笑一声。

司逸的声音瞬间就低了个八度：“背后的男人？”

“啊，你没看朋友圈吗？”二更有些不解，“逸姐发的朋友圈。”

“没时间刷朋友圈，截图我看看。”

二更哦了一声，退出通话界面给他截图发了过去。

顾逸迩：一个懂事的男人，就该在我辛苦上班一天后默默地给我下一

碗面。

然后配图一碗放了葱花鸡蛋的挂面。

最绝的是下面的评论和回复。

林尾月：是司逸下的面吗？

顾逸迩回复：每个成功女人的背后都有一个贤惠的男人。

林尾月回复：羡慕（哭泣表情）。

付清徐回复林尾月：羡慕什么？

林尾月回复付清徐：不羡慕……

司逸那边沉默了好久。

二更后知后觉地感到不对劲："逸哥，你要是没看到去翻翻不就行了？干吗要我截图给你啊？"

"挂了。"

那边语气微冷，残忍地挂了电话。

二更捂嘴。

所以是被屏蔽了吗？

刚忙完病理报告的司逸面色阴沉地转动着水性笔，浑身散发出一股生人勿近的气息。

李医生和他对桌，抬起头原本是想问问他整理好了没，结果就看他摆了一张臭脸。

"你这是怎么了？谁欠你钱了？"李医生挑眉，"待会儿还要去巡房，你这样会把病人给吓晕的。"

"你觉得我女朋友怎么样？"司逸忽然问了一句风马牛不相及的话。

李医生啊了一声，有些犹豫："不好随便评价别人的女朋友吧？更何况是你女朋友那种类型的。"

司逸撂下笔，反倒来了兴趣："那你说说，她是哪种类型？"

李医生回忆了一下："长得漂亮，气质也没得说。"

"性格呢？"

"性格挺好的啊，温温柔柔。"李医生觉得有些奇怪，"倒是没看出她有你说得那么坏。"

司逸抽了抽嘴角没说话。

李医生以为自己的回答不好，正好小璐拿着病历单回来了，急忙就冲她招手求助。

小璐走了过来："怎么了？"

"你是女人，女人最了解女人了。"李医生指了指司逸，"你来评价一下司医生的女朋友吧。"

小璐笑了："说实话吗？"

"当然啊。"

小璐摸了摸鼻子，语气有些激动："霸道总裁，又有钱又漂亮又有气质，男人对她来说只是附属品，我这辈子做梦都想成为这样的女人。"

李医生的重点在于："人性格那么温柔，你从哪儿看出来的霸道总裁啊？"

"气场啊，谁规定了霸道总裁必须是不苟言笑的那种啊，司医生女朋友那种笑得温柔又可爱的霸道总裁最苏了。"小璐扶着下巴，一脸的憧憬样子。

又想起吃饭那天，司医生女朋友对她们几个人说的话。

漂亮的女人穿着帅气的职业装，语气轻柔地对她们说，小护士们，早点回家休息，不要熬夜。

李医生一脸担忧："这年头不光要跟男人抢妹子，连女人也要当成敌人看待了吗？"

"去你的。"

而司逸的重点是："男人对她来说只是附属品？"

小璐和李医生同时愣住了。

司医生这种质量的如果也是附属品，那附属品的门槛未免也太高了。

司逸拿起写字板就站了起来，头也不回地走了。

李医生在背后叫他："你去哪儿啊？"

"巡房。"

"等我啊。"李医生急忙起身，匆匆收拾了自己的东西就打算追过去。

李医生刚想跟小璐打声招呼，就发现她满眼星星地看着门口。

"你怎么了？"李医生也朝门口看去："门口有金子？"

"司医生太可爱了。"小璐兴奋地跺了跺脚，"一直以为他很高冷的！嘤嘤嘤好萌！"

现在的年轻女孩说话他已经听不懂了。

这就是传说中的男女差异加代沟吗？

顾逸迩加班完回到家，已经累成一条狗。

她换上拖鞋，解放了两条腿，将包包直接丢在沙发上，还没来得及坐下，就闻到了一股葱香味。

顾逸迩双眼放光，朝厨房走了过去。

果然，背影高挑的男人正穿着家居服在煮面。

她蹑手蹑脚地走过去，从背后一把抱住他，靠在他的背上用力吸了吸他身上的柠檬香。

司逸很少喷香水，他自己身上就有股淡淡的清冽气息，但更多的是洗衣液的香味。

"回来了？"司逸的手仍继续煮面。

"是做给我吃的吗？"顾逸迩抱着他绕了半个圈，举起他的胳膊低下头绕到了他的怀里。

司逸微微皱眉，将她拉开："会溅到你，让开点。"

顾逸迩吐吐舌头，果断地从筷子笼里拿出一双竹筷，走出厨房在餐桌前坐下，等待着自己的夜宵。

五分钟后，司逸端着面走了出来。

顾逸迩用筷子敲打桌子："上菜喽。"

司逸瞥了她一眼，坐在她对面，拿出筷子，夹了面，送进了自己嘴里。

顾逸迩有些蒙。

不过没关系，第二口一定是她的。

一直到司逸吃了半碗，顾逸迩一手拿着一根筷子，愣愣地看着他吃了一口又一口。

"我没有吗？"顾逸迩呆呆地问。

司逸连眼睛都没抬一下："想吃自己做。"

顾逸迩不可置信地看着眼前的男人："我辛辛苦苦挣钱养这个家，加班加到现在连晚饭都没吃，你就是这么对我的？"

司逸放下筷子，掀起薄唇："养？"

"有问题吗？"

"你可真敢说啊。"司逸双手抱胸，靠在椅子上，语气懒懒，"你养这个家，那我是干吗的？”

没等顾逸迩开口，司逸嘴角一勾，面带深意：“你背后的男人？”

顾逸迩双眼一转，开始思考是谁背叛了组织。

“我心疼某个人加班没吃晚饭，给她下了碗面，一声谢谢不说也就算了。”司逸轻轻叹了口气，“发朋友圈炫耀还屏蔽我，心寒哪。”

顾逸迩尴尬地笑了笑：“那秀恩爱被作为当事人的你看见多不好意思啊。”

“我会信？”司逸语气低沉，神情严肃，“我们好好聊聊。”

就为了发朋友圈屏蔽了他还要开个家庭会议这么严重的吗？

顾逸迩语气讪讪：“聊什么？”

“一个月了。”司逸敲了敲桌子，“什么时候扯证？什么时候办婚礼？”

话题转得太快让人猝不及防。

“忙啊。”顾逸迩也很无奈，“年末，忙得跟狗似的，要是这个节骨眼结婚，明天就得准备棺材。”

司逸咬牙切齿：“你是不是在逃避？”

“啊？”

司逸紧紧蹙眉：“你根本就没打算对我负责，那天你答应我的求婚只是因为不想当众拒绝我让我失了面子。”

面对这波突如其来的控诉，顾逸迩显得很茫然。

她当时就差没感动得号啕大哭了，这还是不负责吗？

“我看透你了。”司逸忽然偏过头去，“一直以来都是我在主动，你从来只是被动的，其实我对你来说只是排解寂寞的附属品罢了。”

把她说得跟提起裤子就跑路的渣男似的，顾逸迩走到他身边坐下：“你放心，我不是那种人，我一定会对你负责的。”

司逸没理她。

“你加班辛苦了。”顾逸迩拍了拍他的肩膀，“我去给你下碗面吧。”

司逸扯了扯嘴角：“我这碗还没吃完。”

“倒了，你只能吃我下的面。”顾逸迩拿起那碗面就往厨房走了。

然后，司逸听见了水龙头开水的声音，接着又听到了电磁炉叮的一声响了。

约莫过了三分钟，司逸忽然听见一声哎呀。

他下意识地就走到了厨房。

顾逸迩嘟着嘴，摸着手委屈道：“烫着手了。”

司逸扶额，走过去拿起她的手：“哪儿？”

“是内伤，看不出来的。”顾逸迩把手伸到他的唇边，“要你亲亲才能好。”

司逸将舌头抵在后槽牙处，用尽全力控制住了上扬的嘴角。

他将头挪开，伸手在她手上打了一下：“谁允许你撒娇的？”

“我没有啊。”顾逸迩眨了眨眼，“受伤的不是你，你不会懂我的。”

“那你现在还能煮面吗？”司逸抽了抽嘴角。

“能啊，不过，”她笑得可爱，转过身子对着电磁炉，又把手伸到后面抓住他的手环在自己腰上，“你来给我当围裙吧？”

司逸挑眉：“围裙穿后面？”

“鉴于围裙太高，穿前面会看不见锅子，所以我很机智地选择围在背后。”顾逸迩回答得一本正经。

司逸无奈，敲了敲她的头：“胡说八道。”

顾逸迩嘿嘿笑了一声，继续煮面了。

她真的很少下厨房，用筷子翻动面条的动作都很不娴熟。

“你这样面会煳锅。”司逸叹气，伸手握住她的手，带着她翻动着面条。

顾逸迩忽然说道：“人鬼情未了哦。”

“谁是人谁是鬼？”司逸问她。

她答：“当然你是鬼，我是人喽。”

他反驳：“不是，你才是鬼。”

她奓毛：“凭什么？”

他笑：“专门勾我魂儿的女鬼。”

顾逸迩脸颊的温度迅速攀升。

“司逸。”顾逸迩轻声说道，“待会儿找个好日子吧。”

“干吗？”

“先把证扯了，婚礼缓缓吧。”顾逸迩顿了顿，语气有些羞赧，“这辈子就结这么一次婚，我想有一个此生难忘的婚礼，不想随随便便地嫁了。”

“废话，我能让你随随便便嫁给我吗？”司逸将下巴抵在她的头上，声音温润，“扯证也不急，我先去你家求个亲。”

顾逸迩有些不解：“你刚刚不是为了这个生气吗？”

“明知故问。”他报复性地将整个头的重量都压在了她头顶上，“你一撒娇，我还生个什么气？”

顾逸迩得意地笑了。

她总有办法治住他的。

最后面终于煮好了，两个人排排坐，顾逸迩拿出手机，打开了前置摄像头。

“做什么？”

“自拍一个，把面也给拍进去。”顾逸迩调整好角度，催促他，“看镜头，笑一个。”

司逸伸了伸头，对着镜头微微笑了笑。

顾逸迩调了下滤镜就直接发了朋友圈，配了一句话：前些时候你给我做，今天轮到我给你做啦！

照片里，两个人都浅浅笑着，那碗面还冒着热气。

评论来得很快。

Anna：来自老板的深夜狗粮，干了！

王思淼：自带滤镜自拍？有颜任性，服了。

嫂子：我妹妹妹夫太好看了，今天也是颜粉胜利的一天！

付清徐：@ 林尾月

林尾月回复付清徐：……

第十一章

/ 我仍只愿爱你一人 /

年末终于过去了。

接下来几天，便是令人愉快的年假时间。

司逸开着车来到了顾宅。

车后座满满当当全是礼物。

他走下车，刚好就看见一辆小货车从顾宅的院子里开出来。

小货车上印了“× × 啤酒”四个大字。

然后身后忽然有鸣笛声响起。

司逸回过身子，是快递员。

快递员笑容可掬：“你好，你们订的一箱白酒已经送到了。”

司逸一愣。

怕是不能活着走出顾宅了。

司逸过年期间其实已经来过顾宅一次了，当时还没有这么紧张。

此刻，他坐在客厅沙发上，心里有点发虚。

主要来源就是沙发对面正在盯着他看的几个男人，以及饭厅那边摆着的几十瓶酒。

“先生，饭菜都已经准备好了。”家政阿姨走了过来，告诉所有人可以移步饭厅了。

“走吧。”顾逸迩坐在他身边，戳了戳他的胳膊。

司逸微微皱眉：“我走过去就回不来了吧。”

“放心，我会保护你的。”顾逸迩语气坚定。

司逸泪流满面，耳朵还是爱他的。

“我会送你去医院，你尽管喝。”

就不该对她抱有任何希望。

爷爷最先入座，笑着对司逸招了招手：“司逸啊，坐到我身边来。”

司逸听话地坐到了爷爷身边。

“你父母怎么没有来？”

司逸老实回答：“他们都临时有事，晚点就过来。”

爷爷点了点头，同情地看了他一眼。

“沂源啊，别太为难司逸这孩子了。”爷爷语气慈祥，看起来十分为小辈着想，“待会儿司总来了就不好了。”

“司逸，我们大家都对你知根知底了，所以我这个做父亲的委实没有什么问题好问的。”顾爸爸语气淡淡，转而又说道，“但你也知道，逸迩是我从小宠到大的宝贝女儿，又是顾家这一辈唯一的女孩，你想要把她娶到你们家去，没有这么简单。”

司逸点头：“谢谢叔叔愿意把逸迩嫁给我。”

“谁愿意了，我这还没同意呢。”顾爸爸话锋一转，指了指桌上的酒，“看到没？这就是你今天的任务。”

果然要娶顾家的心肝宝贝，不是件容易的事儿。

高寺桉笑眯眯地说：“司逸，逸迩是我的妹妹，你光讨好爸爸是没用的，还有我这一关。”

司逸绝望地点了点头。

在座的女眷们都沉默不语。

她们就算是再喜欢司逸，也不可能在这个时候替他说话。

大伯哈哈一笑：“司逸，我们可不会因为你父亲的身份就对你网开一面的啊，我们家逸迩从小千娇万宠着长大，什么都是给她最好的，你想要娶她，今天可必须得让我们满意了。”

说完，大伯抖了抖啤酒肚，示意两个儿子接话。

顾逸闻挑眉：“堂妹夫，家里有胃药，你放心吧。”

顾逸轩哼笑了一声，不屑地把头偏了过去。

酒桌上，司逸成了众矢之的，偏偏每一杯酒他都不得不喝。

啤的喝完了就是白的，男人们边喝酒边吃菜，嘴里还巴巴念叨着琐事，气氛好不热闹。

顾爸爸又和司逸碰了一杯酒，语气已经有些模糊："我的逸迩啊，昨天还是个只到我腰的小姑娘，现在都要嫁人了。"

高蓉无奈地笑了："都喝糊涂了。"

"我没糊涂，我是真的觉得这日子过得太快了。"顾爸爸放下酒杯，表情忽然就变得有些忧郁，"我们家逸迩还小呢，我本来还想多留她几年，怎么她就要嫁人了啊？"

顾逸迩适时插口："爸爸，我都二十八了，不小了。"

顾爸爸瞪了她一眼："二十八哪里不小，二十八了你也是爸爸的心肝宝贝，就算你三十八、四十八、五十八了，你不嫁人，爸爸也愿意养你一辈子。"

顾逸迩咬唇，有些嗔怪："那我不成啃老了吗？"

"爸爸赚这么多钱，就是为了让你过上好日子，这钱本来就是要留给你的。"

这是顾爸爸第一次对她说这样的话。

顾逸迩鼻头一酸："谢谢爸爸。"

"谢谢爸爸的话，今天就别替司逸说话。"顾爸爸顿了顿，语气有些不满，"他小子想娶我的宝贝，连这点酒都喝不了，还算是个男人吗？"

司逸举起酒杯，语气带笑："叔叔，今天您让我喝多少我就喝多少，绝不讨价还价，只要您愿意把逸迩嫁给我。"

"好！"顾爸爸也跟着举杯，"喝！这一杯你必须干了！"

女婿上门，就是要被岳父老子鞭策的。

啤酒和白酒都在迅速消耗着。

司逸喝完一小杯白酒，酒气上头，冲得整个脑子都晕乎乎的。

"这可是咱们特意定的酒，比市面上的那些普通白酒带劲多了。"顾爸爸见他被冲到，得意地笑了笑。

司逸是医生，平时喝酒的机会本来就少，但好在他本身酒量并不差，平时压力大了也爱跟同事们出去喝酒解压，再加上他喝了酒也不太上头，一杯杯下来，司逸的脸依旧白净，眼神也还清明，反倒是这些灌酒的显露了少许醉意。

这么高度数的酒，伤敌一千，自损八百，几瓶白酒下来，酒气就已经上头，意识也不那么清醒了。

顾逸轩原本一直没有说话，几瓶酒下来，话痨的本质就暴露出来了。

“顾逸迩终于要嫁出去了，我终于解放了。”他握着酒杯，笑得十分开心。

大伯有些不满地瞪了他一眼：“你小子说话真够不讨喜的。”

“本来就是啊，这么多年了，你们天天拿我跟她比，从小比到大，我耳朵都要起茧子了，现在好不容易她嫁出去了，再没人拿我跟她比了。”

大伯哼了一声：“比不过人家倒还是你委屈了，逸迩从小就听话，你长这么大听过我的话吗？”

“她听个屁的话啊。”顾逸轩嗤笑一声，“她就是看着乖，实际上一肚子坏水，你们怎么从来不相信我说的啊，小时候那次偷跑出门上网真是她带头的，我是没办法被她拉着去的。”

说到后面，顾逸轩已经有些哽咽了。

司逸复杂地看了一眼顾逸迩。

这是把人都欺负成什么样子了，心理阴影面积这么大。

顾逸迩抿唇，有些心虚。

司逸笑了：“我只有被她欺负的份儿。”

顾逸轩咧嘴：“那就行，顾逸迩欺负了我那么多年，要是等她嫁过去被你们家欺负，那我多没面子啊。”

顾逸迩垂眸，心想顾逸轩真是个大别扭。

“逸迩长大了啊，当年还是个小姑娘，现在已经成了个独当一面的大姑娘了。”大伯欣慰一笑，嘴角的弧度带着怀念。

顾逸迩这一辈，爷爷就她一个孙女，又是顾沂源的独女，刚生下来脑袋上就套了个沉甸甸的金锁，吃穿用度方面都是最好的。

等她大点了，粉雕玉琢的小姑娘穿着小裙子扎着小辫子跑来跑去的，见人就甜甜地叫，又乖又懂事，迅速地成了顾家最受宠爱的小辈。

再后来，小姑娘琴棋书画样样精通，学习也是这一辈最优秀的，温柔文静的个性，成了整个顾家的骄傲。

当年手牵着手在这栋宅子里打闹的三个孩子，都长大了。

岁月的流淌，家族的发展，一代又一代的传承，无人永远年轻，但永远有人年轻着。

顾逸轩忽然皱眉："老妹，咱们都长大了，以后背着大人们偷跑出去玩儿的，就是咱们的孩子了。"

"是啊。"顾逸迩淡淡一笑，"到时候你可得好好管管你儿子，肯定是他带着我家孩子捣乱的。"

"嘁，没怀孕就开始甩锅了，果然是你的作风。"

大家都笑了。

酒喝了半轮，司逸再好的酒量，也撑不住了。

他找了个借口去了厕所，拨通了老妈的电话。

"喂，儿子，我们在路上呢，马上就到了。"那边的声音很是嘈杂。

司逸皱着眉，咬牙切齿："你们再不来，我就要进医院了。"

"不是吧，他们顾家也太狠了。"

司逸撑着盥洗池，用力摇了摇头。

"我要娶他们家的心肝宝贝，总得拿出点诚意吧，你俩赶紧来吧，能救我一命就勉强原谅你俩丢下我去过二人世界。"

"儿子你等着，妈就到了，撑住啊！"

司逸回到饭厅，高寺桉举起酒杯，笑得很温和："妹夫，到我这个亲哥了。"

搞定了两个堂哥，最麻烦的亲哥来了。

顾逸轩已经完全醉了，敲着筷子烘托气氛。

顾爸爸笑得得意："你这头猪想拱我们家小白菜，没那么容易。"

顾逸迩有些担忧地看着司逸。

"我一定会拱到你。"司逸揉揉她的头，语气轻轻。

此时，门外忽然传来一阵热情的喊声。

"儿子！妈来救你了！"

到底是因为司氏夫妇过来撑场面了，顾家的人也不好太过分，没喝完的酒被撤了下去，司逸被顾逸迩带着扶上楼休息。

司逸已经完全醉了，脚步都有些踉跄，一手扶着墙，一手搭在她的肩膀上缓缓地朝房间走去。

他将大半个身子的重量都放在了撑墙的那只手上，最后直接靠在了墙上，按着头痛苦地喘息着。

“你靠着我走啊。”顾逸迩又要伸手拉他。

他笑笑，脸颊通红：“身上酒气味太重了。”

“少废话。”顾逸迩拍了拍自己的胸口，“尽管靠着我吧。”

他垂下眸子看着她，忽然朝她张开手臂：“过来。”

顾逸迩毫不犹豫地抱住了他。

司逸抱紧了她，将身体大半的重量压在她身上，酒气瞬间就灌进了她的鼻腔。

“耳朵，重吗？”

“重。”顾逸迩毫不犹豫地承认，接着又说，“我的一整个世界，能不重吗？”

她将他扶进了房间，帮他脱去了衣服和鞋子，将被子盖在他的身上。

司逸很快就睡了过去，平稳的呼吸声渐渐响起。

顾逸迩收拾了一下就下楼回饭厅了。

司妈妈一见她来了，连忙招呼她过来坐下。

顾逸迩坐到司妈妈身边，司妈妈亲密地拉起她的手，笑着问道：“刚刚聊到彩礼了，我觉得光是钱、车子、房子那些都太老土了，你是比较中意钻石还是翡翠？我去给你准备几套首饰，以后你有什么宴会要出席就可以戴上。”

“啊？”顾逸迩摆手，“不用了阿姨。”

“必须用的。”司妈妈加重了语气，“你知道司逸在来你们家之前是怎么跟我和你叔叔说的吗？”

顾逸迩摇头：“不知道。”

司妈妈扬唇笑了。

视频通话里，早已长大成人的儿子少有地向父母请求着。

司妈妈有些无奈，我们当然会对逸迩好，但要是他们欺负你呢？逸迩是顾家的宝贝，你也是我们司家的宝贝啊。

手机里，司逸眼里有光。

他们愿意把逸迩嫁给我，就是把他们的宝贝交给我了，以后顾家的宝贝，就是司家的宝贝了。

司妈妈向顾家所有的人举起了酒杯，语气诚恳：“司逸是真的很喜欢逸迩，我这个做母亲的，请求大家相信，我们一定会好好对待逸迩，绝对不让她受一点委屈。”

司逸很早之前就知道，顾逸迩嫁给他到底意味着什么。

那种宠爱，早已刻进了骨子里。

顾家的人相视一笑，自然没有任何阻挠的理由了。

他们的目的达到了。

顾爸爸没辙了：“我相信司逸会一直对逸迩好的。”

高蓉轻声抱怨着：“那你干吗这么为难他？”

“我就是舍不得。”顾爸爸苦笑一声，“逸迩刚出生的时候，还只有那么小，现在长大了，都要自己建立一个新的家庭了。”

高蓉安慰地拍了拍他的背：“这是好事，咱们应该高兴啊。”

“逸迩，你也要对司逸好。”顾爸爸眼神一暖，轻声嘱咐道，“婚姻是你们两个人的事情，不能让他一味地付出，你也不能一味地接受，你们是平等的。”

顾逸迩用力点了点头。

司妈妈一声叫好：“亲家，就冲你这句话，彩礼你出个价，我绝对不往下压！”

顾爸爸哼了一声：“逸迩的聘礼我们是绝对不会少的，至于彩礼你们就看着办吧。”

“亲家你真是，这都要跟我们比啊。”

“这哪是比？”顾爸爸笑道，“亲家，这是重视我家逸迩而已。”

司妈妈睁大眼睛：“你叫我亲家了？”

“不乐意？”

“乐意至极，那咱们继续谈呗。”

一顿饭吃完，所有人都转移到沙发那边。

司妈妈和顾逸迩挨着坐，越看越喜欢，笑意盈盈：“你们是怎么生出这么优秀的女儿的哟，又漂亮又聪明。”

“司逸也很优秀啊。”高蓉接话，“长得好看，人也温柔，关键是对我们逸迩好得不得了。”

司妈妈摆手：“那他是长大了，以前小时候调皮得要死。”

其他人都有些不信，司逸看着那么斯文的一个人小时候居然很调皮。

“哎哟，你们别不信我，要是我手上有司逸小时候的照片你们就知道了，那样子真是拽得要死，不知道的还以为别人欠了他多少钱呢。”

爷爷笑道：“我这里有逸迩小时候的照片呢，要不要看看？”

“好啊好啊。”司妈妈求之不得。

爷爷让阿姨把大相册拿下了楼。

一翻，是整个顾家所有成员的照片，全家福和单人照都有。

爷爷指着一张小婴儿的照片说道：“这就是逸迩刚出生那会儿。”

顾逸迩有些不好意思地看着照片里襁褓中连眼睛都睁不开的自己。

相册又翻动了几页：“这是逸迩刚上幼儿园的时候。”

照片里的小女孩穿着蓝色的裙子，扒着爸爸的裤脚，睁着一双大眼睛有些胆怯地看着镜头。

“好可爱啊。”司妈妈眯着眼睛夸道。

坐在一旁的司爸爸并没有说话，只是从眼神中可以看出，他也是高兴的。

照片一路翻过去，每一张都是顾逸迩成长中的点点滴滴。

“这一张，是逸迩参加乐器大赛获奖的照片，当时我们拍得都不太好，就直接把比赛的时候摄影师拍的照片收藏起来了，这上面还有其他获奖的孩子呢。”

照片里，顾逸迩捧着奖杯，穿着白裙子，笑得甜美。

司妈妈咦了一声，指着顾逸迩旁边的那个小男孩：“这不是司逸吗？”

所有人都往她所指的那里看去。

虽然脸蛋稚嫩，可是已经隐约能看见清俊的轮廓，经过司妈妈的提醒和联想，很快就将这个小男孩的脸和司逸的脸重合在了一起。

穿着迷你燕尾服的小绅士站在顾逸迩身边，表情有些严肃，因为是娃娃脸，所以看着别有一番可爱的味道。

司妈妈有些不可置信：“这缘分啊，真是天注定。”

顾爸爸也不得不承认，有些吃惊地睁大了眼睛看着那张照片。

高寺桉笑道：“以前从来不知道，原来命运这东西真的冥冥之中都注定了的。”

比起其他人的不可思议，顾逸迩反倒显得平静。

她摸了摸照片上司逸的那张小脸。

原来那个女孩真的是自己啊。

巨大的欣喜瞬间就将她吞噬。

他们是天作之合。

司妈妈心满意足地说道："逸迩，我真是恨不得你明天就嫁过来。"

司逸也不知道自己醒来的时候是几点。

他只知道，睁开眼的时候，房间里有微微的光亮，他朝着光亮处望去，是顾逸迩坐在书桌前，打着小台灯不知道在看什么。

"耳朵。"他哑着嗓子叫了她一声。

顾逸迩用手揉了揉眼睛，起身走到他身边，摸了摸他的脸："好点了吗？"

"好多了。"司逸轻轻点头，"我想喝水。"

"我去给你倒。"

很快，她就端着水走了过来，小心翼翼地扶起他，将水杯送到他嘴边。

司逸喝了口水嗓子舒服多了，轻声问道："现在几点了？"

"已经是晚上了。"顾逸迩回道，"你醉得太厉害了，爷爷让你直接在这里住一夜，明天再回去。"

"那你呢？"

顾逸迩眨了眨眼："陪你啊，难道让你一个人睡吗？"

司逸微微笑了："我还以为，结婚之前要分房什么的呢。"

"那个都是以前的习俗了，想遵守就遵守，不想遵守谁也拦不住。"顾逸迩将水杯放在床头柜上，又扶着他躺下。

"你刚刚在看什么？"司逸忽然问道。

"在看照片。"顾逸迩如实回答，"小时候的。"

司逸睁大眼睛："你的吗？我也想看。"

"不光有我的，也有你的。"顾逸迩起身就往书桌那边走去，"我拿给你看。"

她将那张照片递给他。

司逸接过照片，顾逸迩将房间的灯打开，他微微眯了眯眼，适应了一下光线后，看清了那张照片上的人。

他一下子就愣住了。

很多年前老旧的背景，几个小朋友站在舞台中央，拿着奖杯和证书对着镜头笑。

只有他没有笑，板着一张脸，他自己也不记得当时为什么不愿意笑了。

还有一个笑得极为甜美的女孩儿，和他形成了鲜明的对比。

白裙子，小辫子，那双灵动的大眼睛，司逸抬眼不可置信地望着她。

那双眼睛忽然和记忆里那个小女孩的眼睛重合了起来。

他张着嘴，沉默了好半晌，最终才颤抖着声音问出了两个字："是你？"

"是我。"顾逸迩点头承认。

"所以那时候你才忽然不生气了啊。"司逸抚摸着照片里的小女孩，"是因为你发现，自己在吃自己的醋。"

"不许笑我。"顾逸迩抿唇，用手捧着脸。

司逸忽然捂住了眼睛，语气有些无奈："怎么办，太高兴了。"

原来他们早就相遇。

他比任何人，都先一步遇见了她。

顾逸迩掀开被子钻了进去，将腿挤进他的双腿间，又让他抬起胳膊，从下面钻进了他的怀里，接着抱着他的腰，小声问道："司逸，你都不生气的吗？"

"嗯？"司逸有些不解，"为什么要生气？"

顾逸迩用头蹭了蹭他的胸口，像只猫一样："你还记得那么久以前的事，但我却什么都不记得了，还生你的气，跟你发脾气。"

司逸摸摸她的头："没事啊，这么久以前的事了，你不记得很正常。"

"可是这样对你不公平。"她抬起头与他对视，"你对我太好了。"

"对你好还不乐意啊？"他轻轻笑道。

"我心眼小，老是爱生气。"顾逸迩皱起鼻子，语气很酸，"你这么好，有那么多人喜欢你，如果你喜欢的是别人，也许那个人会对你很好很好，根本不会像我们一样经常吵架，分隔两地见不到面。"

"傻瓜。"他的声音很轻，右手一下一下地抚着她的长发，"就算我爱你多一些，那又有什么关系呢？"

顾逸迩抓着他的衣服，开始替他感到委屈，觉得自己太浑蛋了："因为你对我的好，已经远远超过了我对你的好。"

"耳朵，你好像从来都没有意识到，你对我有多好。"他微微低头，

亲了亲她的额头，语气温柔，“我读博那段时间，你很少跟我抱怨你在工作上遇到的困难，是怕我因此分心对吗？但我知道，那时候你也很辛苦。”

这样的例子实在太多。

有时候他加班回来得太晚，来不及吹干头发就睡着了，她都会替他吹干后自己再睡下。

他喜欢喝温水，所以家里饮水机的水温总是保持在固定区间内。

每当他因为病人的原因沮丧难过，她一句话也不会说，拍拍自己的肩膀，示意他可以靠过来。

这样细水长流的温柔，她从未说过，甚至忘记了，可他却都记得。

她之所以不记得，是因为她做这些不是为了报答他，也不是为了让他礼尚往来，而是因为那都是下意识地在对他好。

这种下意识，让他无从抵抗。

他如此爱她，从来不是因为儿时的惊鸿一瞥，也不是因为年少朦胧暧昧的初恋，而是因为这些年她所流露出来的温柔，已经彻底将他俘获，让他没有办法失去她。

这些，眼前这个替他委屈的傻瓜全都不知道。

她只知道，他对她太好了，好到让她心生愧疚，觉得这对他不公平。

而这种想法，对他来说是在将他的心脏狠狠攥住，捏软得一塌糊涂。

那段时间，他们处在分手的边缘，她哭着对他说，怕这种关系的一再恶化。

怕他们之间没有解决的余地。

那时候他就全都清楚了。

他们是不可能会分手的，这辈子也不可能再爱上别人了。

“谁说深情一定要是为对方上刀山下火海，这世上能见到刀山火海的有几个？”司逸柔声向她解释，“多少经历过生死的人，最终败给了生活中的小细节，最后分道扬镳。”

他们不需要经历生死，也没有那些所谓考验感情的磨难。

但他们永远也不可能分开。

“耳朵，你真的很好。”司逸笑容浅浅，犹如微风拂过，“只是你自己不知道罢了。”

顾逸迩又蹭了蹭他：“你夸得我都不好意思了。”

“还好那个女孩儿是你。”司逸庆幸着说道。

“为什么？”

“只是爱你一个人，就足够我用尽这辈子了。”司逸轻叹一声，“实在没空去想其他人了。”

“司逸，我跟你说，我现在特别想做一件事。”

“什么？”

她一个翻身将他压倒在床上，学着他平时的样子将他的手举过头顶压在枕头上，对着他的唇用力地啃了下去。

司逸惊讶了一瞬，随后顺从地闭上了眼睛。

顾逸迩和司逸是在办酒席的前半个月才抽出时间拍婚纱照的。

两个人起了个大早，黑着一张脸开车来到了拍婚纱照的地方。

刚一进去，造型师和摄影师就围了上来，给他们说今天的行程安排，要拍几套，在哪里拍，内景拍多久外景拍多久，总之就是一天的时间都用来拍婚纱照。

“司先生，顾小姐，待会儿外景会去到景区，路程比较远，二位已经比预定时间晚到了不少，为避免游客高峰期，所以还请加快速度。”

他们计划先在内棚拍，拍完就直接穿着礼服坐车去景区。

司逸的礼服就是传统的白色燕尾服，穿上不费劲。但顾逸迩的就不同了，她的婚纱是私人定制，大片的雪纺裙摆加碎钻水晶镶嵌，光是斤数就足够吓人，再加上腰封抹胸这种麻烦的东西，必须得有人帮她穿才行。

司逸换好礼服也没急着去化妆，靠在更衣帘外头等顾逸迩。

“顾小姐，顾小姐？”里头的造型师声音有些着急。

司逸对着里面问道：“怎么了？”

“顾小姐好像睡着了。”造型师的语气听起来非常无奈。

他是凌晨三点多到的家，回家的时候书房灯还亮着，她直接趴在书桌上睡着了，连衣服都没换，司逸好说歹说劝她去洗个澡，结果她刚走到浴室门口，整个就靠着墙滑坐在地上，又睡着了。

而天微微亮时，床头柜上的手机闹铃就响了起来。

还有一条备忘录。

“拍婚纱照”。

司逸扶额："需不需要我进来帮忙？"

"麻烦司先生了。"

司逸拉开帘子走进去，顾逸迩已经穿好了婚纱，坐在小板凳上睡着了。

腰封的系带还没有绑好，造型师一个人用力扯是系不紧的，必须有人搭把手扶住她。

"看来二位工作真的很忙了。"造型师笑着说道。

司逸微微一笑："是挺忙的。"

"那司先生你扶着顾小姐。"造型师专心对付腰封。

几分钟后，婚纱终于穿好了。

造型师先拉开帘子走了出去："请二位去化妆室吧，我去给二位拿其他几套衣服。"

更衣室里是一面巨大的环绕镜子，司逸弯腰蹲在她的身前，轻轻拍了拍她的脸："耳朵。"

"唔。"顾逸迩迷迷糊糊地睁开了眼睛，"穿好了吗？"

"有这么困吗？"司逸起身，牵起她的手，"走了，还要化妆。"

"我这么困是谁的错。"顾逸迩翻了个白眼，打着哈欠站了起来。

她背对着镜子，司逸面对她，透过镜子看到了她裸露在外的背脊。

半透的白色薄纱微微遮住了漂亮的蝴蝶骨，柔美的脊椎线条顺着白皙的肌肤一路延伸，接近臀部的那一片肌肤被悄悄藏住。

这件抹胸的雪纺婚纱很适合她。

巨大的蝴蝶结遮住了腰封，从细腰往下看去，几十层的雪纺撑起了梦幻和轻盈，随着光线从不同的角度打入，上头绣着的碎钻和水晶散发出耀眼的光芒。

司逸眼神一暗，沉声问她："想不想清醒过来？"

"嗯？"顾逸迩揉了揉眼睛，"怎么清醒？"

她话音刚落，司逸转身将帘子拉上，头顶的照明灯将更衣室的每一处角落都映照得清清楚楚。

他将她一把推向了身后的镜子。

背部的肌肤碰上冰凉的镜子，顾逸迩颤了一下，以为这就是司逸让她清醒过来的办法。

随后，司逸握住了她的肩膀，将她转了过来。

顾逸迩面对着镜子，看到了脸色苍白的自己。

忽然脖子那里一阵温热。

他将双手撑在她的两侧，弯腰在她脖子上轻轻咬了一口。

顾逸迩蹙眉，语气娇软：“你这是干什么？”

“嘘，别让人听见了。”司逸将食指抵在她的唇上，声音又低又磁。

她眼见自己苍白的脸颊上渐渐浮起红晕。

司逸似乎也发现了，一手扣住她的下巴，将头伸到前侧咬住了她的耳垂。

顾逸迩捏紧了腰间处的雪纺，小声声吟了一下。

“耳朵。”司逸将唇挪开，吻了吻她的头发，“忍住。”

顾逸迩受不了他这样逗弄，伸手就要去掰他扣在自己下巴上的手。

他躲过，快速抓着她的手，摁在了镜子上。

她像是被囚禁在这圆形的牢房内，司逸就是她的枷锁。

透过镜子，她看见自己越来越迷蒙的眼神，也看见了闭着眼在她身上四处点火的司逸。

他的睫毛轻颤，嘴角带着坏笑，诱惑得让人无力挣脱。

顾逸迩逼迫自己从美色中恢复理智，涨红着脸扭了扭身子：“放开啊。”

司逸挑眉，指尖绕着她的发丝，随后又顺着背脊一路下滑，带起阵阵酥麻。

他吻上了她的蝴蝶骨。

顾逸迩捏紧拳头，转身将后背藏起，瞪着一双眼看他。

因为刚刚的轻吻和抚摸，她的眼里还带着水光，看上去亮盈盈的。

司逸像是吃到了糖的孩子，餍足地舔了舔唇，点了点她的脸颊：“好红。”

她咬唇：“流氓！”

司逸眯眼，双手将她桎梏于怀抱间。

更衣室门外的造型师等了半天都没等到人，只好在门口敲了敲墙壁，提醒道：“司先生，顾小姐？”

顾逸迩挣脱他的怀抱，语气责怪：“都怪你！”

“怪我？”司逸弹了弹她的额头，“是你穿这身衣服诱惑我。”

“这是婚纱！”顾逸迩反驳他。

“比没穿更诱惑。”司逸耸肩，在她的拳头落下之前笑着走出了更衣室。

顾逸迩狠狠地捶了捶墙。

他们在内景只有两套现代装需要拍，汉服照则是要去景区拍。

顾逸迩不喜欢影楼里的那种廉价古装，所以特地在网上订了汉服大全套，轻巧飘逸的魏晋风汉服用来拍照，厚重繁缛的明制汉服则用在婚礼当天。

魏晋风的汉服以大袖衫居多，司逸头发比较短穿着很违和，所以还需要戴假发。

他现在只觉得头皮都被拉得疼。

白色上襟与月白色下裙，配上有祥云刺绣图案的两色相交大袖衫，一头短发变成了长及腰际的墨丝，发顶用白色玉簪固定，化妆师满意地看着自己的杰作，不住地称赞："司先生，您真的很适合古装。"

司逸有些不适应地摸了摸假发贴片，此时后面传来一个惊喜的声音："你也弄好了？"

闻言，他转过头去，和他同样穿着蓝白色汉服的顾逸迩正站在他身后对着他笑。

两个人都有些愣住了。

确实惊艳。

她一身浅色，淡妆薄涂，顾盼时眸间有星河流动，清丽秀美。

气质出尘的人，最是适合穿这样的浅色。

化好妆后，两个人并肩坐上车后座，准备出发去景区拍照。

司机透过后视镜看向两个人，打趣着笑道："不知道的还以为你们是从哪个朝代穿越过来的呢。"

后座的两个人不约而同地笑了笑。

拍摄地点选在了清河市区内的一处4A级景区中的一座钟楼古阁，摄影师直接带着众人来到了阁楼栏杆处，准备在这里拍摄第一景。

此时还有不少游客进进出出的，穿着汉服的两个人显得十分打眼。

司逸坐在栏杆旁的木凳上，将头靠在栏上发呆。

顾逸迩看着他的侧脸，不知不觉就看入了迷。

他实在好看，穿着汉服一头长发显得温润清俊，似乎是察觉到她的眼神，司逸侧过头对她笑了笑，微微上翘的眼角勾勒出温柔的弧度，嘴角带笑，像是初春融冰的雪水，透明清澈。

"你真好看。"顾逸迩真情实感地夸他。

司逸仰头，理了理衣襟，轻声问她："喜欢吗？"

她说要穿汉服拍照，他同意了；她说一套不够，他就定了两套；她说婚礼要中西结合，他欣然同意，婚礼会场都直接布置成了两部分，西式婚纱和中式凤冠霞帔，只要是她想要的，他都给了。

顾逸迩对这场婚礼要求极高，也因此准备婚礼这段时间，他忙得几乎没有睡觉的空隙。

她刚想开口，摄影师便出声叫他们过来拍照。

司逸站起身来，牵起了她的手："走吧。"

气质卓然的一对夫妇，并肩走在充满古韵的阁楼内，吸引了不少人的驻足打量。

顾逸迩被美色诱惑，一动不动地望着他，呆呆地说道："司逸，你真好看啊。"

司逸有些怀疑："你到底是喜欢我的人还是我的脸？"

"脸。"顾逸迩毫不犹豫地说道。

司逸无奈极了。

之后的某个场景，是新娘单照，摄影师将背景选在了阁楼后方的石头阵前一块巨大的石板上。

是模仿《红楼梦》里的史湘云。

顾逸迩坐在石头上，有些不知道该怎么摆姿势。

旁边有不少人在围观，她摸了摸发髻处的步摇流苏，难得的害羞了起来。

司逸在旁看她，眼睛里都是笑意。

顾逸迩瞪了他一眼。

"这样不行啊，姿势太僵硬了。"摄影师有些无奈。

司逸笑道："我来帮她放松一下。"

他走上前，坐在石板边缘处，用道具折扇轻轻挑起她的下巴："姑娘，害什么羞啊？"

顾逸迩伸手打开他的手，将头撇过去："我没害羞。"

她就是这样的，明明她的眼睛、耳朵、脸颊都在告诉他自己有多羞，可偏偏嘴上要逞强。

像个未出阁的遭人调戏的小姑娘。

他玩心大起，挪了挪身子，用手挑起她的下巴，凑上前在她耳边吹气：

“这位姑娘。”

她瞥了他一眼，语气不屑：“做什么？”

“不知姑娘芳龄何许，家在何处，可曾婚配啊？”

顾逸迩抿嘴，接了他的话：“婚配与否与你何干？”

春色下，花苞才刚刚长出，满园的嫩芽和绿枝散发出清新的味道。

日光温柔，司逸就站在这迷人的光晕里，撞入了她的心间。

长身玉立的男人，宛若一抹月白色的光，清光笼罩，他脚下仿若有云，温润出尘。

顾逸迩忽然就被他逗笑了。

一双眼里都是笑意，比这四月的春色还要灿烂。

司逸也跟着笑了。

有枝叶随微风轻轻落下。

落在二人交叠的手中。

他倾身，在她侧脸上一吻。

“不紧张了吧？”司逸眨眨眼，语气轻轻。

摄影师悄悄地拍下了这一幕场景。

半个月后的某天，天晴，宜嫁娶。

酒店的会场中心，宾客满席。

会场门口的巨幅海报上，柔和春光下，新郎垂眸望向新娘，新娘仰头望着新郎。

二人眼里，全都是藏不住的浓情蜜意。

顾逸迩起了个大早，坐在化妆镜前梳妆。

点上眉心花钿，挂上额前饰，耳上坠金玉玛瑙，化妆师惊艳地后退了几步：“好看！”

为自己的技术所折服。

穿着伴娘服的林尾月连忙跑过来：“看看看看。”

顾逸迩仰头望她，轻轻笑了笑。

顾逸迩这一身，都完完全全是按照自己的想法定制的。

明华堂定制凤鸾云肩通袖妆花织金对襟短袄和胭脂色襕裙，配上一整套婚嫁头面，主冠镶嵌着五瓣状的玛瑙花和金质凤凰头，旁侧精巧的白色蝶贝花和透亮澄澈的水沫玉又稍稍压住了头冠的华丽和厚重，两侧几十厘米长的金色流苏链末尾坠着珍珠，直直垂落在肩膀上。

美人盛妆婚嫁，十里皆是红袖香。

“好看吗？”她挑眉问道。

林尾月咽了咽口水，拼命点头：“太好看了！”

林尾月赶紧扶着顾逸迩坐在了婚床上，将她的马面裙铺齐，转身问其他人：“咱们藏什么啊？”

顾逸迩的大学室友徐颖鬼主意最多，坏笑一声：“鞋子目标也太大了，咱们藏个小点的东西吧。”

说完，她灵机一动，轻轻取下了顾逸迩发髻侧面的一支步摇，晃了晃上头的流苏。

“就这个了。”

林尾月有些担心：“这有点太难找了吧。”

“接新娘哪有那么容易啊？”徐颖想了想，将步摇递给了顾逸迩，嘿嘿了一声，“逸迩，你说藏在哪儿。”

顾逸迩接过步摇，将步摇藏在了大袖口里。

他们总不敢搜新娘子。

徐颖竖起了大拇指：“没想到你还是这么奸诈。”

约莫在床上等了半个小时，几个人正聊着，门外忽然传来了热闹的叫唤声。

林尾月兴奋地站了起来：“逸迩，你就看我们的吧。”

几个伴娘都出去拦门去了。

门外的司逸拿着捧花，听得里面问是谁来了，有些无措地看着伴郎们。

“说什么啊？”

二更翻了个白眼，催促道：“逸哥你就说你是谁。”

司逸顿了几秒，张了张嘴，说话声都有些不利索，但总算是自报了家门。

跟拍的摄像师和伴郎们都笑了。

新郎今天一身玄色云纹织金飞鱼服贴里，系黑金玉腰带，大帽和翘头靴衬得他英气逼人，偏偏那欲言又止的无措样子暴露了他此刻娇羞的内心。

等好不容易闯进了门，刚一进卧室就看到了坐在婚床上的顾逸迩，司逸又愣住了。

两个人尴尬地对视一笑。

都忘了说台词。

新人第一次结婚总是紧张，在众人的提示中，新郎终于笨手笨脚地要去找新娘藏起来的步摇。

一个小小的步摇要在这几十平方米的卧室里找，伴郎们帮着新郎一起找，好半天也没找到影子。

司逸问道：“谁藏的？”

林尾月笑答：“新娘呀。”

司逸若有所思地点了点头，在床边坐下，嘴角带笑：“新娘子，在你身上吧。”

所有人都顿感疑惑。

顾逸迩也没否认，从袖口处掏出了那支金色步摇。

“找到了。”司逸微微一笑，拿过步摇，朝着众人展示了一下。

“你怎么知道藏在新娘身上？”徐颖张大了嘴有些惊讶地问道。

“她藏的，我当然知道。”司逸撑着床垫靠近顾逸迩，伸手将步摇插进她的发髻里，用食指钩了下流苏，语气温润，“她最坏了。”

顾逸迩敛眉，轻轻笑了：“还是新郎懂我。”

二人再对视间，刚刚的不安和羞赧都不见了。

他们还是彼此熟悉的那个人，只不过今天比较特殊，穿上了隆重的婚服，举办了一场盛世的婚礼。

接着，林尾月递给司逸一支眉笔，笑容晏晏：“请新郎为新娘描眉。”

他有些生疏地接过眉笔，望向她秀丽的细眉。

她为了配合这身衣服，将眉毛修成了弯弯柳叶。

柳叶下，便是她顾盼生辉，灵动俏媚的一双眼睛。

司逸在她眉尾处轻轻一画。

“意思意思就行。”她小声说道。

“我是不是该学学画眉毛啊？”司逸歪头，语气轻轻，“以后可以给你画。”

她扑哧一笑：“随你喽。”

夫妻二人间的小语，没人能听见，却也能猜到，一定是说了什么有趣的话。

不然这两个人不会忽然笑起来。

新郎新娘今天身上的婚服都有些重，不方便背着，司逸干脆牵起了她的手走到客厅给岳父岳母敬茶。

顾爸爸和高蓉坐在主厅上，桌前摆着两盏茶。

再抬头时，顾逸迩瞥见了父母眼角旁的晶莹。

或许是今天的喜乐太过欢快，她见不得一滴泪，见到了心中也跟着酸楚万分，不由得双目噙泪。

高蓉轻轻抚摸着她的脸，语气欣慰："逸迩，恭喜你找到了幸福，能做你的妈妈，是我这辈子最幸运的事情之一。"

顾逸迩将手覆在她的手上，哽着声音说道："妈妈，谢谢你。"

高蓉起身，扯了扯顾爸爸的袖子。

顾爸爸揉了揉眼睛，勉强地笑了出来："逸迩啊，恭喜你。"

他似乎还有好多话要说，可是在见到女儿一身红装时，却什么也说不出口了。

再说，也不过是感叹时光飞逝，看着她从襁褓幼儿长成扎着小辫儿的丫头，一直到现在楚楚动人，成为与他人作婚娶之约的新妇。

他舍不得，但又不得不放手。

如果可以，他情愿逸迩永远都是那个会跟他撒娇的小女儿。

顾逸迩抿唇："爸爸，高兴点嘛。"

"我很高兴。"顾爸爸按了按她的肩，"如果在新家受欺负了，就回来，爸爸和妈妈还有哥哥给你做主。"

"好。"顾逸迩用力点头，满头珠翠也跟着摇晃，"不许赶我。"

"这个家永远欢迎你。"顾爸爸怜爱地看着她，眼神柔软，"我们随时欢迎你回来。"

站在一旁的高寺桉轻声提醒道："爸爸，大喜的日子，别让新娘子把妆都哭花了。"

顾逸迩抬头看他："我这化妆品防水的，随便哭。"

众人被新娘逗笑。

司逸郑重地敬了茶，接过了红包，叫了一声爸爸妈妈。

高蓉满心欢喜地应了。

顾爸爸从鼻子里应了一声，嘱咐他："不许欺负逸迩。"

司逸微微一笑：“我哪里舍得。”

无数礼花声中，新郎新娘被簇拥着坐上了婚车。

车后座内，司逸紧紧牵着顾逸迩的手。

“耳朵，紧张吗？”

顾逸迩点点头，咬唇：“心都快跳出来了。”

“我也是。”司逸侧头朝她一笑，“梦里梦见过很多回了，没想到还是这么紧张。”

“第一次结婚，紧张是正常的。”顾逸迩点了点头，拍拍他的手，“别紧张，同志。”

她比他紧张多了，倒还一副语重心长的样子劝他别紧张。

“明白。”司逸比了个手势，“一定圆满完成任务。”

顾逸迩伸出手：“Give me five！”

司机透过后视镜，看着后座这两个盛装的新人，幼稚地击了个掌，鼓励对方好好表现。

他也不自觉地笑了起来。

到酒店后，司逸先行下车，之后小心翼翼地牵着顾逸迩走了出来。

周边围观的路人皆发出了一声惊叹。

他们听见有人问是不是在拍戏。

司逸挑眉，一拱手：“娘子请。”

顾逸迩愣了几秒钟，随即反应过来，微微鞠礼：“谢相公。”

不明真相的群众哦了一声，拍戏呢。

二人憋住笑，互相牵着走进了会场。

会场分为两部分，新人宣誓的会场是全中式布置，红绸满室，金烛灯笼映着檀木桌椅，熏香悄悄飘散至每一处。

顾逸迩头上罩着红纱，挽着顾爸爸在门外等候。

虽说和司逸击了掌，可她还是紧张得有些发抖。

顾爸爸拍了拍她的手：“逸迩，别紧张。”

她轻轻嗯了一声。

“等走过这条铺满鲜花的路，你和司逸就正式组成了一个新的家庭。”顾爸爸目光慈祥，注视着前方，“夫妻一体，以后无论喜怒哀乐，都互相分担，互相分享，互相体贴。”

她轻声答应。

“司逸是个好孩子。”顾爸爸终于展露了一个真心的笑容，“这我是一直知道的，不过为了你，我不能对他太好，免得他得意忘形。”

顾逸迩不禁笑出了声。

门被缓缓打开。

一身红装的新娘，和父亲一起走进了婚礼会场。

面容清俊，气质卓然的新郎就那样笑着站在红毯的那一端，看着他们越走越近。

因为婚礼是中式的，背景曲并没有用传统的婚礼进行曲，而是以琵琶为主乐器，与其他中式古典乐器合奏的韵曲。

欢快婉转如潺潺流水的曲子充斥在会场中，新娘朝新郎走来。

司逸接过顾逸迩的手。

在司仪的主持下，他挑下了红纱。

之后的流程还是与传统婚礼一样，双方新人给长辈们敬酒，说贺词，宣誓，而后进入宾客敬酒环节，新人下场换上行动比较方便的服饰。

当婚礼会场正中央的巨大荧幕上放着新郎新娘从十五岁到二十八岁的点点滴滴时，所有人的目光都被吸引住了，会场渐渐安静了下来。

第一张，是两个人十五岁的时候参加开学典礼拍的照片。

当时他们的表情好像都不怎么高兴。

接着，是第一次出演舞台剧，第一次参加班级聚会，第一次参加演讲比赛，几乎都是大合照。

渐渐地，大合照变成了小团体照片。

照片上的男孩女孩们都盛装站在会场里，和其他人一样认真地看着屏幕，跟随着视频回忆着那些年。

而后，照片终于变成了新郎新娘的二人照。

背景各有不同，有大学校园，有各地景点，有他拍，也有自拍。

自拍大多都是新娘拿着镜头，对着镜头笑或是嘟嘴，新郎从后面冒出一个头，跟着新娘微笑或是嘟嘴，总之每张照片，两个人的表情都是一样的。

在之后，照片从合照变成了拼贴在一起的单独照。

这边，是国内；那边，是国外。

两个人的表情依旧很像，只是拍照的地点和时间已全然不同。

主持人介绍，这是新郎新娘异地的那段日子。

视频按照时间线，缓缓地划过时间的河流，来到了现在。

新郎新娘穿着礼服，背靠天空和大海，朝着镜头开心地笑。

他们终于走到了现在。

会场传来阵阵掌声。

在经历过时间考验后，所有的离别和团聚，都变成了日后的甜蜜回忆。

视频播放结束，主持人的声音将所有宾客的思绪拉回了现实。

“新郎新娘在高中相识，伴郎伴娘团也大都是那时的好玩伴，所以今天呢，我们特意为各位准备了一个大惊喜，请来了一位神秘的婚礼嘉宾！来让我们倒数，三二一请嘉宾登场！”

所有人都略带惊讶地看向主持人所指的方向。

聚光灯打在嘉宾的身上。

嘉宾一身正装，目光亲和地朝他们招了招手。

他一点也没变，还是那副温文尔雅的模样，只是面庞不再年轻，隐隐能看出岁月留下的痕迹。

二更最先惊喜地叫出了声：“狮子老师！”

不远处的慕子狮微微点了点头。

顾逸迩下意识地拉住了司逸的袖子，小声问道：“我不是在做梦吧？”

司逸愣愣地摇头：“应该不是。”

慕子狮闲适地走上台，接过话筒，笑道：“同学们，还记得我吗？”

宾客席上的高中同学们都大声地回答了这个问题。

“最近正巧回清河市，得到了我的两个学生大婚的好消息，我就过来蹭一杯喜酒喝。”他笑容浅浅，语气有些调皮，“不介意我不请自来吧，两位同学？”

慕子狮早在几年前从四中辞职，没人知道他去了哪里，更不要提把请柬往他那里寄。

高中班主任一出现，所有人的回忆都被勾了起来。

大家还没来得及抱头痛哭，慕子狮就先一步笑眯眯地说道：“我给新郎新娘带来了一份特殊的礼物。”

顾逸迩和司逸对视一眼，用眼神交流。

你觉得是什么礼物?

感觉不是什么好东西。

慕老师这个人坏得很。

不会是……

大屏幕再次亮起。

视频的声音比画面先一步出来。

“请欣赏，由高一一班选送的舞台剧节目《富贵与小翠》。”

上一秒的惊喜，下一秒的地狱。

盛装的新郎新娘嘴边的笑容消失了。

西装革履、英俊挺拔的伴郎们和轻纱长裙、柔美动人的伴娘们的目光呆滞了。

刚刚还在台下欢呼狮子老师的高中同学们神色复杂了。

恨不得永远掩埋在记忆中的黑历史就这么被班主任放了出来。

时隔多年，同学们再次被班主任摆了一道。

大家都混得有模有样了，就这样被一个视频再次打回了那年的“二货”岁月。

简直大型公开处刑现场。

因为视频没有任何说明，台下不明真相的观众们反应了好半天，才认出视频里那几个穿得十分接地气地正在飙演技的孩子是台上这几个穿着精致的成年人的少年版本。

那个穿着花袄子哭着喊着要嫁给有财的女孩儿是新郎。

那个粘着假胡子一口粗老爷们乡音的老汉是新娘。

那个穿着闪亮皮夹克说着乡土霸总版台词的拽了吧唧的男人是伴郎。

那个牛高马大男扮女装得非常失败甚至有些辣眼睛不过喜剧效果十足的女人是另一个伴郎。

这些少年，都长得这么大了。

那些岁月，也已经过去这么久了。

宾客们哄堂大笑。

看着自己年少时黑历史的这些人，也跟着无奈地笑了。

原来影像真的是一种神奇的纪念方式，通过图像播放出来的那些肆意

洒脱的青春年少，又仿佛坐着时光机器，回到了他们眼前。

再看时，为那时的夸张行为而感到羞耻。

也为回不去的那些时光而感动。

“好蠢啊。”

这一句调侃，既是侃自己的年少无知，也是侃这种年少无知随着时间，再也不可能找回来了。

视频播放完毕，会场重新亮了起来。

慕老师拿起话筒，语气轻快：“我很高兴这么多年过去了，当年嬉笑欢闹的孩子们此时欢聚一堂，纵使生活有诸多不顺，你们还是顺利地长大成人了。你们不再是那些会和老师抱怨作业太多的孩子，你们也不再是为了一些琐事烦闷上好几天的孩子，你们更不再是为了几天假期而欢呼雀跃的孩子。你们长大了，开始明白大人们为什么如此留恋儿时，但留恋也只是留恋，已经走过的人生不可能重来，这段宝贵的录像，希望能让你们时常记起那时的时光，笑过之后，大家能昂首挺胸，继续勇敢地面对明天的生活，这就是回忆的力量。”

他一直珍藏的这段录像，成了婚礼会场上，送给所有同学们最珍贵的礼物。

慕老师看向新郎新娘，语气里是万分的欣慰与感慨：“两位同学，老师真的很高兴见证了你们最纯真的那段岁月，也很欣慰你们没有在时间的洪流中放弃彼此，如今，你们踏过时间这道鸿沟走入了婚姻的殿堂，你们会永远幸福的。”

欢声笑语又变成了阵阵掌声。

在特殊环节结束后，新郎新娘下场去换行动方便的西式礼服，饭菜和酒水都已经上齐，宾客们可以开始动筷了。

林尾月注意到慕老师并没有打算入座，而是准备直接离开。

她来不及多想，直接起身打算追上去，没走几步，又回头看了眼付清徐。

付清徐冲她微微点了点头，示意她过去。

林尾月咬唇，又转过身牵起了他的手：“我们一起过去。”

付清徐没拒绝，任由她牵起了自己去追慕老师。

“我得让老师知道，我现在过得很好。”林尾月冲他笑了笑，“因为我有你了。”

毕业那天，慕老师说，希望未来她能找到那样一个人，陪她去看老家的果树和成片的油菜花田，喝上一口清澈的溪水，而现在她找到了，她如他所希望的那样得到了幸福。

“老师。”

慕子狮顿住了脚步，眼神恍惚了一下，扬起嘴角回过了头。

他笑的时候，眼角边有淡淡的皱纹，是时间镌刻上的痕迹：“小尾巴，好久不见了。”

她变漂亮了，也成熟了，一头乌黑的长发，穿着白色的礼服，是一个大人了。

而他老了。

林尾月的语气有些无措，却还是问出了自己最想问的：“这些年，老师你过得还好吗？”

“好。”他毫不犹豫地点了点头，“教出了一届又一届优秀的学生，近两年重新开始了旅行，只是这次旅行不再限于国内了，轨迹是全世界。”

她松了口气。

是了，还是那个潇洒自如的慕老师。

慕老师看着她和付清徐牵在一起的手，轻轻笑了。

“你很幸福。”他抬眼看着她，目光一如多年前送走她时，沉静如水，“他陪你去老家了吗？”

这是只有他们两个人知道的问题。

林尾月用力点了点头。

他由衷地为她感到高兴。

“我要去赶飞机了。”慕老师挥了挥手，“你们入席吧，待会儿新郎新娘要出来敬酒了。”

“老师，你不留下来吃个饭吗？”林尾月轻声问道。

“不了。”慕老师笑着摇头，“习惯了一个人。”

林尾月还想说什么。

付清徐捏了捏她的手，轻声道：“你先入席吧。”

她犹豫了一会儿，勉强扯出一抹笑容，转身回酒桌了。

慕老师看着眼前成熟稳重的付清徐，抿唇笑道：“有什么想跟我说的吗？”

“一直欠老师一声谢谢。”

“说什么谢。”慕老师走到他身边，用力拍了拍他的肩膀，满意道，“结实了很多，比高三那会儿看着有烟火气味了。”

付清徐敛目，镜片下的眸子看不清情绪：“无论是替我隐瞒退学的原因，还是小太阳的事情，我都该对老师说声谢谢。”

“小太阳？”慕老师愣了一会儿，随即反应过来，忽而笑了，“她名字里带月亮，人却像太阳一样温暖。”

慕老师最后用力地拥抱了付清徐，在他耳边小声说道：“当个合格的大人。”

他未曾做到过的，至少付清徐该做到。

付清徐眼见着他离开。

慕子狮就像是一阵风，吹过这道帘后，什么也没有带走。

婚礼进行到后半场，大多顺道而来道喜的宾客都已经离席，剩下的大多都是新娘新郎们的好友或家人们。

所有人都喝了酒，带着微醺的醉意，在会场的中心位置随着音乐的旋律摆动了起来。

乐团的乐手们也被音乐带动着一边扭着脖子一边演奏着乐器。

司逸揽着顾逸迩的腰，带着她在舞池中央转着圈。

她将头发散了下来，一头长鬈发颇有韵味，穿着轻盈的白色露背长裙，鬓前别着一朵红色的玫瑰，和她白皙透明的脸庞形成艳丽又迷人的对照。

转圈的时候，裙摆就像是白色的玫瑰，在舞池中静静盛放。

司逸垂眸看着她，唇边一直带着温柔的笑意。

她喝了酒，跳得正开心，时不时和周围的人互动。

实在令人着迷。

司逸将她揽入怀中，将鼻尖靠近她的发顶，闻到了那抹妩媚的女人香。

“司逸，会弹吗？”顾逸迩忽然抬头看他，“要不要合奏？”

“奏什么？”他直接问道。

“肖邦的。”顾逸迩神秘地眨了眨眼，“看看我们的默契？”

刚刚还在舞池中央跳舞的新娘忽然就拉着新郎冲出了人群，来到了演奏区域。

乐团是酒店配置的专门在舞会上负责伴奏的外籍乐团，她三言两语借过了小提琴手的小提琴，又示意司逸去和钢琴手交谈。

顾逸迩用下巴点着节奏，一二三数过，会场上便响起了另一首乐曲。

在肖邦的《小狗圆舞曲》基础上，稍稍改变了鼓点和节奏的一首轻快的舞曲。

白色长裙的新娘站在三角钢琴前为新郎伴奏。

新郎脸色微醺垂着嘴角含笑，一身白色燕尾服斯文清俊，端坐在钢琴前，修长的双手在琴键上飞舞。

他们的默契，来源于 19 世纪最伟大的作曲家之一，肖邦。

由新郎新娘亲自合奏的音乐，众人很快反应过来，继续在池中舞蹈。

整个会场，都洋溢着欢快的气氛。

一直在默默观赏的家长们都忍不住了。

司爸爸冲司妈妈伸出了手："于小姐，有兴趣来一支舞吗？"

司妈妈挑眉，优雅地放下了手中的香槟酒杯，欣然应允："卖你这个面子。"

高蓉有些羡慕地看着亲家夫妻俩走进了舞池。

一只手忽然递了过来："跳一支舞？"

她有些尴尬："我不会啊。"

"我教你。"顾爸爸笑容温和，"来吧，别浪费这大好时光了。"

二更原本瞎跳一通正起劲，见长辈们过来凑热闹了连忙严肃了表情对怀中的俞子袖小声说道："学妹赶紧教我跳，咱们年轻的不能输给老的啊。"

陆嘉在旁边听得一清二楚，连忙告状："司叔叔司阿姨，顾叔叔顾阿姨，尔更绿他骂你们老！"

刚打算进舞池跟着凑一把热闹的尔氏夫妇愣住了。

尔爸爸一声斥责："臭小子你说谁老呢！"

司爸爸不介意地耸了耸肩："更绿说的是实话啊。"

"不是不是不是！司叔叔你正值壮年怎么会老呢！"二更急得满头大汗，生怕得罪司叔叔，追着陆嘉就去算账了，"陆嘉你给我站住！今天看我不把你揍得满地找牙！"

陆嘉哇哇着绕着会场逃生。

俞子袖和王思淼纷纷落单。

最终，王思淼只得朝俞子袖伸出手：“学妹，跟学姐来一支？”

俞子袖羞涩一笑，将手搭在她手上：“好啊。”

和这边气氛完全截然相反的某一对，甚是和谐。

“对不起，又踩你脚了。”林尾月抬头有些愧疚地看着付清徐。

付清徐语气平静：“没事。”

“要不咱们还是不跳了吧？”她咬了咬唇，实在不好意思。

付清徐微微一笑：“那我们回家？”

林尾月呆呆地看着他，不明白他今天怎么这么急着回家。

“回家，我慢慢教给你。”付清徐尾音上翘，带着点勾引的味道。

柔和灯光下，镜片下那一双墨玉般的眸子里，空蒙如雾，藏着别样的情绪。

似乎是被醉意染成了三月的桃花。

林尾月咽了咽口水，腿有些打战：“继续跳舞吧。”

一曲结束后，所有人手拿着香槟，看着新郎理了理衣领，走到麦克风前。

新娘也不知道他打算做什么，婚礼流程上没有这一个步骤。

二更冲她招手，示意她下来和他们站在一起。

司逸看着她走下了台面对自己，才轻轻笑了笑：“谢谢各位今天来参加这场婚礼，如果平时做这件事的话，我一定会害羞，但是好在我现在喝了点酒，趁着醉意来做这一件早就想做的事情。”

台下众人并没有说话，等待着他进行下一步。

他从燕尾服内兜里拿出了一封信，解开信封，是一张白色的信纸。

司逸顿了顿，磁性又温柔的声音便从麦克风里传出。

仿佛夹着一片轻盈的羽毛。

“顾逸迩小姐：

“算上今日，爱你的日子，已经整整十四年了。

“我曾年少轻狂，在悠长的岁月中肆意张扬；也曾困惑迷茫，不知未来该向哪里通往。

“可只有爱你这件事，从开始的那一天，一直到现在，我从未想过放弃。

“我一直觉得，深情难得，人在这一生，遇见过的人太多，谁也无法保证，此时此刻的爱，就一定能够永恒。

“所以大多数人不敢承诺，也不愿承诺，毕竟一生只爱一个人，实在太过理想。

“直到遇见你，我终于明白，承诺对我们而言并不困难。

“诗中说，从前车马慢，书信远，一生只够爱一人。

“如今，车水马龙，书信不再是唯一关切彼此的方式，但我仍只愿爱你一人。

“感谢你在分离的那些年月里小心翼翼地维系着这份感情，感谢你在我脆弱时给予我支持和鼓励，感谢你没有放弃我。

“如今，该是我报恩的时候了。

“我愿用我的一生，宠爱你，守护你，直至白发苍苍，直至世界尽头。

“我不但要与你生同衾，更要与你死同穴。

“与你共话巴山的是我，与你偕臧的是我，金风玉露是你，佳期如梦也是你。

“昨夜星辰是你，画楼西畔依旧是你。”

从此，每一分，每一秒，都是你了。

司逸收起信纸，目光温柔：“司太太，你愿意吗？”

顾逸迩忽然就笑了。

有泪滑过脸颊。

“司先生，我愿意。”

他的这封情书，来得恰是时候。

就像是时光，从来不早不晚，把她爱的所有人，送到了她的身边。

只愿所有人，襁褓中有父母轻声呢喃哼唱着摇篮曲，蹒跚时有亲人牵起小手学步，年少时有三两好友彼此叛逆撒野不负青春，成人时有伴侣身旁相伴互诉衷肠。

生活纵有多重不如愿，但愿所有人都幸福。

包括看到这里的你。

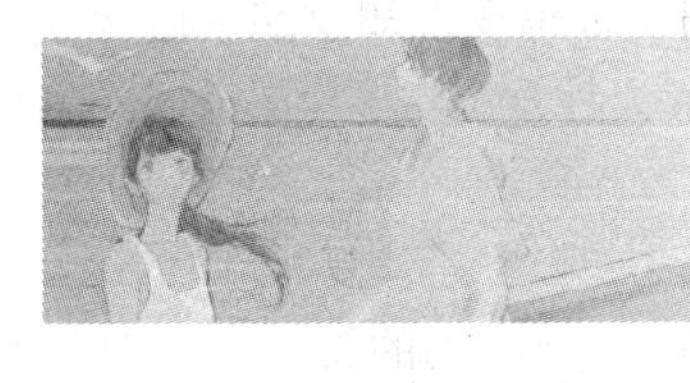

独家番外一

/ 我们只是为了学习而已 /

十二月，期末考月。

首都已经开始下雪，学生们窝在温暖的宿舍里复习。

但凡是个想考好的人都不会觉得宿舍是绝佳的复习地点。

司逸也是这么想的，医学部图书馆内相当安静，书页翻动与笔尖在纸上摩擦的声音细微可闻。

他懒得爬楼，通常都是直接在一楼看书。

后来他在一楼复习的事儿也不知道怎么就被传开了，医学部图书馆突然就变成了热门景点。

医学部和本部之间有点距离，搭公交车都要二十分钟的路程，而且医学部整栋图书馆也只有医学类的书籍，因此医学部图书馆向来只有医学本部的学生才会过来。

很多抱着别的专业书的妹子们坐在这里，就显得很格格不入。

坐在司逸对面的那个妹子，是金融系的。

司逸忍不住给顾逸迩发了条微信。

【在哪儿？】

【图书馆，咋了？】

【过来陪我复习。】

【不去，太远。】

都是学金融的，差别怎么就这么大呢。

【那我去你们本部找你复习。】

【你吃饱了撑的？】

后来听说医学部部草不堪骚扰，换了个复习地点。

医学部图书馆上上下下好几层找遍了，也没人知道部草换到哪儿去了。

大家猜，部草是回寝室复习了。

没人认为，司逸会吃饱了撑的大老远换一栋图书馆复习。

顾逸迩一言难尽地看着她大老远跑到本部来复习的男朋友。

“你们医学部的图书馆它不香吗？”

司逸面无表情：“你男朋友我不香吗？”

司逸到本部来复习的消息迟早也会被散播出去，如果再被发现他是跟顾逸迩一起的，估计 BBS 上又得炸一波。

顾逸迩觉得这样不行，但她在寝室也确实没法复习，在别的地儿复习，也拦不住司逸这个牛皮糖跟着。

她想了个绝世好招。

去宾馆复习。

司逸在听到她特意开了间房复习期末考时，表情相当复杂。

她结结巴巴地说：“就是为了学习而已，你不要多想。”

顾逸迩特意订了个大房间，有两张书桌两张床的那种，简直就是为她和司逸量身打造的绝佳复习场地。

司逸也没说什么，毕竟他也确实需要复习。

白天两个人相安无事，各自坐在自己的书桌上复习，两个人专业不搭边，有问题也问不了对方，只能自己在学习的道路上不断摸索。

晚上，顾逸迩躺在自己那张床上，辗转反侧睡不着觉。

顾逸迩掀开被子，光着脚走到司逸床边，又掀开他的被子，躺了下去。

这回换司逸辗转反侧夜不能眠了。

期末考试结束，成绩出来，顾逸迩和司逸的室友相当吃惊。

“你们两个真的开房学习去了？”

对此，顾逸迩和司逸十分厚脸皮，摆出了“无敌是多么寂寞”的表情。

“是的。”

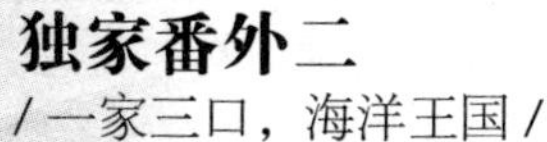

独家番外二

/ 一家三口，海洋王国 /

付清徐最近终于闲了下来。

颖颖一早就喊着暑假要出去玩，林尾月本来就是老师，暑假有空，主要就是他这个做爸爸的抽不出时间来。

如今工作忙完，付清徐给自己放了个长假，带着老婆和女儿出去玩了。

他们去的是海洋王国，因为颖颖一直吵着要看海豚。

结果到了海洋王国，高兴的不光是颖颖，林尾月也挺高兴的。

她也是第一次来。

“妈妈，我们去看白鲸！”

“可是我想先去看北极熊哎。”

母女俩在路口居然争了起来。

最后，母女俩同时看向付清徐。

“爸爸，你选哪个？”

“老公，你选哪个？”

哪个都行，对他来说没差，但付清徐肯定不能这么说，这么说这一大一小估计都得跟他闹脾气。

“你们猜拳吧，”他轻描淡写，“谁赢了听谁的。”

很有效，却也很无情的方法。

付颖之和林尾月都不太开心，母女俩都觉得自己在付清徐心中的地位比不过对方。

结果颖颖赢了，小女孩的情绪来得快去得快，蹦蹦跳跳地喊着“去看白鲸喽”。

林尾月就没那么好哄了。

“我也是第一次来啊。”她小声说。

其他人眼中的林尾月林老师其实并不是这个性格，就是在她最好的朋友顾逸迩面前，她也是让着顾逸迩的时刻居多。

顾逸迩是典型的小姐性格，林尾月能和她这么多年都没吵过架，主要也是归功于林尾月温柔好说话的性格。

只是在和付清徐结了婚以后，林尾月的小孩儿心性，渐渐被付清徐养了出来，有时候较起真来，和小孩儿没两样。

“为什么颖颖说要来海洋王国，你就带她来了，我们之前谈恋爱的时候，你怎么不带我来？”

付清徐微愣，他也不知道原来林尾月是想来这里的。

“你没和我说过。”

“我没跟你说过，你就不能自己发现吗？”

就在付清徐眉梢刚祖露出笑意时，林尾月自己拉不下面子，单方面宣布她生气了。

连颖颖都发现妈妈生气了。

他们去白鲸剧场时，林尾月特意往旁边挪了几个位置，和这对无情的父女隔开坐。很快，他们之间的空座被新来的观众填满了。

巨大的屏幕上播放着白鲸的生长历程，当看到白鲸妈妈是如何忍着剧痛生下小白鲸时，剧场里懂事的小朋友们都不约而同地想到了自己的妈妈。

颖颖扯了扯爸爸的袖子：“爸爸，妈妈生我的时候也出了这么多血吗？”

付清徐垂下眼皮，淡淡笑了：“是啊。”

“那我刚刚是不是不该跟妈妈吵架啊，”颖颖突然扁嘴，很愧疚，“我应该让着妈妈的。”

付清徐顿了几秒，蓦地心间发软。

主持人说要抽几位幸运观众到台上来和白鲸们互动。

颖颖的手举得老高，粉团子格外招摄影师的喜欢，第一个就抽中了她。

“哦，是位好可爱的小朋友。”主持人笑着说。

付清徐怕颖颖摔着，想牵着她过去，颖颖相当独立地拒绝了爸爸：“我自己能过去的。”

隔了几个座位的林尾月也有些担心，看着女儿蹦蹦跳跳的，生怕她摔着。

“颖颖，你慢点。”她忍不住喊道。

颖颖回头冲妈妈笑了笑：“妈妈，你注意看我啊。”

这还用颖颖说，林尾月早就准备好了相机。

摄像又抽了几位幸运观众，剩下的都是大人，几个人穿了救生衣，又换上防水的雨靴，这才被领上台。

主持人蹲下，将话筒递到第一个被抽中的颖颖面前。

“小朋友，跟大家介绍下自己，你来自哪个省，叫什么名字，今年几岁呀？”

颖颖对着话筒，清亮奶气的声音透过麦克风传入整个剧场。

“我能不能把和白鲸宝宝玩的机会让给我妈妈呀？”

主持人愣住了。

这还是头一个上台的小朋友说要让机会的，平常倒是见家长让过孩子。

“为什么想让给你妈妈啊？”

“因为刚刚我和妈妈吵架了，妈妈说想去看北极熊，后来妈妈让着我，我们才来看白鲸的，”颖颖断断续续地说着，半大的孩子，在这么多人面前难免有些紧张，“刚刚看了白鲸妈妈生宝宝的影片，爸爸说，妈妈当初生我的时候也流了很多血，我觉得我应该让着妈妈，所以我想把和白鲸宝宝玩的机会让给妈妈。”

这段话说出口，整个剧场都响起了掌声。

乌鸟之情，人类并不输给任何其他的动物。

主持人笑了：“那你告诉摄像师叔叔，你的妈妈坐在哪里，我们让妈妈一起上来跟你和白鲸宝宝玩好不好？”

接着，他又问了现场观众：“大家说好吗？”

现场响起异口同声的赞同：“好！”

颖颖指着妈妈坐的那个方向。

和颖颖有几分相似的年轻女人很快被摄像头找到了。

林尾月还处在愣神当中，长相温柔清秀的女人出现在镜头里。

“哇，你妈妈好漂亮啊。”主持人惊叹，“请这位漂亮妈妈上台好吗？”

林尾月眼角酸涩，突然觉得自己刚刚太任性了，居然连女儿的醋都吃。

比起颖颖的乖巧懂事，她倒是更像个孩子。

颖颖对话筒说：“妈妈，你别生我的气了好吗？”

林尾月赶紧摇头又摆手，急忙表示自己不生气了。

颖颖嘿嘿笑：“爸爸，妈妈被我哄好啦！”

主持人又问：“小朋友，你爸爸是坐在你妈妈旁边的那个吗？”

坐在林尾月身边的中年男子赶紧尴尬地摇了摇头。

“不是不是，妈妈刚刚生我们的气，没坐在我们旁边，摄影师叔叔，你再往旁边一点，我爸爸在那儿。”

剧场里传来阵阵笑声。

林尾月也有些尴尬，这样谁都知道她刚刚耍脾气了。

镜头找到付清徐。

付清徐比林尾月要淡定得多，冲着镜头微微点了点头，表示他知道了。

戴着眼镜的男人俊美清冷，这下所有人都知道这一家三口长什么样了。

“哇，小朋友你爸爸也很帅哎！”

颖颖得意地仰起小脑袋：“那当然。”

于是破天荒地，爸爸妈妈都沾了女儿的光，一起跟着上台了。

林尾月将脸凑到池子边，白鲸凉凉的嘴轻轻在她脸上啄了一口。

付清徐虽然长得帅，奈何是个男人，负责亲他的雄性白鲸摇了摇头，表示不愿意。

寡言的男人被这只白鲸逗得笑出了声。

不过后来，主持人劝了两句，白鲸还是在他脸上留下了一个吻。

颖颖是小朋友，不但能被白鲸亲，还能坐在小游艇上，一只白鲸在前方牵着她，另外两只白鲸在一左一右护着她，绕着水池转了好几圈。

后来付清徐抱着颖颖，主持人问颖颖：“今天和爸爸妈妈在海洋王国玩得开心吗？”

颖颖用力地点头：“开心！”

“下次有机会了再来看白鲸妈妈和宝宝好吗？”

“还有白鲸爸爸，”颖颖补充，“没有白鲸爸爸，妈妈也生不出宝宝啊。”

一时间懵懂无知的小朋友们赶紧问旁边的家长："爸爸也会生宝宝吗？"

付颖之并不知道，她受的是早教教育，因此懂得比别的小朋友多。

别的小朋友都还在纠结自己到底是从垃圾桶里捡到的，还是爸妈抽奖抽到自己的，付颖之已经知道，没有爸爸的"小蝌蚪"，妈妈的"小鸡蛋"，是孵不出自己这只"小鸡"的。

最后一家三口和白鲸合了影。

浑身雪白光滑的白鲸，就像是这个一家三口里新的动物成员。

独家番外三

/ 其实我们从未走散 /

跨年夜这天，司逸、二更几个大男生站在桥头等人。

“耳朵她们怎么还没来啊？”司逸将手插进兜里取暖，嘴里哈出雪白的雾气，“不会是突然被爸妈发现关在家里了吧？”

二更尖叫：“啊？女孩子不来，就咱们几个大老爷们跨年吗？我拒绝！”

陆嘉唉声叹气：“那早知道我们几个还不如在家开黑呢。”

只有付清徐没说话，他穿着长款的黑色羽绒衣，靠着路灯不知在想些什么。

清瘦的男生也就只有在大冬天的时候才显得不那么单薄。

“来了，”付清徐努了努下巴，“在那边。”

司逸几个人顺着付清徐所说的方向看过去，果然，她们真来了。

桥头这边等着看跨年烟火的人很多，人山人海，得亏四个漂亮的女孩子并肩着走过来，才不至于那么难找。

“你们怎么这么慢啊，都快过了十二点了，”司逸嘴上抱怨着，可心情很明显比起之前要好了不少，“我们还以为被放鸽子了呢。”

顾逸迩瞥他：“好不容易躲过家里人溜出来的，你要不乐意我现在就回家去了。”

她还真转身就要走。

“不许走！”司逸凶巴巴地扯住她的大衣帽子，将她往回拉，“迟到的人，谁给你的自信这么嚣张的？”

顾逸迩昂首，冲他哼了一声。

林尾月被冻得脸红扑扑的，穿着雪地靴的双脚不停地原地踏步着取暖，软软糯糯地替顾逸迩解释：“真的，逸迩出来得特别艰难，她爸爸阿姨和哥哥都在家，就差没从阳台上跳下来了。”

俞子袖也搭腔帮忙说话：“我也给逸迩姐姐做证，真不是故意迟到的。”

顾逸迩嘟唇，抬脚就在司逸的白鞋子上狠狠踩了一下。

司逸龇牙咧嘴地要掐顾逸迩的脸，顾逸迩转身就跑。

“哎，别乱跑啊，”二更急得要死，“这么多人呢，走散了咋办？”

司逸啧啧：“臭耳朵，说个两句就生气。”然后又转身对其他人说，“我看着她，找不到的话手机联系。”

高挑的少年跟着追了过去。

其他几个人见怪不怪，专心在原地等待着跨年烟火会的开始。

好在还差两分钟的时候，司逸提着顾逸迩回来了。

“五，四，三，二，一！”

“咻——嘭——”

“新年快乐！”

顾逸迩被司逸提着衣领，一脸的不爽：“我不跑了，你别抓着我了行吗？”

“不行，”司逸拒绝，“你这人说话不可信。”

“那你也别抓我衣领，我喘不过气来。”她扭了扭身子。

司逸叹气，然后放开了她的后衣领。顾逸迩还没来得及整理好被他抓皱的衣服，一只手忽然被身边的少年攥住。

她抬头，呆愣愣地看着他清秀的下巴。

少年声音闷闷地说：“抓手总不耽误什么了吧。”

顾逸迩抿唇，又哼了声。

不耽误个屁啦，这下谁还有心思看烟花。

林尾月的心思全都在烟花上，大大的鹿眼也被烟火染成璀璨的星空色，只可惜耳朵上生了冻疮，又疼又痒，只好用手捂着勉强取暖。

她个子娇小，人也瘦，还怕冷，但因为今天大家说要一起出来跨年，林尾月开心得顾不得什么冻疮，直接从家里溜了出来。

“耳朵怎么了？”

少年低沉干净的声音在身边响起。

林尾月啊了声，有些不好意思。

“生冻疮了。”

她放下手，果然两只耳朵又红又紫，付清徐眼睫垂着，然后走到她背后。

“把手放进口袋里，不然手也要生冻疮，”他说，“我替你捂着。”

付清徐站在她背后，用两只手护住了她的耳朵。

林尾月说话都有些结巴了：“那你的手生冻疮了怎么办？”

付清徐淡淡说：“那就换你替我暖手。”

少年比她高一个头，站在她背后也不影响看烟火，只是他垂着眼，盯着林尾月脑袋尖上的那一撮呆毛看了好久。

好像烟火都没她那撮呆毛好看。

身边的二更像个傻子似的感叹：“这么多烟花，得花多少钱啊。”

俞子袖天真地说：“但是很浪漫啊。”

二更立马改口：“浪漫！太浪漫了！这钱花得真值！”

陆嘉听到两个人的对话，不屑地撇起嘴：“为爱变成傻子的男人。”然后又喃喃说，“不过浪漫是真挺浪漫的。”

“你喜欢？”王思淼扶了扶眼镜，“那回头我给你放。”

陆嘉一怔。

洲头的烟花放完后，宴席散去，男生们负责先送女生们回家。

路上，二更问他们：“你们刚刚许愿了吗？”

大家默契地点了点头。

二更又问他们许了什么愿，但没人肯告诉他。这群年轻的少年少女都觉得愿望说出来了就不应验了。

大家都宁愿自己珍藏这个愿望。

二更不以为然：“你们还相信这个呢，幼稚。”

司逸冷笑：“那麻烦我们二更同志宣布一下你的愿望吧。”

“我希望每年，”二更咧嘴笑得傻兮兮的，“都是我们在一起跨年。”

二更的愿望说出来了，按理来说应该不会应验了。

确实没有应验，他们曾失散了好几年。

不过上天总是善良的，终于在失散好几年后，替二更又重新实现了这个愿望。

不但替他实现了，还替他延伸了这个愿望。

于是又是一年江口洲头，长大了的女孩们没有因为父母在家而不方便出门，大家都准时到了。

烟花在洲头炸开，簇簇金树点亮了洲头静谧幽蓝的天空。

顾逸迩和司逸一手牵着一个小朋友，顾逸迩牵着顾嘉兮，司逸牵着司嘉时。

付清徐抱着付颖之，林尾月在替她系围巾。

二更抱着俞知夏，俞子袖在替她暖手。

唯独陆识上下到处乱窜，王思淼叫陆嘉看好儿子。

陆嘉满脸无奈，这小子皮得很，他这个做爸爸的太难了。

二更抱着女儿，又问了遍当年的问题："哎，你们今年许了什么愿？"

长大了的大人们仍然不愿意告诉他。

二更在大人这儿讨不到好，又去问小朋友们。

结果小朋友们也充分遗传了父母的观念，愿望不能说出口。

二更只好问女儿："夏夏，你许了什么愿，告诉爸爸。"

知夏说："我希望每年爸爸都能带着我过来和司叔叔他们一起看烟花。"

二更笑了："不愧是我的女儿，就是不知道那几个小朋友会不会跟你一样这么想。"

"会的啊，我们来之前约好了，许一样的愿望，这样更容易实现。"

单纯的知夏并不知道，她的小伙伴的愿望就这么被无意暴露了。

"会的，"知夏听到爸爸笃定地对她说，"一定会实现的。"

时光荏苒，其实他们从未走散。

之前缺席的那几年，未来，会由他们的孩子继续实现。

二更突然对着你笑了。

"素不相识的你，和我并不处于同一个时空，但我知道，你是个善良的人。我们的人生已经完满了，谢谢你一路的陪伴，接下来，在你们看不到的地方，我们会继续好好地生活下去。所以，也请你好好地生活下去，别让我们失望。”

接着，所有人都朝你挥了挥手：“拜拜。”

“玫瑰吸收光芒，大地按捺清香，为了寻找你，我搬进鸟的眼睛，经常盯着路边的风。”

– 完 –